S. QUINN

Passion
Leidenschaftlich begehrt

GOLDMANN
Lesen erleben

Buch

Als Seraphina Harper eine Stelle als Kindermädchen in Mansfield Castle annimmt, wird sie gewarnt: Bisher hat es keine Nanny länger als eine Woche in dem geheimnisvollen Herrenhaus ausgehalten. Der Hausherr, der früh verwitwete Lord Patrick Mansfield, ein verboten gut aussehender ehemaliger Offizier, besteht darauf, dass seine Regeln bedingungslos befolgt werden. Doch Seraphina widersetzt sich den Anweisungen des arrogant wirkenden Lords. Schon bald ist Patrick von Seraphina fasziniert. Und je mehr er ihren Widerstand zu brechen versucht, desto tiefer geraten die beiden in eine verbotene, leidenschaftliche Beziehung gegen alle Konventionen …

Informationen zu S. Quinn
sowie zu weiteren Titeln der Autorin
finden Sie am Ende des Buches.

S. Quinn

PASSION
Leidenschaftlich begehrt

Band 1

Roman

Aus dem Englischen
von Andrea Brandl

GOLDMANN

Die Originalausgabe erschien 2014
unter dem Titel »The Ice Seduction«.

Dieser Titel ist auch als E-Book erhältlich.

MIX
Papier aus verantwortungsvollen Quellen
FSC® C014496

Verlagsgruppe Random House FSC® N001967
Das FSC®-zertifizierte Papier *Pamo House* für dieses Buch
liefert Arctic Paper Mochenwangen GmbH.

1. Auflage
Deutsche Erstveröffentlichung Juni 2015

Umschlaggestaltung: UNO Werbeagentur München
Umschlagfoto: David Alquezar/Getty Images
Redaktion: Kerstin von Dobschütz
BH · Herstellung: Str.
Satz: omnisatz GmbH, Berlin
Druck und Bindung: GGP Media GmbH, Pößneck
Printed in Germany
ISBN: 978-3-442-48246-7
www.goldmann-verlag.de

Besuchen Sie den Goldmann Verlag im Netz:

1

O mein Gott. Was war das denn gerade?

Das Herz schlägt mir bis zum Hals, als ich, immer zwei Stufen auf einmal nehmend, die Treppe hinunterstürze, die letzten vier überspringe und mit einem dumpfen Knall auf dem glänzenden Parkett aufkomme.

Igitt. Nicht zu fassen, was Mr Carmichael gerade getan hat. Wenn ich bloß daran denke, wie sich sein Arm um meine Taille schlingt, wird mir speiübel.

Kotz.

Seine arme Frau. Okay, mag ja sein, dass Helen Carmichael zu den Ehefrauen gehört, denen ein perfektes Make-up wichtiger ist als die eigenen Kinder, aber einen Mann, der sich an die Nanny heranmacht, verdient nun wirklich keiner.

Ich muss es ihr sagen. Das bin ich ihr schuldig.

Ich drehe mich um und sehe Mr Carmichael die Treppe zur Dachkammer herunterkommen. Sein Designeranzug spannt sich um seinen feisten Körper, sein kurz geschnittenes graues Haar glänzt vor Pomade.

Er sieht mich wie ein geprügelter Welpe an, völlig verzweifelt, als wolle er mich anflehen, bloß nichts zu verraten.

»Ich werde alles Ihrer Frau sagen.« Ich schlage den Weg zum Elternschlafzimmer ein.

»Moment mal, junge Dame«, ruft Mr Carmichael.

Ich beachte ihn nicht.

Helen steht vor dem Spiegel und besprüht sich mit Parfum

aus einem dieser altmodischen Flakons. Sie ist bildschön. Und blutjung. Kaum vorstellbar, dass sie und Mr Carmichael das Bett teilen. Die meisten Leute halten sie für Vater und Tochter.

»Mrs Carmichael … Helen.« Ich hole tief Luft.

Bevor ich fortfahren kann, stürmt Mr Carmichael herein und zeigt mit dem Finger auf mich. Mir fällt auf, dass seine Hand zittert.

»Diebin!«, schreit er.

»Wie bitte?«

»Ich habe Sera gerade beim Klauen erwischt.« Sein Gesicht ist dunkelrot angelaufen. »In Rebeccas Zimmer.«

»Soll das ein Witz sein?« Ich kann nur den Kopf schütteln. »Netter Versuch, Mr Carmichael. Echt netter Versuch.«

»Ich habe gesehen, wie sie Geld aus Rebeccas Sparschwein nehmen wollte«, stammelt Mr Carmichael.

»Das gibt's doch nicht!«, rufe ich. »Ich habe noch nie etwas gestohlen. Der Einzige, der seine Finger nicht unter Kontrolle hat, sind Sie.«

Helen mustert uns abwechselnd.

Unsere Blicke begegnen sich, und mir ist klar, dass sie ganz genau weiß, was Sache ist. Aber ich ahne bereits, dass sie wohl kaum Partei für mich ergreifen wird, sonst könnte sie ihr angenehmes, sicheres Leben mit all dem Schmuck, den vielen Klamotten und den Opernbesuchen sofort in den Wind schreiben.

»Vielleicht liegt ja ein Missverständnis vor«, sagt sie lahm und stellt vorsichtig den Flakon auf der Frisierkommode ab. Auch ihre Hand zittert leicht.

»Sie muss gehen«, erklärt Mr Carmichael und stemmt die Hände in die wabbeligen Hüften. »Auf der Stelle.« Schweißperlen glitzern auf seiner Stirn.

»Das ist doch Irrsinn!« Ich stemme ebenfalls die Hände in die Hüften. »Sie betatschen mich, während Ihre Töchter in den Betten liegen und schlafen, und jetzt wollen Sie mich feuern?«

Ich wende mich Helen zu. »Ich würde niemals stehlen. Niemals. Schon gar nicht Geld aus dem Sparschwein eines kleinen Mädchens. Ich liebe Ihre Töchter heiß und innig, das wissen Sie ganz genau.«

Helen kann mir nicht in die Augen sehen. Stattdessen wirft sie ihrem Mann einen Blick zu, sieht aber ganz schnell wieder weg. Mir fällt auf, dass ihre Hände immer noch zittern.

»Wir regeln die Bezahlung Ihres restlichen Lohns mit der Agentur.« Ihre Stimme ist kaum mehr als ein Flüstern, und auch jetzt meidet sie den Blickkontakt.

»Sie brauchen keine Angst vor ihm zu haben«, fahre ich eine Spur sanfter fort. »Sie wissen genau, dass ich die Wahrheit sage.«

Aber natürlich hat sie Angst vor ihm, und wir wissen beide, dass sie ohne ihn ein Niemand ist.

»Bitte«, flehe ich. »Lassen Sie das nicht zu. Ich liebe die Mädchen, und sie lieben mich.«

»Wir finden ein anderes Kindermädchen«, wirft Mr Carmichael mit seiner Fistelstimme ein. »Eines mit einer richtigen Qualifikation.«

Ich werfe ihm einen finsteren Blick zu. »Was zum Teufel hat ein Abschluss damit zu tun, wie wichtig mir Ihre Kinder sind? Außerdem sind sie Ihnen doch sowieso völlig egal.«

Als ich Mrs Carmichael erneut ansehe, fällt mir auf, dass sich ihre Augen mit Tränen füllen.

»Wenn Sie jetzt gleich packen und verschwinden, lege ich Ihnen keine weiteren Steine in den Weg. Sie bekommen kein schlechtes Zeugnis oder sonst etwas«, sagt er.

»Ich bin seit über einem Jahr bei Ihnen. Und jetzt soll ich einfach bei Nacht und Nebel verschwinden? Ohne Abschied, ohne alles?« Meine Stimme ist zittrig, und mir ist klar, dass ich drauf und dran bin, die Fassung zu verlieren.

»Wenn Sie jetzt sofort gehen, sorge ich dafür, dass Sie keinen Ärger bekommen«, sagt Mr Carmichael.

Helen nimmt den Flakon von der Kommode und sprüht noch etwas Parfum auf ihren Hals.

»Sollten Sie allerdings einen Aufstand machen, muss ich Sie anzeigen«, fährt Mr Carmichael fort. »Überlegen Sie sich das gut. Wie wollen Sie je wieder eine Stelle finden, da Sie noch nicht einmal eine abgeschlossene Ausbildung haben?«

»Ich …« Er hat recht.

Ich habe tatsächlich keine Ausbildung als Kindermädchen, zumindest keine offiziell anerkannte. Ich bin mit sechzehn von der Schule abgegangen und war nie auf dem College. Meine Jobs bekomme ich über Mundpropaganda. Weil ich einen guten Ruf habe. Zumindest bis heute.

»Haben Sie nicht eine jüngere Schwester, die Sie finanziell unterstützen? Es wäre doch schade, wenn die Kleine ihre Tanzausbildung abbrechen müsste, oder?«

Um mich herum beginnt sich alles zu drehen.

Verdammt!

Er hat recht. Ich kann mir nicht erlauben, dass mein Ruf beschädigt wird. Ich brauche eine anständig bezahlte Stelle, so einfach ist das.

»Erlauben Sie mir wenigstens, dass ich mich von den Mädchen verabschiede. Das sind Sie den beiden schuldig. Notfalls auch morgen. Ich rufe sie an und sage Auf Wiedersehen.«

»Vielleicht …«, beginnt Mr Carmichael, doch Helen fällt ihm ins Wort.

»Natürlich dürfen Sie sich verabschieden«, sagt sie. »Sie können jederzeit anrufen.«

»Danke.« Eine Träne kullert mir über die Wange.

Helen berührt meinen Arm. Kurz schweift ihr Blick zu ihrem Mann, dann sieht sie mich wieder an. »Es tut mir leid, Sera. Aufrichtig leid.«

2

Beim Nachhausekommen bin ich immer noch wie gelähmt. Ich lebe mit meiner Schwester auf einem Hausboot in der Nähe von Camden Lock. Es ist zwar beengt und ständig feucht, aber es ist unser Zuhause.

Die Vorstellung, nicht da zu sein, wenn Rebecca und Rachel morgen früh aufwachen, macht mich ganz krank. Ich liebe die beiden heiß und innig. Dass ihnen nun so wehgetan wird …

Und wo soll ich auf die Schnelle einen neuen Job herbekommen? Dass ich dringend Geld brauche, ist die Untertreibung des Jahrhunderts. Trotz meines Vollzeitjobs haben wir gewaltig Mühe, über die Runden zu kommen.

Meinem hervorragend vernetzten Bruder und seinen zahllosen Freunden haben wir es zu verdanken, dass wir quasi mietfrei hier wohnen, aber die Gebühren für Wilas Tanzausbildung bringen mich jeden Monat aufs Neue in finanzielle Bedrängnis.

Meine kleine Schwester Wila ist ein Naturtalent – sie ist eine begnadete Tänzerin und hat vor ein paar Jahren einen der begehrten Plätze an der Prince Regent Ballet School in West London ergattert.

Das ist eine echte Sensation.

Das Problem sind die astronomischen Schulgebühren, die uns zwingen, uns hauptsächlich von Dosensuppe und Knäckebrot zu ernähren. Aber dieses Opfer bringe ich gern.

Tausende Mädchen würden alles für einen Platz an der Schule geben, und wenn Wila ihren Abschluss schafft, eröffnen sich ihr Möglichkeiten, die keiner aus unserer Familie je hatte.

Und ich werde unter keinen Umständen zulassen, dass ihr diese Gelegenheit durch die Lappen geht.

Das Boot schwankt, als ich meine Tasche auf das alte, durchgesessene Sofa fallen lasse.

Ich setze mich hin und stütze den Kopf in beide Hände.

Verdammt, verdammt, verdammt. Was mache ich jetzt bloß?

»Pheeny? Bist du's?« Wilas hohe, klare Stimme dringt aus der Schlafkabine, die wir uns teilen.

»Ja, Lala.« Ich presse mir die Handballen auf die Augen, hole tief Luft und versuche zu lächeln. »Ich komme gerade von der Arbeit. Wie war's heute in der Schule?«

»Du bist früh dran.« Wila kommt in den winzigen Wohnbereich getänzelt und dreht eine Pirouette vor mir. »Mein Tag war prima.«

Wila fühlt sich manchmal etwas isoliert, weil alle anderen Schülerinnen das angeschlossene Internat besuchen, aber an eine Unterbringung dort ist nicht einmal im Traum zu denken.

Ich lege die Arme um sie und drücke sie an mich. »Wie schön.«

Manchmal mache ich mir Sorgen um Wila. Sie ist noch ein halbes Kind, sowohl optisch als auch was die Reife betrifft. Es braucht nicht viel, um sie in Tränen ausbrechen zu lassen.

»Irgendwas stimmt nicht, Pheeny, hab ich recht?« Sie sieht mich aus ihren großen blauen Augen an. Mit ihrem zarten Gesichtchen und dem aschblonden, zu einem hoch sitzenden Knoten frisierten Haar sieht sie wie der Inbegriff der Ballerina aus. Im Grunde *kann* sie nur Tänzerin werden.

Manchmal kann ich kaum glauben, dass wir Schwestern sind. Zwar haben wir dieselben elfenhaften Züge – eine winzige Stupsnase, zarte Ohren und ein spitzes Kinn –, aber mit meinem leuchtend roten Haar und den braunen Augen mit Goldsprenkeln bin ich das glatte Gegenteil von ihr.

Und auch charakterlich sind wir völlig verschieden. Wila ist hinreißend und süß, ich dagegen kann ziemlich die Stacheln ausfahren, wenn jemand den Menschen zu nahe kommt, die mir am Herzen liegen. Andererseits sind wir nur Halbschwestern, mit verschiedenen Vätern, was es wahrscheinlich erklärt.

»Es ist alles in Ordnung. War nur ein anstrengender Tag. Nichts, worüber du dir Sorgen machen müsstest.«

Wila tritt einen Schritt zurück und legt den Kopf schief.

Oje, jetzt kommt wieder die Psychonummer – als könnte sie geradewegs in mich hineinsehen.

»Hier stimmt etwas nicht.«

»Nein. Ehrlich. Es ist nur … Es war ein langer Tag, mehr nicht.«

»Du kannst es mir sagen, Pheeny. Ich bin sechzehn, also praktisch erwachsen.«

Ich lache. »Wenn du mich fragst, hast du noch ein paar Jahre vor dir, bis es so weit ist, kleine Tanzfee.«

»Los, raus damit. Sonst löchere ich dich so lange, bis ich es herausgefunden habe.«

Ich seufze. »Es gab nur ein bisschen Ärger bei der Arbeit.

Aber das kriege ich schon hin. Wir schaffen das. Ich suche mir etwas anderes. Etwas Besseres.«

Auch wenn ich keine Ahnung habe, wie ich das anstellen soll.

3

Aber irgendetwas *muss* es doch geben.« Ich sitze vor Sharons vollgepacktem Schreibtisch.

Sharon ist meine Agentin. Die meisten Nannys haben Agenten. Sharon steht mit all den reichen Familien in engem Kontakt, bringt uns zusammen und kassiert dafür einen Teil meines Lohns als Provision. Aber Sharon ist auch meine Freundin; sogar eine meiner besten.

Sie schüttelt den Kopf. »Tut mir echt leid.« Eine Mischung aus Zuneigung und Sorge spiegelt sich in ihren hellbraunen Augen wider.

Sie hat ihre Garage zum Büro umfunktioniert. Die Betonwände sind kahl, und das ganze Jahr über hängt ein leicht modriger Geruch in der Luft. Und während der Wintermonate ist es trotz des kleinen Elektroheizstrahlers eiskalt hier.

»Bitte. Irgendeine freie Stelle muss es doch geben. Ich würde alles tun, völlig egal, was. Auch wenn die Leute noch so schlimm sind.«

Sharon schürzt ihre knallrot geschminkten Lippen und blickt an die Decke. Sie ist überzeugter Achtziger-Fan und erinnert mich immer an eine der Hauptdarstellerinnen aus *Dallas*. Ihre Haare sind raspelkurz und auffallend stark gesträhnt, ihre Augen sind dick mit Kajalstift umrandet, und sie trägt fast ausschließlich Oberteile mit dicken Schulterpolstern.

»Hm.« Sie sieht über meine Schulter hinweg zur geschlossenen Garagentür. »Na ja. Eine Möglichkeit hätte ich natürlich …«

»Sharon.«

»Moment.« Sie tippt etwas in ihren Computer. »Sie haben zwar keinen Ersatz angefragt, aber bisher haben wir immer wieder neue Mädchen hingeschickt.« Sie runzelt die Stirn. »Und jemand hat gerade gekündigt. Also …«

»Also?«

»Also sollten wir unser Glück versuchen. Mansfield Castle, so heißt der Kasten.«

4

Mansfield *Castle*?«

»Ja«, bestätigt Sharon vorsichtig.

»Klingt spannend. Ich habe noch nie in einem Schloss gearbeitet.«

Sharon tippt sich mit ihrem lackierten Nagel gegen die Lippen. »Ich schicke praktisch im Wochentakt neue Mädchen hin. Und nach ein paar Tagen rufen sie mich alle heulend an und wollen, dass ich sie wieder nach Hause hole.«

»Wieso das?«

»Wegen des kleinen Jungen dort. Er ist … ein bisschen schwierig.«

»Es gibt keine schwierigen Kinder, sondern nur Erwachsene, die nicht genug Verständnis für sie aufbringen.«

Sharon nickt. »Das zweite Problem ist der Boss.«

»Was ist mit ihm?«

»Er ist … na ja.«

»Sharon, du wirst ja ganz rot.«

»Echt?« Sharon fächelt sich mit der Hand Luft zu.

»Also, was ist mit dem Typen?«

»Er ist sehr streng. Er duldet keine Dummköpfe um sich und wird ziemlich ungehalten, wenn die Mädchen mit Bertie nicht umgehen können.«

»Und wieso wirst du so rot?«

Sie seufzt. »Okay. Und er sieht verdammt gut aus.« Die Röte breitet sich über ihr Gesicht und ihren Hals aus. Sie räuspert sich. »Er ist ein sehr attraktiver Mann. Patrick Mansfield heißt er. Lord Patrick Mansfield, um genau zu sein. Klingelt da etwas bei dir?«

Ich schüttle den Kopf. »In diesen Kreisen bewege ich mich normalerweise nicht.«

Sharon beugt sich vor. »Anscheinend haben sich manche Mädchen in ihn verknallt. Genützt hat es ihnen allerdings herzlich wenig, weil Lord Mansfield sich nicht viel Zeit für Frauen nimmt.«

»Du willst damit sagen, er ist schwul?«

Sharon lacht. »Wohl kaum. Laut *Catwalk* gehört er zu den begehrtesten Männern des Landes, und die Frauen liegen ihm massenweise zu Füßen, aber er ist eben ein richtiger Kerl.«

»Ach so?«

»Er hat einen eigenen Survival-Blog, der manchmal im Radio zitiert wird. Er schreibt darüber, wie man unter widrigsten klimatischen Bedingungen im Freien überlebt. Er schläft offenbar regelmäßig im Wald und ernährt sich von Tieren, die er eigenhändig erlegt hat. Solches Zeug eben. Außerdem hat ihn sein Olympiasieg zur Berühmtheit gemacht.«

»Er hat olympisches Gold geholt? In welcher Disziplin denn?«

»Im Schießen.«

»Und bisher ist kein Kindermädchen länger als eine Woche geblieben?«, frage ich nachdenklich.

Sharon schüttelt den Kopf. »Nein. Und das gilt nicht nur für die Jüngeren. Ich habe auch erfahrenere Damen hingeschickt, die ebenfalls innerhalb weniger Tage ihre Sachen gepackt haben. Eine hat sogar bloß ein paar Stunden durchgehalten.«

»Wie schlimm kann ein Job sein, dass man nach ein paar Stunden das Handtuch wirft?«

»Wie gesagt, der Junge ist schwierig.«

»Und wie ich bereits gesagt habe – es gibt keine schwierigen Kinder, sondern nur schwierige Eltern. Also muss Patrick derjenige mit den Problemen sein.«

»Patrick Mansfield ist nicht Berties Vater.«

»Nicht?«

»Nein, er ist sein Onkel. Patricks jüngere Schwester Anise hat Bertie bekommen, als sie noch blutjung war. Seitdem wurde der Kleine wie ein Wanderpokal herumgereicht, bis er diesen Winter bei seinem Onkel Patrick gelandet ist.«

»Klingt, als bräuchte der Kleine dringend sehr viel Liebe. Und was diesen Patrick Mansfield angeht, bin ich sicher, dass ich das schon hinkriege. Du kennst mich ja. Ich gehöre nicht zu den Mädchen, die sich Hals über Kopf in einen Mann verlieben, nur weil er gut aussieht und ein bisschen Kohle hat.«

»Aber er sieht verdammt gut aus.« Sharon blickt wieder auf ihren Bildschirm.

»Ich bin sicher, auch damit kann ich umgehen.«

»Die Bezahlung ist hervorragend. Doppelt so viel Gehalt wie sonst. Und auch wenn die Mädchen gehen, bekommen sie ihr volles Monatsgehalt ausbezahlt. Aber es gibt noch ein anderes Problem.«

»Und zwar?«

»Mansfield Castle liegt nicht gerade um die Ecke. Und deine kleine Schwester wohnt doch bei dir.«

Eisige Finger legen sich um mein Herz. »Wie weit ist es weg? Im Norden von London? Oder noch weiter?«

»Viel weiter. Mansfield Castle ist in Schottland.«

5

Gedankenverloren schlängle ich mich auf meinem Motorrad durch den Vormittagsverkehr nach Camden zurück.

Am Camden Market stelle ich die Maschine ab.

»Hey, Sera«, ruft mir einer der Standbesitzer zu.

»Hey, Tony.« Ich winke ihm zu. »Hast du Danny zufällig gesehen?«

Tony tritt aus seinem Stand. »Ja. Er ist dahinten. Alles in Ordnung? Du siehst ganz schön fertig aus.«

»Ach, das Übliche eben.« Ich streiche mir das Haar glatt und ziehe meine Schaffelljacke enger um mich. Es ist ein windiger Januartag, und die Eisschicht auf dem Asphalt knackt unter meinen Cowboystiefeln.

»Ich hätte ein Kräutchen zum Entspannen für dich«, meint Tony.

»Du solltest doch allmählich wissen, dass ich dieses Zeug nicht nehmen will, Tony«, erwidere ich lächelnd. »Und du solltest es dir auch nicht schon um diese Uhrzeit reinziehen, sonst wird es noch zur Gewohnheit.«

Tony lacht – ein rasselndes Raucherlachen. »Ist es längst.«

»Alles in Ordnung mit Danny?«

»Die Polizei war vorhin da.«

»Oje.«

»Eines Tages schnappen sie ihn noch. Aber nicht heute.«

Ich verdrehe die Augen. »Klingt ganz nach Danny. Der Kerl hat neun Leben. Mindestens.« Ich schiebe mich durch die mit Zigarettenstummeln und zerdrückten Bierdosen übersäten Gänge zwischen den Buden, sorgsam darauf bedacht, ganz flach zu atmen, um nicht zu viel von dem umherschwebenden Hasch abzubekommen.

Mein Bruder Danny steht in seinem gewohnten Outfit – weite, zerrissene Jeans, Wollpulli und eine alte Armeejacke – und mit einer selbst gedrehten Zigarette in der Hand schlotternd hinter seinem Stand.

»Schwesterherz!« Er grinst und entblößt dabei sein weißes Gebiss. Eigentlich ist mein Bruder ziemlich attraktiv, aber seine Frontzähne sind teilweise abgebrochen und schiefer als so mancher Gartenzaun. »Solltest du nicht bei der Arbeit sein?«

»Die haben mir gekündigt. Kennst du zufällig jemanden, der Leute braucht?«

»Wie bitte?« Danny stößt den Rauch aus. »Ich will ja nicht den Teufel an die Wand malen, aber hier werden die Leute maximal vor die Tür gesetzt.«

Wir beobachten die Schnäppchenwütigen, die sich durch die Gänge schieben. Man erkennt auf den ersten Blick, wer Tourist ist und wer hier lebt: die traurigen Augen, das nervöse Zucken und der grünliche Teint von Langzeitjunkies sprechen Bände.

»Wie kommt es, dass man dich gefeuert hat?«, will Danny wissen.

»Mr Carmichael hat mich begrapscht.«

»Den prügle ich windelweich.«

»Ach, es bringt doch nichts, sich deswegen Ärger einzuhandeln. Außerdem ist er steinreich und hat überall Freunde. Ich wusste von Anfang an, dass er ein Drecksack ist, aber das hätte ich ihm nicht zugetraut.«

»Und wie geht's jetzt weiter? Bei deinen Referenzen sollte es doch kein Problem sein, etwas Neues zu finden, oder?«

»Es gibt im Moment aber nichts. Zumindest nicht hier. Eine Stelle könnte ich sofort antreten, doch die ist in Schottland. Das ist zu weit weg.«

»So weit ist es nun auch wieder nicht.« Danny bläst eine weitere Qualmwolke in die Luft. »Und wenn es bedeutet, dass du hier rauskommst, kann es nur ein gutes Angebot sein.«

»Aber Wila …«

»Sie ist sechzehn. So alt wie du, als du von zu Hause ausgezogen bist. Sie kommt allein klar.«

Ich schüttle den Kopf. »Wila ist nicht wie wir, Danny. Sie braucht mehr Fürsorge.«

»Vielleicht hatte sie sogar zu viel davon, und es wäre besser für sie, wenn man sie ihr Ding allein machen ließe.«

»Ich glaube nicht, dass sie schon so weit ist.« Ich seufze. »Ich habe keine Ahnung, wie ich diesen Monat das Schulgeld zusammenbekommen soll. Ich habe schon dort angerufen und um Aufschub gebeten. Aber sie haben Nein gesagt.«

»Verdammt! Ich wünschte, ich könnte dir etwas leihen.«

»Selbst wenn du könntest, würde ich es nicht annehmen. Du brauchst dein Geld für dich. Du bist alleinerziehender Vater.«

»Wie du, wenn man es genau nimmt. Du tust doch alles für sie.« Danny wirft seinen Zigarettenstummel auf den Boden und tritt ihn mit der Sohle seines löchrigen Converse-Turnschuhs aus. »Wenn du ein Jobangebot und dadurch die

Möglichkeit hast, von hier abzuhauen, dann nimm es an. Was für eine Zukunft erwartet dich hier schon? Wenn du hierbleibst, endest du noch wie wir alle – zu viele Joints, zu viel Alkohol und immer mit einem Fuß über dem Abgrund. Was hält dich hier noch?«

»Wila. Und die Band.«

»Ich bitte dich. Sollten wir als Band jemals etwas auf die Reihe kriegen, wäre es pures Glück. Du bist die Einzige von uns, die Talent hat. Du könntest es ohne Weiteres auch solo schaffen. Deine Stimme ist der reine Wahnsinn.«

»Es gibt massenhaft gute Sängerinnen.« Verlegen fingere ich an den flauschigen Ärmeln meiner Jacke herum.

»Aber keine so guten wie dich.«

»Außerdem ist es sowieso egal. Ich kann Wila nicht allein lassen, das weißt du genauso gut wie ich.«

Danny runzelt die Stirn. »Wieso redest du nicht mal mit ihr? Frag sie, ob sie etwas dagegen hat, dass du für eine Weile nach Schottland gehst. Außerdem hat sich das mit der Ballettakademie wahrscheinlich sowieso erledigt, wenn du den Job nicht annimmst. Und das will keiner von uns. Sie ist genauso talentiert wie du. Ihr beide habt die Chance, von hier wegzukommen, und diese Schule ist Wilas Fahrkarte in ein anderes Leben.«

Ich beiße mir auf die Lippe. »Ich kann mir nicht vorstellen, sie allein zu lassen. Sie ist doch noch ein Kind.«

»Vielleicht weniger, als du glaubst.«

6

Als Wila von der Schule nach Hause kommt, mache ich ihr ein Sandwich und verfrachte sie mit ihrem Teller auf die Couch – da wir keinen Esstisch haben, nehmen wir all unsere Mahlzeiten dort ein, was zur Folge hat, dass der hellrote Sofaüberwurf unablässig mit Krümeln übersät ist.

»Ich habe heute einen Job angeboten bekommen«, erkläre ich ihr. »Aber die Leute wohnen zu weit weg. Du würdest doch nicht wollen, dass ich einen Auftrag annehme, für den ich ewig weit weg müsste, oder?«

Wila zuckt die Achseln. »Damit käme ich schon klar. Solange es nicht für immer ist.«

Das schockiert mich ein bisschen. »Ernsthaft?«

»Klar.«

»Aber wer soll dann kochen, putzen, den Kamin reinigen und all das? Das schaffst du doch nie im Leben. Nicht bei deinen vielen Proben und den Hausaufgaben.«

»Vielleicht bräuchtest du dir darum ja keine Gedanken zu machen.«

»Wieso nicht?«

Ein geheimnisvolles Lächeln spielt um ihre Lippen. »Ich habe mich für das Internatsstipendium beworben.«

»Ein Internatsstipendium?«

Sie nickt. »Die Schule vergibt jedes Jahr eins. Für Externe, die sich die Unterbringung nicht leisten können. Und soll ich dir was verraten? Ich hab's bekommen.«

Mir fällt die Kinnlade herunter. »Du … Wow! Lala, das ist ja Wahnsinn! Wieso erzählst du mir das erst jetzt?«

»Ich wusste nicht recht, wie ich es dir sagen soll. Ich wohne so gern mit dir zusammen. Aber jetzt, da du für eine Weile weggehst und ich hier allein wäre …«

»Es würde dir also nichts ausmachen? Im Internat zu wohnen, meine ich.«

Wila blickt auf ihr Sandwich. »Ich finde es viel schlimmer, nicht dazuzugehören, weil ich eine Externe bin. Das ist das Einzige, was mir echt zu schaffen macht.«

Ich betrachte ihr süßes, unschuldiges Gesicht. »Ich weiß nicht recht, Lala. Wir reden hier von einer wichtigen Entscheidung. Wir waren noch nie voneinander getrennt.«

»Das weiß ich. Aber vielleicht ist es allmählich Zeit, dass ich erwachsen werde.«

Ich muss lachen. »Danny hat genau dasselbe gesagt. Findest du, ich behandle dich wie ein kleines Kind?«

»Manchmal«, antwortet Wila, ohne den Blick von ihrem Teller zu lösen. »Ich weiß ja, dass du mich lieb hast und so, aber du machst dir zu viele Sorgen. Ich bin reifer, als du glaubst.«

»Meine kleine Schwester … eine erwachsene Frau.«

»Na ja, vielleicht noch nicht ganz, aber auf dem besten Weg, eine zu werden.«

»Ich wollte unbedingt, dass du auf der Schule bleiben kannst, egal, was passiert. Danny hat recht, wenn er sagt, dass der Abschluss deine Fahrkarte in ein anderes Leben ist. Wenn du im Internat unterkommst, wäre es vielleicht tatsächlich nicht so schlimm, wenn wir getrennt wären. Es ist ja nur für eine Weile«, sage ich mehr zu meiner eigenen Beruhigung als zu Wilas.

»Klar, Pheeny.« Wila strahlt mich an.

»Okay. Tja, in diesem Fall sollte ich Sharon anrufen.«

»Wie lange wirst du weg sein?«, fragt Wila.

»Wenn ich Sharon glauben kann, nicht allzu lange«, antworte ich lachend. »All die anderen Nannys waren nach nicht mal einer Woche wieder zu Hause.«

»Muss ein übler Job sein, wenn so viele das Handtuch werfen.«

»Kann sein, aber ich bin hartnäckig. Ich schaffe das schon. Wir schaffen das schon.«

»Ich weiß, Pheeny. Das haben wir doch immer getan.«

7

Scheiße! Wieso habe ich nur so einen miserablen Orientierungssinn?

Die Straße schlängelt sich durch die Landschaft – meilenweit nichts als Tannen und graue, verschneite Berge. Und nirgendwo ein Straßenschild.

Tatsache ist, dass mir der Hintern von der langen Fahrt auf dem Motorrad wehtut, dass ich dringend auf die Toilette muss und meine Schenkel vom überhitzten Metalltank meiner Suzuki brennen.

Die Gitarre, die ich mir auf den Rücken geschnallt habe, knallt pausenlos gegen meine Schaffelljacke und fühlt sich im Fahrtwind wie ein riesiger Bremsschirm an.

Weit kann es nicht mehr sein. Ringsum gibt es bloß Berge und Bäume, und wie nennen die hier oben die Seen noch mal? Ach ja – Lochs.

Aber ich kann nirgendwo einen Hinweis auf Mansfield Castle erkennen. Außerdem bin ich spät dran. Ich hasse Zuspätkommen. Wieso gibt es hier keine Wegweiser, verdammt noch mal?

Ich fahre an den Straßenrand, steige ab und hüpfe auf der Stelle, um die Blutzirkulation in meinen Beinen wieder in Gang zu bringen.

Dann nehme ich den Helm ab und lege ihn auf die Sitzbank. Ich muss Sharon anrufen und sagen, dass ich zu spät komme, aber … Herrgott noch mal!

Kein Netz.

Wie kann ein Mensch in einer Gegend ohne anständiges Telefonsignal leben?

Orte wie dieser machen mir Angst – mitten in der Pampa, keine Menschenseele, sondern nichts als Einöde und Kälte.

Ich sehe mich um. Irgendwo muss es doch ein Haus oder eine Telefonzelle oder sonst etwas geben. Aber ich stehe mitten in der Wildnis.

Die Luft ist so frisch und sauber und die Landschaft wunderschön, aber was nützt einem das, wenn man keinen Handyempfang hat? Die Stadt fehlt mir schon jetzt, dabei bin ich gerade einmal ein paar Stunden weg.

In dem Moment, als ich mich wieder in den Sattel schwingen will, höre ich ein Geräusch.

Ein Quietschen. Instinktiv umfasse ich den Lenker fester, doch dann mache ich einen alten Mann aus, der schnaufend und ächzend auf einem uralten Fahrrad auf mich zugestrampelt kommt.

Dem Himmel sei Dank. Ein menschliches Wesen.

»Hallo«, rufe ich und rücke meine Gitarre zurecht. »Entschuldigung! Hallo, können Sie mir helfen?«

Der alte Mann schiebt sein Fahrrad über die Straße und bleibt keuchend vor mir stehen.

Neben dem quietschenden Drahtesel wirkt mein Motorrad wie der reinste Feuerdrache.

»Na, sieh mal einer an«, sagt er, als sein Blick auf die Gitarre auf meinem Rücken fällt. »Eine reisende Musikantin. Wie kann ich Ihnen denn behilflich sein?« Er trägt ein dünnes Hemd und eine Cordhose.

»Ist Ihnen nicht kalt?«, frage ich schlotternd.

»Kalt?« Der alte Mann sieht mich verdattert an. »Hier unten im Tal? Ich? Großer Gott, nein.« Er dreht sich um und zeigt auf die schneebedeckten Hügel. »Da oben, *da* ist es kalt.«

Ich folge seinem Blick. Die Berge sind wunderschön.

»Ich suche Mansfield Castle. Kennen Sie es zufällig?«

Der Mann lacht. »Kennen? Ha! Allerdings. Ich arbeite dort.«

»Wirklich?«

Er nickt. »Ich bin der Gärtner. Gregory Croft. Und wer sind Sie?«

»Das neue Kindermädchen.«

»Oh.« Gregory nickt. »Schon wieder eine Neue. In Mansfield werden die Nannys nicht sonderlich alt.«

»Das habe ich auch schon gehört. Woran liegt das Ihrer Meinung nach?«

»Der kleine Mann kann eine ziemliche Plage sein. Und Mr Mansfield hat die Geduld nicht gerade gepachtet. Er hat keinen Nerv für Nannys, die mit seinem Neffen nicht fertigwerden.«

»Wie lange arbeiten Sie schon dort?«

»Seit Jugendtagen. Ich habe Patrick und seinen Bruder aufwachsen sehen. Aber seit ein paar Jahren hält Patrick das Zepter in der Hand. Nach dem Tod seiner Großmutter ist er zurückgekommen. Bis dahin war er in der Armee.«

»Wie ist er so?«, frage ich.

»Solange Sie ihm nicht in die Quere kommen und den

Mund nur aufmachen, wenn Sie aufgefordert werden, sollte es schon hinhauen.«

Ich muss lachen. »Ich habe noch nie zu den Mädchen gehört, die nur reden, wenn sie dazu aufgefordert werden.«

»Tja, Mr Mansfield hat durchaus etwas übrig für Herausforderungen.« Er streckt mir seine schwielige Hand hin. »Freut mich. Wie war Ihr Name noch?«

»Seraphina Harper.«

»Hübscher Name für ein hübsches Mädchen. Sie klingen nicht, als würden Sie aus der Gegend stammen, Miss Seraphina. Aber mit Ihren roten Haaren passen Sie perfekt hierher.« Er erklärt mir den Weg zum Schloss, ehe er wieder auf sein Fahrrad steigt. »Dann bis bald.«

Damit radelt er quietschend davon.

8

Als ich um die nächste Kurve fahre, sehe ich Mansfield Castle hinter einem Streifen dichten Waldes hervorblitzen.

Wahnsinn!

Ich bleibe stehen und lasse den Anblick auf mich wirken.

Selbst ich muss zugeben, dass es ein Traum von einem Schloss ist, vielleicht noch schöner als der Sonnenuntergang über Big Ben oder die verschneite London Bridge.

Ein Teil des Schlosses ist von Wald verdeckt, trotzdem kann ich Türme, die schottische Flagge und grünbraune Steinmauern ausmachen.

Als kleines Mädchen war ich glühender Fan von *Die Schöne und das Biest*, und dieses Schloss sieht genau so aus wie das im Film.

Verbirgt sich in Mansfield Castle wohl auch ein Biest? Vielleicht in Gestalt von Patrick Mansfield, der all die Kindermädchen in Angst und Schrecken versetzt?

Die Türme haben etwas Düsteres, Geheimnisvolles. Das ganze Schloss wirkt so kalt und abweisend. Und verschlossen.

Links von mir verläuft ein Weg, der sich durch die silbrig grünen Wälder in Richtung Schloss schlängelt.

»Mansfield Castle« steht auf einem moosüberwucherten Schild.

Es widerstrebt mir, den Pfad mit dem Motorrad entlangzubrettern und diese herrliche Idylle zu stören. Der Lärm könnte die Vögel verjagen. Also steige ich ab und fange an zu schieben. Mein Rücken dankt mir die Bewegung nach dem langen Sitzen.

Ich sauge die kalte, frische Luft tief ein und lasse den Blick über das moosige Ufer, die immergrünen Bäume und zerklüfteten weißen Felsbrocken schweifen. *Schon komisch, wohin das Leben einen so führt*, denke ich.

Gestern noch habe ich mich von den Massen die Camden High Street entlangschieben lassen, und heute bin ich im schottischen Hochland, ohne eine Menschenseele weit und breit.

Schließlich stehe ich vor dem Schloss und hole ein weiteres Mal tief Luft.

Wow!

Das Anwesen in seiner vollen Pracht raubt einem den Atem – runde Ecktürme aus grauem Stein, schlanke Türme in der Mitte, wuchtige Mauern mit Zinnen. Und ringsum ist ein herrlicher Garten angelegt.

Ich dachte immer, so etwas gibt es nur im Märchen.

Über mir spannt sich ein kalter weißer Himmel, der irgendwie zu dem Schloss zu passen scheint. Alles fühlt sich nach Winter an, die braungrauen Mauern, die dunklen Fenster, einfach alles.

Ein leiser Schauder überläuft mich, als ich zu den Fenstern emporblicke. Ich habe das seltsame Gefühl, dass mich jemand beobachtet.

Ich schiebe das Motorrad an die Hauswand, befestige den Helm am Rahmen, hebe meine Tasche vom Gepäckträger und trete vor die schwere, rot gestrichene Eingangstür.

Sie ist dreimal so groß wie ich, und als ich gegen das dicke Holz klopfe, kann ich mich nur fragen, wer um alles in der Welt mich hören soll.

Ich warte. Wieder schweift mein Blick zu den Fenstern.

Da – auch jetzt beschleicht mich das Gefühl, beobachtet zu werden.

Ich recke den Hals und glaube eine Bewegung in einem der Türme zu erhaschen, aber dann ist der Moment vorüber, und das Fenster wirkt wieder kalt und unbelebt.

Ein Knarren lässt mich zusammenzucken. Als ich mich umdrehe, sehe ich, wie sich die Tür langsam öffnet.

9

Ich setze mein überzeugendstes Supernanny-Lächeln auf. »Hallo!«

»Wer sind Sie?« Eine argwöhnische Frauenstimme dringt aus dem Innern des Schlosses.

Die Tür schwingt noch weiter auf.

»Äh«, stammle ich und bemühe mich um einen fröhlichen

Tonfall, obwohl mich der frostige Empfang ziemlich irritiert. »Ich bin Seraphina Harper, das neue Kindermädchen. Bitte entschuldigen Sie, ich bin ein wenig …«

»Das neue Kindermädchen?« Die Tür öffnet sich noch ein Stück. Vor mir steht eine ältere, kreidebleiche Frau mit verkniffenem Gesicht und tiefschwarzem, zu einem strengen Knoten frisiertem Haar.

Ihre Lippen sind beinahe blau, und sie trägt ein schwarzes Kleid aus dickem Wollstoff mit einem kleinen weißen Kragen und weißen Rüschen an den Ärmeln, das ihren Körper vom Hals bis zu den Knöcheln umhüllt.

Sie sieht aus, als käme sie von einer Beerdigung; nein, eher als wäre *sie* diejenige, die im Sarg liegen müsste.

»Ja. Sharon von der Agentur schickt mich.«

Die Frau runzelt die Stirn. Ein dichtes Netz aus Falten überzieht ihr bleiches Gesicht. »Aber wir haben kein neues Mädchen von dieser Agentur angefordert. Die taugen alle nichts.«

Mist.

Ich schwinge meine Gitarre über die Schulter. »Aber Sharon sagte, Sie hätten eine Art Dauerabo. Sobald ein Mädchen weg ist, schickt sie jemand anders.«

»Vielleicht hat Mr Mansfield … Ich muss ihn fragen, aber er ist gerade nicht da. Er hat einen Geschäftstermin und kommt erst am späten Abend zurück.«

Sie mustert mich von oben bis unten. Dabei bleibt ihr Blick an meiner Gitarre hängen. »Wozu soll die denn gut sein?«

Ich lege die Hand auf die Hülle. »Meine Gitarre begleitet mich überallhin. Die meisten Kinder lieben Musik.«

»Von Kindern sollte man am besten weder etwas hören noch sehen.«

Ich stemme die Hände in die Hüften. »Die Welt wäre ziemlich trostlos, wenn das so wäre.«

Die Frau zieht eine dünn gezupfte Braue hoch. »Mr Mansfield hat wenig übrig für Personal, das Widerworte gibt. Sollte er Sie engagieren, kann ich nur für Sie hoffen, dass Sie lernen, Ihre Zunge im Zaum zu halten.«

Widerstrebend tritt sie einen Schritt zurück. »Ich sollte Sie wohl besser hereinlassen. Wie gesagt, es dauert noch eine Weile, bis Mr Mansfield zurückkommt. Er soll entscheiden, ob Sie passend sind oder nicht. In der Zwischenzeit bringe ich Sie ins Quartier für die Kindermädchen.«

Sie macht auf dem Absatz kehrt, sodass ich die Tür auffangen muss, die mir vor der Nase zuzufallen droht.

Ich habe Mühe, ihr zu folgen.

»Ich bin Agnes Calder«, sagt sie, ohne sich umzudrehen, und geht einen langen Korridor entlang. »Mrs Calder für Sie. Ich bin die leitende Haushälterin hier. – Das Personal ist zum einen Mr Mansfield und zum Zweiten mir unterstellt. Sollte er Sie morgen also nicht schon vor die Tür gesetzt haben, bin ich Ihre direkte Vorgesetzte.«

»Wunderbar«, murmle ich. *Ich kann mir niemanden vorstellen, von dem ich mich lieber herumkommandieren lasse.*

10

Mir fällt auf, wie kalt es hier ist. Fast noch kälter als draußen. Gütiger Himmel.

Die Wände sind aus Stein, und bis auf ein paar hohe schmiedeeiserne Kerzenständer und zerschlissene Wandteppiche ist alles kahl und leer.

Mrs Calder erklimmt eine steinerne Wendeltreppe. Meine Cowboystiefel hallen auf den Stufen wider, als ich ihr folge, so weit hinauf, dass mir beinahe schwindlig wird.

»Ihr Zimmer befindet sich im Ostturm«, erklärt sie und biegt in einen langen Korridor, dann nach links und schließlich nach rechts ein.

»Ich fürchte, ich werde eine Karte brauchen, um noch einmal herzufinden«, sage ich halb lachend.

»Verwechseln Sie niemals den Ost- mit dem Westturm«, bellt Mrs Calder. »Das Betreten des Westturms ist streng verboten.«

»Wieso?«

Mrs Calder gibt keine Antwort.

»Hier ist es.« Sie bleibt vor einer in die Turmwand eingelassenen Tür stehen. »Im Moment habe ich keinen Schlüssel dafür. Aber sollte Mr Mansfield Ihnen erlauben hierzubleiben, werde ich ihn suchen müssen.«

»Äh. Es ist sehr … äh.«

Beim Anblick des schmalen Betts mit der braunen Decke und dem wackligen Nachttisch, auf dem ein Krug mit gräulichem Wasser steht, fallen mir spontan die Adjektive *kalt*, *ungemütlich* und *einsam* ein.

»Ich bin sicher, ich kann es mir hier oben gemütlich machen«, sage ich stattdessen.

»Wir erwarten von unserem Personal, dass es um sechs Uhr aufsteht«, erklärt Mrs Calder, während ich meine Reisetasche und die Gitarre aufs Bett lege. »Das Frühstück wird bis Punkt sieben Uhr im großen Saal serviert. Die Treppe hinunter, links, dann rechts, den langen Gang entlang, dann wieder links. Die dritte Tür ist es dann.«

»Moment, das sollte ich mir lieber aufschreiben.«

Aber Mrs Calder hat bereits das Zimmer verlassen und die Tür zugeschlagen. Ich höre ihre Schritte im Korridor verklingen.

11

Gähnend sehe ich mich in dem trostlosen Raum um. Es dämmert bereits, und der Himmel hat jene typische grauweiße Färbung angenommen, die verrät, dass es bald schneien wird.

Ich ziehe mein Handy heraus. Ich muss dringend Wila anrufen und sie fragen, wie ihr erster Tag im Internat war.

Immer noch kein Handysignal. War ja klar!

Das Großstadtgirl in der Einöde.

In welchen Schlamassel hast du dich da bloß hineingeritten, Seraphina Harper?

Ich mache die Tür auf und spähe auf den Korridor. Hier muss es doch irgendwo einen brauchbaren Empfang geben.

Hallo? Ich bin hier in Schottland und nicht in der Antarktis, außerdem sind Schloss und Grundstück größer als manches Dorf.

Keine Ahnung, wieso, aber ich habe das unbestimmte Gefühl, mich ganz leise bewegen zu müssen. Alles ist so still hier; ganz anders als der Trubel der Camden High Street und das unablässige Knarren und Quietschen meines Hausboots unter der Brücke, über die zu jeder Tages- und Nachtzeit die Züge hinwegdonnern.

Ich gehe die Treppe hinunter, bis ich wieder in der Eingangshalle stehe.

Immer noch kein Signal.

Ich setze meinen Weg fort. Die Gänge sind von flackerndem orangefarbenem Licht erhellt. Ringsum hängen schwere Wandteppiche, auf denen sich Soldaten mit Bajonetten gegenseitig abschlachten.

Kein Signal.

Eine halbe Stunde irre ich durch verwinkelte Gänge, vorbei an geschlossenen Türen, bis ich – endlich! – einen einzelnen Balken auf dem Display meines Handys sehe.

Gott sei Dank.

Ich wähle Wilas Nummer.

»Pheeny?«

»Lala!«

Wie schön, ihre Stimme zu hören.

»Wie lief dein erster Tag?«

»Gut«, antwortet sie. »Eines der Mädchen hat ein iPad, und wir haben uns irgendwelche Sachen auf YouTube angesehen. Musikvideos und so.«

Ich lächle. Sie scheint bester Dinge zu sein.

»Und wir sind noch auf etwas anderes gestoßen.« Sie kichert. Ich höre noch mehr Gekicher im Hintergrund. »Der Mann, für den du arbeitest … Patrick Mansfield.«

Für den ich vielleicht arbeiten werde.

»Genau. So heißt er.«

»Eines der Mädchen kennt ihn. Besser gesagt, ihr Dad.«

»Ach ja? Und?«

»Er sieht hammermäßig aus.«

»Das habe ich auch schon gehört.«

»Manda hat ihn schon mal gesehen«, fährt Wila fort. »Sie hat ein Foto von ihm, wie er neben ihrem Dad im olympischen Dorf steht.«

Wieder höre ich Kichern im Hintergrund.

»Er ist echt groß«, sagt sie. »Und total durchtrainiert.«

»Der Typ ist der reinste Gott, Wila«, höre ich eine kieksige Mädchenstimme rufen. »Ein Gott!«

Haltloses Kichern dringt durch die Leitung.

»Ein Gott also, ja?« Ich muss grinsen. »Tja, da habe ich ja ein Riesenglück, hier vielleicht arbeiten zu dürfen.«

»Mandas Dad sagt, er sei in der Armee gewesen«, fährt Wila fort. »Deshalb weiß er auch genau, was Sache ist.«

»Morgen werde ich ja mehr über ihn erfahren«, sage ich.

Wir plaudern noch eine Weile über den Unterricht, trotzdem merke ich, wie meine Gedanken immer wieder zu Patrick Mansfield schweifen.

Ein Gott also, ja? Aber einer, dem gerne einmal der Geduldsfaden reißt, wenn es mit dem Kindermädchen nicht so läuft, wie er es sich vorstellt.

Ich hoffe bloß, es gelingt mir, die Klappe zu halten, wenn ich ihm begegne. Mich herumkommandieren zu lassen gehört nicht gerade zu meinen Stärken, und mein Mund entwickelt gern einmal ein Eigenleben.

Ich bin so froh, dass es Wila gut geht. Sie scheint sich prächtig zu amüsieren. Danny hatte völlig recht: Meine kleine Schwester braucht mich weniger, als ich dachte.

Schließlich lege ich auf und sehe mich um.

O Scheiße.

Auf der Suche nach einem Netz bin ich blindlings durch die Gänge getappt, ohne mir den Weg zu merken. Und habe mich hoffnungslos verirrt.

12

Zwanzig Minuten und ungefähr fünfhundert Abzweigungen später ist es noch schlimmer. Ich habe nicht die leiseste Ahnung, wo ich bin.

In meiner Verzweiflung fange ich an, gegen Türen zu klopfen. »Hallo? Hallo?«

Keine Reaktion.

Das Schloss ist völlig verwaist.

Verdammt.

Draußen ist es mittlerweile stockdunkel. Es wird spät.

Vor den dunklen Fenstern sehe ich Flocken wirbeln. Offenbar tobt draußen ein Schneesturm.

Blöderweise sind die Gänge und Flure das reinste Labyrinth. Wie um alles in der Welt soll sich hier einer zurechtfinden?

Ich gehe weiter, treppauf, treppab, auf der Suche nach etwas, das mir bekannt vorkommt.

Mrs Calders Warnung, mich vom Westturm fernzuhalten, kommt mir wieder in den Sinn. Aber woher um alles in der Welt soll ich wissen, wo er sich überhaupt befindet?

Als ich eine weitere Wendeltreppe hinaufgehe, geben meine Beine plötzlich nach. Ich rutsche ab und falle polternd die Treppe hinunter, bis zur untersten Stufe, wo ich liegen bleibe.

Aua!

Mein Knöchel brennt wie Feuer.

Ich versuche aufzustehen, doch sobald ich den Fuß belaste, ist es, als würde ich ihn in kochendes Wasser tauchen.

Aua!

Ich lasse mich auf den Boden sinken und lehne mich gegen die kalte Steinmauer. Vorsichtig ziehe ich meinen Cowboystiefel aus und massiere die schmerzende Schwellung an meinem Knöchel.

»Hilfe!«, rufe ich.

Aber natürlich antwortet niemand. Einen Moment lang erfasst mich Panik, als ich mir ausmale, wie ich tagelang hier liege. Niemand weiß, wo ich bin, und dieses Schloss ist so verwinkelt.

Mach dich nicht lächerlich. Irgendjemand wird schon vorbeikommen.

»Hilfe!«, rufe ich noch einmal. »Hilfe, bitte!«

Aber es kommt niemand.

Ich bin so blöd.

13

Nach einer Weile fange ich an, ganz leise zu singen. Damit treibe ich Wila jedes Mal um den Verstand. *Man könnte dich glatt für eine Geisteskranke halten*, sagt sie dann immer. Aber mir hilft es. Es macht mich ruhiger.

Unvermittelt höre ich ein Geräusch.

Schritte. Ganz in der Nähe.

Ich setze mich auf.

Gott sei Dank. Es kommt jemand.

»Hallo?«

Keine Antwort.

Anscheinend habe ich es mir nur eingebildet.

Ich schlinge die Arme um meine Beine und lege den Kopf auf die Knie in der Hoffnung, dass das Zittern aufhört.

Vielleicht sollte ich mich einfach hinlegen und versuchen, ein bisschen zu schlafen.

In diesem Moment fällt mein Blick auf etwas: zwei schwarze Kampfhosenbeine, die in einem Paar schwarzer Springerstiefel stecken.

Als Nächstes sehe ich den Schnee, der an dem Hosenstoff klebt, und das Schmelzwasserrinnsal auf dem Fußboden.

Eine Männerstimme, tief, durchdringend und mit einem leichten schottischen Akzent, ertönt: »Was treiben Sie da unten?«

Ich lasse den Blick nach oben wandern. Noch etwas höher. *Du lieber Gott!*

Der Mann ist ein Riese – mit breiten Schultern, muskelbepackten Armen und einem markanten Kiefer.

Und er trägt kein Hemd.

Seine Brust ist ebenfalls auffallend muskulös und gebräunt. Schmutzspuren zieren seine deutlich hervortretenden Bauchmuskeln und das Adlertattoo auf seinem linken Schlüsselbein.

Verdammt! Wieso zum Teufel läuft der Typ halb nackt durch die Gegend wie ein Neandertaler?

»Was ist mit Ihrem Hemd?«, stammle ich und krümme mich innerlich vor Scham über diese schwachsinnige Frage. Außerdem habe ich ihm damit verraten, dass mir seine nackte Brust nicht entgangen ist.

Er runzelt die Stirn. »Ich habe Sie zuerst etwas gefragt. Was treiben Sie da unten?«

Erst jetzt bemerke ich den Pulli in seiner Hand, an dem ebenfalls noch Schnee klebt. Vermutlich hat er ihn ausgezogen, damit er nicht noch nasser wird.

Sein feuchtes Haar ist sandfarben, und die glatte Haut auf

seiner Brust schimmert leicht im fahlen Schein der Beleuchtung.

»Also?« Er wischt sich mit dem Pulli den geschmolzenen Schnee vom Gesicht. »Was haben Sie hier zu suchen? Es ist eiskalt hier unten.«

Ich setze mich aufrechter hin. »Ich bin gestürzt. Ich bin Seraphina Harper«, sage ich und bemühe mich, nicht zusammenzuzucken, als ein stechender Schmerz durch meinen Knöchel schießt. »Die neue Nanny. Ich … ich wollte …«, stottere ich, aber mein Gehirn versagt kläglich seinen Dienst.

Er ist beinahe unerträglich attraktiv – ein ausdrucksvolles Gesicht mit durchdringenden Augen, ein herrlich voller Mund mit strahlend weißen Zähnen, ein muskelbepackter Körper – dieser Mann ist unbeschreiblich.

Er hat mehrere Narben im Gesicht. Eine verläuft quer durch seine Augenbraue, eine zweite zieht sich über seine Wange. Aber es sind keine gewöhnlichen Narben, vielmehr sehen sie wie Verbrennungen aus. Verletzungen durch Granatsplitter. Sie verleihen ihm etwas Verwegenes, Gefährliches.

Er mustert mich.

Selbst hier unten auf dem Boden kann ich die Hitze seines Körpers spüren, und ein frischer, maskuliner Duft, der mir den Atem zu rauben droht, steigt mir in die Nase.

Unsere Blicke begegnen sich, und einen Moment lang scheinen die Mauern zu erbeben.

Wir starren einander an. Ich sehe die Wut in seinem Blick.

Trotzdem bin ich nicht fähig wegzusehen. Schließlich finde ich meine Stimme wieder. »Ich … äh … Und wer sind Sie?«, krächze ich.

»Wissen Sie das etwa nicht?«

Ein winziges Lächeln spielt um seine zusammengepressten Lippen.

Ein warmer, wohliger Schauder überläuft meinen ganzen Körper, als er die Stimme erhebt.

»Ich bin Patrick Mansfield. Der Hausherr.«

14

Seine Stimme ist sehr autoritär. Offenbar ist der Mann daran gewöhnt, Befehle zu geben.

Unwillkürlich fällt mein Blick ein weiteres Mal auf seine Brust, und ich muss an Wila und ihre giggelnden Freundinnen denken.

Patrick Mansfield. Ein Gott.

Die Beschreibung passt.

Als es mir endlich gelingt, die Augen von seiner breiten Brust zu lösen und ihm ins Gesicht zu sehen, stelle ich fest, dass er mich immer noch mustert.

Wie peinlich! Nicht nur, weil er so gut aussieht und ich nicht weiß, was ich sagen soll, sondern weil er mich hier auf dem Boden liegend gefunden hat, ich ihm schwachsinnige Fragen zu seinem Hemd stelle und ihn ununterbrochen anstarren muss.

Scheiße.

Die Realität trifft mich wie ein Schlag in die Magengrube.

Das ist der Mann, der mich morgen einstellen soll. Und falls er eine Nanny sucht, die so einfache Dinge wie Treppensteigen beherrscht, habe ich soeben kläglich versagt.

»Haben Sie ein Zimmer?«, fragt Patrick. Seine Stimme ist so tief und kräftig, dass der Boden unter mir regelrecht zu vibrieren scheint. Ich habe noch nie eine so tiefe und grollende Stimme gehört – wie die eines Wolfs. Eines wütenden Wolfs.

»Leider habe ich den Weg zurück nicht mehr gefunden. Ich habe mich verlaufen«, gestehe ich leise.

»Sie haben sich verletzt«, bellt er und inspiziert meinen Knöchel.

»Ja.« Ich halte kurz inne. »Woher wissen Sie das?«

»Ich sehe tagtäglich verwundete Tiere.«

»Verwundete Tiere?«

»Letzten Endes sind wir alle Tiere.« Patrick beugt sich zu mir herunter. »Sie. Ich. Wir alle.«

Wie gelähmt hocke ich auf dem Fußboden. Mein Herz hämmert so laut in meiner Brust, dass Patrick es bestimmt hören kann, und meine Pupillen sind vermutlich bis zum Anschlag geweitet.

Reiß dich am Riemen, Sera. Du kannst doch nicht komplett durchdrehen, bloß weil dein neuer Boss … Tja, wie könnte man ihn beschreiben? … So tough und wild ist. Aber ich bin ja nicht die Einzige, die so denkt. Sharon sagt, die Frauen werfen sich ihm reihenweise an den Hals.

Mir ist abwechselnd heiß und kalt. Die Sache wird gefährlich. Vor allem weil sich unsere Blicke schon wieder begegnet sind und keiner von uns etwas sagt.

Sag etwas, Sera. Egal, was. Los, mach den Mund auf.

»Also, ich betrachte mich nicht als Tier.«

O Gott.

»Tja, aber genau das sind Sie«, gibt Patrick zurück. Seine tiefe, sonore Stimme scheint sich mitten in meine Magengrube zu bohren. »Wir beide.«

Er hebt meinen Stiefel auf und klemmt ihn sich gemeinsam mit seinem Pullover unter den Arm, dann schiebt er einen Arm unter meine Beine, den anderen legt er um meinen Rücken.

»Was machen Sie da?« Panik überfällt mich. Schlimm genug, so dicht vor ihm zu sitzen, aber wenn er mich auch noch berührt.

»Ich bringe Sie jetzt in Ihr Zimmer.«

In dieser Sekunde hebt er mich hoch und presst mich fest an seine harte, warme Brust. Geschmolzene Schneeflocken benetzen meine Wange.

»Oh!«

»Sie wollen doch nicht die ganze Nacht hier verbringen, oder?«, meint er, ohne mich anzusehen. »Und allein schaffen Sie es ja wohl nicht.«

O mein Gott. Atme, Sera. Atme.

»Vielleicht könnte ich es ja versuchen.«

»Tu, was ich dir sage, Weib!«, herrscht er mich an.

Weib?

Du lieber Himmel, er sieht wie ein Gott aus, ist aber ein sexistischer Arsch.

Scheinbar mühelos trägt er mich die Treppe hinauf, als wäre ich eine Stoffpuppe.

»Wo hat man Sie untergebracht?«

»Im Ostturm.«

Ich habe Angst, ihn anzusehen, und auch er meidet meinen Blick, doch ich spüre den Schlag seines Herzens an meiner Wange, und meinen eigenen, der in seinem Takt antwortet.

Bei jedem Schritt wird mein Gesicht gegen seine nackte Haut gedrückt. Ich versuche, möglichst flach zu atmen, um den eigentümlichen Geruch nach klarem, kühlem Wasser, würziger Erde und noch etwas anderem – etwas Eisigem, Berauschendem – nicht einzusaugen.

Schließlich erreicht Patrick den oberen Treppenabsatz und trägt mich durch ein dichtes Netz aus verwinkelten Gängen und Korridoren.

»Sie sollten hier nicht ganz allein herumlaufen«, sagt er, als er in einen Korridor biegt, der mir bekannt vorkommt, und vor der Tür zum Turmzimmer stehen bleibt. »Es war pures Glück, dass ich Sie gefunden habe.«

»Ich musste meine Schwester anrufen«, erwidere ich lahm.

»Sie hätten warten sollen.«

»Nein. Ich musste sofort wissen, wie es ihr geht.«

Patrick runzelt die Stirn, sagt aber nichts, sondern öffnet die Tür und stößt sie mit der Schulter vollends auf. Er tritt zum Bett und legt mich vorsichtig hin, dann geht er ans Fenster und reißt es sperrangelweit auf.

Erschrocken schnappe ich nach Luft und schlinge mir die Arme um den Oberkörper. »Sind Sie verrückt? Es ist eiskalt!«

»Still liegen«, bellt er, packt eine Handvoll Schnee vom Fensterbrett, verschwindet im angrenzenden Badezimmer und kehrt mit einem zusammengelegten Handtuch zurück.

Entschlossen packt er meinen Knöchel.

»Tut es weh, wenn ich hier draufdrücke?« Er schließt die Finger um meinen Fuß.

Ich schüttle den Kopf. »Nein, es fühlt sich nur ein bisschen wund an.«

»Sie müssen den Fuß gut kühlen, dann sollte es morgen weg sein.« Er legt das Handtuch auf meinen Fuß. Es ist eiskalt. Damit ist geklärt, was er mit dem Schnee angestellt hat – er hat ihn in das Handtuch geschlagen.

Ich stoße einen leisen Seufzer aus, als sich die angenehme Kühle auf meiner Haut ausbreitet.

»Sie hatten Riesenglück«, sagt Patrick noch einmal. »Es

hätte ohne Weiteres passieren können, dass Sie die ganze Nacht in diesem Korridor festsitzen.«

Ich fühle mich wie ein Kaninchen in der Falle. Ein dummes Kaninchen mit einem großen bösen Wolf vor der Nase.

»Das ist wahr«, krächze ich. »Danke.«

Er legt mein Bein wieder auf der Matratze ab und sieht sich um. »Sie sollten nicht in diesem Zimmer schlafen. Hier ist es ja so karg wie in meiner ehemaligen Kaserne.«

»Und das finden Sie nicht gut?«

»Nein. Eine Frau sollte nicht in einem solchen Zimmer untergebracht sein. Ich werde Agnes sagen, dass sie Ihnen ein anderes gibt. Ich hatte keine Ahnung, dass die Kindermädchen hier oben schlafen.« Er schließt das Fenster und wischt sich die Hände ab.

»Schon okay«, wiegle ich ab. »Immerhin fährt nicht alle fünf Minuten ein Zug vorbei. Ich habe schon in übleren Zimmern gehaust, das können Sie mir glauben.«

Patrick sieht mich an.

O Gott. Mir wird ganz flau im Magen.

Die Intensität seines Blicks verschlägt mir den Atem.

15

Beabsichtigen Sie, länger hierzubleiben als die anderen Mädchen?«, fragt er.

Ich räuspere mich. »Das hatte ich vor, ja. Aber Agnes, ich meine Mrs Calder, meinte, sie sei nicht sicher, ob ich hier anfangen kann oder ob Sie schon jemand anders engagiert haben.«

»Ich werde Sie nicht wegschicken. Vor allem jetzt nicht,

nachdem ich Sie kennengelernt habe. Ich sehe, dass Sie anders sind als die anderen.« Er zieht eine Braue hoch. »Wir sehen uns morgen. Und halten Sie das Bein schön ruhig.«

Er wendet sich zum Gehen.

»Ich habe erstklassige Referenzen«, platze ich heraus. O Gott. Ich klinge schon wieder wie eine Idiotin, aber ich brauche diesen Job unbedingt. Notfalls würde ich auch auf allen vieren über Kohlen kriechen, wenn Wila dadurch auf der Schule bleiben kann. »Ich wollte damit sagen, dass ich mich immer gut mit den Familien verstanden habe, für die ich gearbeitet habe. Und ich liebe Kinder. Ich bin sicher, dass es funktionieren wird.«

Aus meiner Reisetasche ziehe ich mit zitternden Fingern ein Bündel Karten, Zeichnungen und Kalender heraus, die die Kinder mir im Lauf der Jahre gebastelt haben. »Hier. Die sind von den Kindern, auf die ich aufgepasst habe. Ich habe sie immer bei mir und bewahre jedes einzelne Exemplar auf, weil ich die Kinder so gerngehabt habe. Und Ihren Neffen werde ich auch gernhaben.«

Patrick legt seine riesige Hand um den Türrahmen. Wieder kann ich nur staunen, wie groß er ist. Der Anflug eines Lächelns erscheint um seine Mundwinkel.

»Halten Sie Ihr Bein ruhig.«

Einen Moment lang blickt er mich aus seinen strahlend blaugrünen Augen an.

Ich mache keine Anstalten, den Blick abzuwenden. Ich werde ihn auf keinen Fall merken lassen, wie nervös ich in seiner Gegenwart bin. Und wie sehr mich sein eindringlicher Blick aus dem Konzept bringt.

»Wir sehen uns morgen früh.« Er macht kehrt, geht hinaus und schlägt die Tür hinter sich zu. Seine Schritte verhallen.

Einen Augenblick lang sitze ich wie gelähmt da.

Als ich die Karten und Bilder wieder in meiner Tasche verstaue, fällt mir auf, dass meine Hände zittern.

Verdammt!

O Mann, er ist … Wahnsinn. So wild und grob und wütend. Ein sexistischer Neandertaler, wie er im Buche steht. Und gleichzeitig …

Ich muss daran denken, wie sich seine feuchte Haut an meiner Wange angefühlt hat, und ertappe mich dabei, wie meine Hand zur Wange fährt.

Hör auf damit!

Abrupt lasse ich die Hand sinken.

Keine alberne Schwärmerei für den Boss. Vor allem nicht für einen, der mich »Weib« nennt.

Ich ziehe die Decke beiseite und schiebe vorsichtig mein mit dem Handtuch umwickeltes Bein darunter.

Es ist mir egal, dass ich noch vollständig angezogen bin. Hier drinnen herrschen Temperaturen wie in einem Kühlschrank, daher denke ich nicht daran, mich auszuziehen.

Als ich die Augen schließe, sehe ich Patricks Gesicht vor mir – sein vom Schnee feuchtes Haar, seine blanke Brust, die sich im Rhythmus seiner Atemzüge hebt und senkt.

Entschlossen schiebe ich das Bild beiseite und schlafe sofort ein.

16

Bum, bum, bum.

Was ist das?

Ich setze mich auf.

Es dauert einen Moment, bis mir bewusst wird, wo ich mich befinde. Und dass mir eiskalt ist.

Eiskristalle glitzern an den Fensterscheiben.

Bum, bum, bum.

»Junge Dame! Soweit ich mich erinnern kann, habe ich Ihnen gesagt, dass Sie spätestens um sechs aufstehen sollen.« Es ist Agnes Calder. »Und jetzt ist es fast acht.«

Scheiße.

Ich schnappe mein Handy, aber der Akku ist leer.

Deshalb hat mein Wecker also nicht funktioniert.

»Tut mir leid«, rufe ich. »Mein Akku ist leer.«

»Ihre faulen Ausreden können Sie sich sparen«, blafft Agnes. »Und jetzt nach unten mit Ihnen. Sie werden sich direkt in Mr Mansfields Büro begeben. Fürs Frühstück ist keine Zeit mehr. Sie haben exakt drei Minuten, um sich zu waschen und anzuziehen. Sollten Sie das nicht schaffen, können Sie Ihre Sachen packen und nach Hause fahren.«

SCHEISSE!

Ich springe aus dem Bett, ohne einen Gedanken an meinen verletzten Knöchel zu verschwenden, bis das klatschnasse Handtuch auf dem Fußboden landet.

Kein Wunder, dass mir so kalt ist. Mein Fuß ist halb erfroren. Aber Patrick hatte recht – meinem Knöchel geht es tatsächlich besser. Ich spüre praktisch nichts mehr.

Ich sehe an mir hinunter. Ich trage immer noch meine zerrissenen Jeans und den Pulli, der vom Schlafen völlig zerknittert ist.

Umziehen, umziehen, ganz schnell.

Ich zerre all meine Sachen aus der Reisetasche. Die meisten Klamotten nähe ich mir selbst, oder ich ändere Kleider aus dem Secondhandladen ab, weshalb ich keine Garderobe im gewöhnlichen Sinne besitze, und die wenigen schicken Sachen, die ich habe, hängen zu Hause im Schrank. Ich hatte nicht damit gerechnet, mich für ein Vorstellungsgespräch in Schale werfen zu müssen.

Schließlich entscheide ich mich für enge schwarze Jeans, die ich mit Nieten auf den Gesäßtaschen aufgepeppt habe, und für ein Sweatshirt mit dem Aufdruck »Camden Town Ain't Burning Down« – auch er stammt aus meiner Werkstatt.

Wie gesagt – ich war nicht auf ein Vorstellungsgespräch gefasst, deshalb muss ich mich damit zufriedengeben.

Das winzige Badezimmer hat eindeutig schon bessere Tage gesehen, ist aber mit allem ausgestattet, was ich brauche. Ich gehe auf die Toilette, putze mir die Zähne und frisiere mein Haar zu einer Art französischem Zopf, den ich mit … Moment, wo sind meine Haarnadeln? Mist! Ich habe keine Zeit, meine Tasche zu durchsuchen.

Egal. Dann trage ich mein Haar eben offen.

Ich wünschte, ich hätte Zeit gehabt, es zu waschen und ein bisschen zu glätten, aber auch dafür ist die Zeit zu knapp.

Dasselbe gilt für das Make-up. Ich wasche mir das Gesicht, entferne die Wimperntuschespuren von gestern und betrachte mein blasses, sommersprossiges Gesicht im Spiegel.

Im Naturzustand sind meine Augenbrauen so hell, dass man sie kaum sieht, und meine Wimpern … Welche Wimpern?

Na gut, eigentlich sehen meine Augen ganz okay aus. In Wahrheit sind sie das Auffälligste an meinem Gesicht. Heute leuchten sie goldfarben.

Trotzdem sehe ich alles in allem schrecklich jung aus. Manche halten das für einen Vorteil, aber in Wahrheit nervt es. Ständig werde ich nach meinem Ausweis gefragt, und wann immer ich eine neue Stelle antrete, muss ich die Leute mühsam davon überzeugen, dass ich sehr wohl weiß, was ich tue.

Ich schlüpfe in meine Stiefel und haste zur Tür.

Mrs Calder weicht erschrocken zurück, als sie mich sieht, dann runzelt sie die Stirn. Auch heute ist sie angezogen, als wäre sie auf dem Weg zu einer Beerdigung – ein schwarzes Cordkleid und flache schwarze Gesundheitsschuhe.

»Nun.« Mrs Calder zieht eine Braue nach oben. »Es wird auch langsam Zeit, junge Dame.« Sie schürzt die Lippen. »In diesem Haus haben wir keine Zeit für Faulenzer.«

»Meine Weckfunktion …«

»Kommen Sie mit.« Mrs Calder marschiert so schnell den Korridor hinunter, dass ich Mühe habe, mit ihr Schritt zu halten.

17

Ich habe einen Bärenhunger und Durst, bemühe mich aber, mich stattdessen auf das Gewirr aus Gängen und Treppen zu konzentrieren und mir den Weg zu merken. Ich will mich nicht noch einmal verlaufen. Schlimm genug, dass ich mir gestern wie eine Idiotin vorgekommen bin.

Einen Moment lang denke ich daran, wie Patrick Mansfield mich gestern durch sein Schloss getragen hat, aber … *Reiß dich zusammen, Sera!*

Fünf Minuten später stehen wir vor einer massiven Eichentür, an die Mrs Calder energisch klopft.

»Herein«, ertönt eine laute Stimme – dieselbe tiefe, sonore Stimme, deren Klang mir schon gestern einen wohligen Schauder über den Rücken gejagt hat.

Unwillkürlich muss ich daran denken, wie sich meine Wange an seine …

Nein, nein, nein.

Ich muss vergessen, was gestern Abend vorgefallen ist, und mich darauf konzentrieren, Patrick davon zu überzeugen, dass ich die perfekte Nanny für seinen Neffen bin.

O Gott.

Die Tür geht auf.

Ich versuche, die Schultern durchzudrücken, und streiche mir das Haar aus dem Gesicht.

Die Vorstellung, dass Patrick mich ungeschminkt und sommersprossig sieht, ist schrecklich.

Sei nicht blöd, Sera. Wen interessiert es, wie du aussiehst, solange du deinen Job erledigst?

Unwillkürlich halte ich die Luft an.

Da sitzt er, hinter einem ausladenden Schreibtisch aus Walnussholz.

Zu meiner Erleichterung ist er vollständig angezogen. Er trägt ein marineblaues T-Shirt mit Armeelogo. Ich glaube nicht, dass ich es ertragen hätte, ihn schon wieder mit entblößtem Oberkörper sehen zu müssen.

Aber seine Arme sind unbedeckt. Er sitzt kerzengerade auf seinem Schreibtischstuhl und sieht zur Tür.

Bei meinem Anblick flackert etwas in seinem Blick auf.

»Geht es Ihrem Knöchel besser?«, fragt er leise.

O Gott. Wieso gibt es hier nichts, woran ich mich festhalten kann? Ich habe Angst, gleich umzukippen.

Sein blondes Haar fällt ihm ins Gesicht. Er streicht sich eine Strähne hinter die Ohren.

Und diese Augen – wie die einer Kreatur, die die Jagd liebt. Sie scheinen jede meiner Bewegungen zu registrieren. Es ist, als könnte er meine Gedanken lesen. Ich spüre, wie sich eine tiefe Röte auf meinem Gesicht ausbreitet.

»Viel … besser«, stammle ich. »Danke für Ihre Hilfe.«

»Gehen Sie bitte nicht mehr abends allein im Schloss spazieren.«

Ich spüre, dass Mrs Calder neben mir vor Wut schäumt.

»Knöchel?«

»Ich hatte gestern Abend einen kleinen Unfall«, erkläre ich mit einem Blick in Patricks Richtung. »Ich bin die Treppe hinuntergefallen.«

»Welche Treppe?«, fragt Mrs Calder verärgert. »Wieso waren Sie nicht in Ihrem Zimmer?«

»Ich musste meine Schwester anrufen. Und da oben gibt es keinen Empfang.«

»Sie sollten sich doch nicht im Schloss herumtreiben«, sagt Mrs Calder. »Es handelt sich um Privaträume, in denen Fremde nichts zu suchen haben.«

»Sollte ich den ganzen Abend in meinem Zimmer hocken?«

»Genau. Kein Wunder, dass Sie heute Morgen verschlafen haben.« Sie schnaubt abfällig.

»Verschlafen?«, hakt Patrick nach. Ich sehe, dass seine Mundwinkel leicht zucken.

»Die Weckfunktion an meinem Handy, der Akku war leer.«

Patrick fährt sich mit der Hand durch sein dichtes sandfarbenes Haar. »Fällt es Ihnen schwer, Anweisungen zu befolgen, Miss Harper?«

»Ich …« Was soll ich darauf antworten? Ich komme niemals absichtlich zu spät. Aber die Wahrheit sieht leider so aus, dass ich ab und zu Mühe habe, das zu tun, was man mir sagt. Nicht dass ich mich grundsätzlich gegen Ratschläge sperren würde, aber manchmal, vor allem wenn Kinder im Spiel sind, muss ich mich auf mein Bauchgefühl verlassen. »Manchmal.«

Patrick dreht sich auf seinem Stuhl zum Fenster um und blickt auf den herrlichen Garten mit dem dichten Wald und den schneebedeckten Hügeln im Hintergrund hinaus.

»Bitte sorgen Sie dafür, dass Sie nicht noch einmal verschlafen«, sagt er.

»Ich wollte nicht …«

Er hebt seine Pranke. »Das war keine Bitte, sondern ein Befehl«, unterbricht er und sieht mich an. »Mögen Sie Herausforderungen, Miss Harper?«

18

Ja«, antworte ich wie aus der Pistole geschossen.

Patrick legt seine Füße auf das Fensterbrett, die in abgewetzten Stiefeln stecken. »Noch haben Sie Bertie nicht kennengelernt. Vielleicht gelangen Sie ja zu dem Schluss, dass Sie mit ihm nicht fertigwerden.« Er zieht eine Augenbraue hoch und wirft mir ein Lächeln zu, bei dem mir ganz schwummrig wird.

»Nein«, erwidere ich lauter als beabsichtigt. »Ich hatte noch nie ein Kind, mit dem ich nicht fertiggeworden bin. Ich liebe Kinder«, erkläre ich empört.

Patrick nimmt die Füße vom Fensterbrett und schlägt mit beiden Handflächen auf die Tischplatte. »Große Worte«, meint er und verzieht das Gesicht zu einem schiefen Grinsen. »Hoffen wir, dass Sie auch halten können, was Sie versprechen.«

»Das werde ich«, gebe ich hitzig zurück. »Wie gesagt, es

gab noch nie ein Kind, dem ich nicht helfen konnte. Und ich hatte schon viele Kinder mit Problemen, glauben Sie mir.«

Ich muss an Rebecca Carmichael denken, die sich immer Haare ausriss, wenn sie unter Stress stand.

Ausriss. Vergangenheitsform.

Nach sechs Monaten in meiner Obhut war Schluss damit. O Gott, ich hoffe nur, es geht ihr gut. Bisher waren die Carmichael-Mädels nie zu sprechen, wenn ich angerufen habe. Die Vorstellung, dass ich die beiden womöglich nie wiedersehe, bricht mir das Herz.

»Aber was wäre, wenn Sie dieses Kind an Ihre Grenzen bringen würde?«, beharrt Patrick.

»Kinder bringen Erwachsene nicht an ihre Grenzen, Mr Mansfield. Das Problem ist, dass die Erwachsenen die falschen Grenzen haben. Wenn Kinder schwierig sind, ist es normalerweise nichts als ein verschleierter Hilfeschrei.«

Mrs Calder fällt die Kinnlade herunter. Schließlich gelingt es ihr, den Mund wieder zu schließen. »Sie sprechen nur, wenn Sie dazu aufgefordert werden, Miss Harper«, zischt sie.

Patrick sieht mich an, dann wendet er sich Agnes zu. »Sie können uns jetzt allein lassen, Mrs Calder.«

»Aber Mr Mansfield …«

»Sie können gehen.«

Mrs Calder wirft mir einen Blick zu. »Wie Sie wünschen. Ähm. Ich wollte Sie nur an Berties Unterricht erinnern. Bei Margaret. Seraphina muss dafür sorgen, dass der Junge nach dem Essen bereit ist. Darüber muss sie informiert sein.«

»Nun, das ist sie ja jetzt«, gibt Patrick zurück.

»Ähm … ja.« Mrs Calder zögert kurz, dann verlässt sie das Büro.

Plötzlich ist es sehr still im Raum. Zu still.

Patricks kühler Blick ruht auf mir. Er gibt mir das Gefühl, splitternackt vor ihm zu stehen.

Schließlich greift er nach einer Rolle Angelschnur und tippt rhythmisch damit auf die Tischplatte. »Sie haben keine Angst vor mir«, sagt er nach einer Weile.

Das ist keine Frage, sondern eine Feststellung.

»Vor Ihnen?« Ich versuche, seinem Blick standzuhalten, ohne rot zu werden.

»Die meisten Menschen, genauer gesagt *Frauen*, haben Angst vor mir. Nicht viele trauen sich, mir zu widersprechen, so wie Sie es gerade getan haben. Das zeigt mir, dass Sie sich nicht vor mir fürchten.«

»Mir war nicht bewusst, dass ich …«, stammle ich. »Ich … ich sage bloß, was ich denke, das ist alles. Wenn man mit Kindern arbeitet, muss man eine klare Vorstellung davon haben, was man tut.«

»Solange Ihnen bewusst ist, dass ich das Sagen habe, spricht nichts dagegen.«

»Was das Schloss angeht, haben Sie das durchaus. Aber wenn ich hier als Kindermädchen arbeiten soll, bestimme ich, was mit Ihrem Neffen geschieht.«

Patrick lächelt. »Sie sind tatsächlich anders als Ihre Vorgängerinnen. Aber ich mag Herausforderungen. Und dafür zu sorgen, dass Sie nicht aus der Reihe tanzen, wird mir großes Vergnügen bereiten. Das Leben hier ist nicht ungefährlich. Sie werden sehr schnell lernen, meinen Anweisungen Folge zu leisten und zu tun, was ich Ihnen sage. Als Erstes ist ab sofort Schluss mit diesen abendlichen Ausflügen.«

»Wenn Sie mich bloßstellen wollen …«

»Bloßstellen?« Patrick runzelt die Stirn.

»Ich bin ein gutes Kindermädchen, Mr Mansfield, und

wenn Ihr Neffe tatsächlich so große Probleme hat, wie es den Anschein hat, braucht er mich.«

Patricks Mundwinkel zucken. »Vielleicht gilt das für uns alle.«

Ich werde rot.

Was um alles in der Welt soll das denn bedeuten?

»Ich habe noch nie jemanden wie Sie kennengelernt«, sagt er, ohne den Blick von mir zu lösen.

Fasziniert sehe ich zu, wie er seine kräftigen Hände auf der Tischplatte verschränkt.

Unvermittelt löst er sie wieder und steht auf. Mein Blick wandert über seinen Körper.

O Gott, er ist so unglaublich groß. Ich reiche ihm gerade einmal bis zur Brust und muss den Kopf in den Nacken legen, um ihm ins Gesicht sehen zu können.

Und wie schön sein Gesicht ist! Glatte, gebräunte Haut, markante Züge, wild und verwegen mit diesen weißlichen Narben und diesen intensiven Augen, die mich förmlich auszuziehen scheinen. »Aber so spannend Ihre Angstfreiheit auch sein mag, werden Sie trotzdem tun, was ich sage, solange Sie sich hier aufhalten. Haben Sie mich verstanden, Miss Harper?«

»Ja und nein.«

»Ja und nein?« Seine Lippen verziehen sich zu einem gefährlichen Lächeln.

»Manchmal sollte man die Regeln ein bisschen flexibler halten. Vor allem wenn Kinder im Spiel sind.«

»Aber nicht hier«, entgegnet Patrick. Plötzlich ist sein Lächeln verflogen, und ein bedrohlicher Tonfall hat sich in seine Stimme geschlichen. »Regel Nummer eins: Keine nächtlichen Ausflüge mehr. Es ist zu gefährlich.«

»Okay.«

»Regel Nummer zwei: Sie halten sich vom Wald fern. Gehen Sie auf keinen Fall weiter als bis zum Fluss. Verstanden?«

»Ja.« Die Rebellin in mir juckt es, nach dem Grund zu fragen. Aber ich verkneife es mir.

»Und die dritte und wichtigste Regel lautet: Der Zutritt zum Westturm ist strengstens untersagt. Haben Sie auch das verstanden?«

19

Ja. Dasselbe hat mir Mrs Calder auch schon gesagt. Aber keine Angst, ich würde den Westturm noch nicht einmal finden.«

»Er befindet sich über der Eingangshalle.«

»Oh.«

Über der Eingangshalle. Dort habe ich doch gestern etwas am Fenster gesehen.

Patrick tritt um den Schreibtisch herum.

»Sind Sie bereit, Ihren Schützling kennenzulernen?«

»Ja.« Seine Nähe raubt mir den Atem.

Er geht zur Tür und hält sie mir auf. »Bitte.«

»Danke.« Ich spüre, wie meine Schulter seinen festen, muskulösen Bauch streift, als ich mich an ihm vorbeischiebe.

Großer Gott! Er muss doch wissen, welche Wirkung er auf Frauen hat. Spielt er nur mit mir? Ist ihm bewusst, dass mein Herz wie verrückt hämmert?

Ich trete auf den Korridor hinaus und straffe die Schultern. Ich muss souverän und lässig wirken, obwohl ich weder das eine noch das andere bin, nicht einmal ansatzweise.

»Hier entlang.« Patrick eilt den Korridor hinunter, sodass ich beinahe in Laufschritt verfallen muss, um den Anschluss nicht zu verlieren.

Vor einer geschlossenen Tür bleibt er stehen und wendet sich mir zu.

»Ich werde Sie jetzt Agnes überlassen. Ich …« Er unterbricht sich. Wieder verschlägt es mir beim Anblick des Ausdrucks in seinen blaugrünen Augen beinahe den Atem. »Ich bin froh, dass Sie hier sind, Miss Harper. Bertie braucht jemand Starkes.«

»Ich werde ihn nicht im Stich lassen«, verspreche ich. »Auch wenn es noch so schwierig wird. Diese Befürchtung brauchen Sie nicht zu haben. Es gibt nur einen Grund für mich, wieder abzureisen – wenn Sie es von mir verlangen.«

Patricks Blick durchbohrt mich förmlich. »Weshalb sollte ich das tun?«

Ich zucke die Achseln. »Keine Ahnung. Wieso haben die anderen denn gekündigt? Hatten Sie keine Geduld mit ihnen?«

Patrick lacht. Wieder bin ich hingerissen von der Schönheit seines Gesichts – die strahlend weißen Zähne, die Art und Weise, wie seine Augen funkeln.

»Glauben Sie das etwa?«

»Ich … na ja, der Verdacht lag nahe.«

»Glauben Sie allen Ernstes, ich wäre scharf darauf, jede Woche eine neue Nanny für Bertie einzustellen?«

Ich werde rot. »Nein, vermutlich nicht.«

»Die Damen haben alle aus eigenem Antrieb gekündigt. Sie sind mit Bertie nicht fertiggeworden und haben deshalb das Handtuch geworfen.«

»Bei mir wird das nicht passieren. Ich haue nicht einfach ab, nur weil es ein bisschen anstrengend wird.«

Er beugt sich zu mir, und ich spüre, wie meine Lippen zu glühen beginnen.

»Tatsächlich?«

Scheiße. Das Blut rauscht wie ein Wasserfall durch meinen Körper. Ich sollte zurückweichen, aber ich fühle mich geradezu magnetisch von ihm angezogen.

Er ist so wunderschön. Und so autoritär.

»Ja«, presse ich mühsam hervor.

Unsere Gesichter trennen nur wenige Zentimeter, und mein Atem beschleunigt sich.

»Seraphina Harper«, sagt Patrick, lässt die Worte genüsslich über seine Zunge gleiten. »Sie sind einfach … unwiderstehlich. Ist Ihnen das klar? Seit ich Sie gestern gefunden habe, gehen Sie mir nicht mehr aus dem Sinn.«

»Unwiderstehlich?«, flüstere ich. »Sagen Sie das zu jedem neuen Kindermädchen?«

»Nein.« Er streckt die Hand aus und streicht mir zärtlich mit dem Fingerknöchel über die Wange. »In Wahrheit habe ich das noch nie zu jemandem gesagt.«

Mein Körper ist in völligem Aufruhr. Ein Teil von mir würde sich am liebsten in seine Arme werfen, während die Vernunft mir rät, die Beine in die Hand zu nehmen und abzuhauen. Die Sache ist brandgefährlich. Seine Nähe …

Plötzlich brodelt Wut in meinem Innern auf.

Ich werde mich nicht in meinen Boss verknallen, auf keinen Fall. Ich bin hier, weil ich meine Arbeit machen will und ein kleiner Junge meine Hilfe braucht.

Ich werde der Versuchung widerstehen.

»Ich bin wegen Ihres Neffen hier, Mr Mansfield«, sage ich so fest, wie ich nur kann.

»Das weiß ich. Und ich bin froh, dass Sie hier sind. Um

Berties und auch um meiner selbst willen.« Er macht kehrt und geht davon, während ich zurückbleibe und zusehe, wie er um die nächste Ecke verschwindet.

20

Erst jetzt merke ich, dass ich die ganze Zeit die Luft angehalten habe.

Herrgott noch mal! Für wen hältst du dich eigentlich, Patrick Mansfield? Ich lasse den Atem entweichen. Bestimmt baggert er systematisch alle Nannys an und versucht, sie ins Bett zu bekommen, nur um sie danach abzuservieren. Und sie packen, völlig am Boden zerstört, ihre Sachen und ergreifen die Flucht. Vielleicht ist das der Grund für die hohe Fluktuation.

Aber nicht mit mir. Ich falle auf diese Masche nicht herein. Wie gesagt, ich bin hergekommen, weil ein Kind meine Hilfe braucht.

Entschlossen klopfe ich an Agnes Calders Tür, die Sekunden später geöffnet wird.

Agnes steht, mit geröteten, wässrigen Augen, aber undurchdringlicher Miene, vor mir.

»Ja?«

»Mr Mansfield hat mich hergeschickt. Ich soll Bertie kennenlernen.«

Mrs Calder nickt knapp. »Kommen Sie mit.«

Wieder habe ich Mühe, ihr durch das Gewirr aus Fluren und Gängen zu folgen.

Schließlich öffnet Mrs Calder eine Tür, die in einen kleinen Gemüsegarten mit einem Rasenstreifen führt, der durch einen Zaun vom restlichen Garten getrennt ist.

Eine kalte Bö weht mir eine Ladung Schnee ins Gesicht.

Draußen sitzt ein kleiner Junge auf dem Boden und kritzelt Symbole in das pudrige Weiß.

Sein Haar ist blond, beinahe farblos, seine Augen dagegen sind so tiefbraun, dass sie fast schwarz wirken. Seine Lippen sind blau, doch er scheint die Kälte nicht zu bemerken.

Sein Anblick versetzt mir einen heftigen Stich, und das Lächeln, das ich für ihn aufgesetzt habe, fällt in sich zusammen.

Du lieber Himmel.

Ich habe noch nie einen so traurigen kleinen Jungen gesehen. Es bricht mir das Herz, ihn so zu sehen.

Er trägt eine Wachsjacke, eine Cordhose und Gummistiefel, aber keine Handschuhe.

»Das ist Bertie«, erklärt Mrs Calder.

Bertie zeigt keinerlei Reaktion. Es ist, als befände er sich in seiner ganz eigenen Welt.

Einer traurigen, kalten Welt.

Er muss etwa fünf Jahre alt sein, doch er wirkt viel jünger. Er sieht regelrecht unterernährt aus, so als bekäme er nicht genug zu essen. Aber das kann eigentlich nicht sein. Immerhin ist er Teil einer wohlhabenden Familie. Vielleicht ist er auch nur von Natur aus so zartgliedrig.

»Ihre erste Aufgabe besteht darin, ihn dazu zu bringen, dass er frühstückt«, erklärt Mrs Calder und schiebt mich nach draußen. »Und dann beschäftigen Sie ihn, bis sein Hausunterricht beginnt. Fragen?«

»Ich …«

»Gut.« Mrs Calder sieht auf ihre Uhr und geht wieder hinein. »Ich habe keine allzu hohen Erwartungen an Sie, Miss Harper. Offen gestanden bin ich einigermaßen verwundert, dass Patrick Ihnen überhaupt erlaubt hat hierzubleiben.«

»Vielleicht dachte er ja, dass Sie die Hilfe eines Kindermädchens brauchen und ich diese Aufgabe übernehmen könnte.«

Mrs Calder kneift die Augen zusammen. »Ich bin nicht sicher, ob er überhaupt etwas gedacht hat. Offenbar haben Sie eine … gewisse Wirkung auf ihn. Sie sind ein sehr hübsches Mädchen, Miss Harper, aber Sie sollten wissen, dass Patrick Mansfield bereits vergeben ist.«

»Was?«, platzt es aus mir heraus, ehe ich es verhindern kann.

»Allerdings. Wir alle rechnen damit, dass er meine Tochter Margaret bald heiraten wird. Unsere Familien sind seit vielen Jahren befreundet, und Margaret hat eine der besten Privatschulen des Landes besucht. Wir warten geduldig, dass er den Termin festlegt.«

»Klingt doch nach einer wunderbaren Verbindung«, bemerke ich.

Zumindest nach einer passenderen als der zwischen ihm und mir …

Ich wende mich Bertie zu. »Hallo, Bertie«, rufe ich. »Freut mich, dich kennenzulernen.«

Auch jetzt macht Bertie keine Anstalten, sich umzudrehen, sondern malt weiter irgendwelche Figuren in den Schnee. Auch seine Finger sind schon ganz blau vor Kälte.

»Dann überlasse ich Sie jetzt Ihrem Schicksal«, sagt Mrs Calder. »Bertie spricht nicht, deshalb können Sie sich die Energie sparen, mit ihm zu reden.«

»Wie bitte?«

»Sind Sie nicht nur unfähig, pünktlich aufzustehen, sondern auch noch taub?«, herrscht sie mich an. »Ich sagte, Bertie spricht nicht.«

»Heißt das … Ist er stumm?«

»Gewissermaßen.«

»Wieso erfahre ich das erst jetzt? Ich muss doch darüber informiert sein, wenn ein Kind krank ist. Ich bereite mich gern im Vorfeld darauf vor. Um sicherzugehen, dass ich …«

»Bei Bertie ist es aber nicht krankhaft«, unterbricht Mrs Calder mich. »Früher hat er wie ein normaler Junge gesprochen. Er hat nur eines Tages einfach damit aufgehört. Daher wissen wir, dass er es könnte, wenn er wollte. Er tut es nur einfach nicht.«

»Wieso nicht?«

»Keiner kennt die Gründe dafür. Er kann lesen und schreiben, weigert sich aber, etwas zu sagen. Ich habe es Ihnen doch gesagt – er ist ein sehr schwieriger Junge.«

Sie knallt die Tür zu und lässt mich und Bertie allein in der Kälte zurück.

Es ist eisig hier draußen, verdammt noch mal.

Schneeflocken landen auf meinem Sweatshirt, und ich schlinge mir die Arme um den Oberkörper.

Einen Moment betrachte ich Bertie schweren Herzens.

Er scharrt mit zornigen Bewegungen auf dem Boden herum, als wäre er sein Todfeind, und sein magerer kleiner Jungenkörper wirkt schrecklich angespannt.

»Hi, Bertie«, sage ich noch einmal. »Du musst hier draußen doch schrecklich frieren.«

Ich trete einen Schritt näher. »Was schreibst du denn da? Sind das Symbole? Haben sie eine Bedeutung? Oder sind es bloß Muster?«

Bertie ignoriert mich.

»Bestimmt magst du gern Mathematik und alles, was mit Zahlen zu tun hat. Die Symbole sehen wie eine Art Puzzle aus.«

Er wendet sich mir zu und sieht mich traurig an. Tiefe

gräuliche Ringe liegen unter seinen dunkelbraunen Augen. Er mustert mich, dann springt er auf, stürzt sich auf mich und schubst mich mit verblüffender Kraft zur Seite.

Ich verliere das Gleichgewicht und lande auf meinem Hinterteil im Schnee.

Aua!

Bertie kehrt zu seinem Platz zurück und malt weiter.

Ich stehe auf und reibe mir die Gesäßbacke.

»Schon verstanden. Du willst mich nicht um dich haben. Weshalb auch? Ich bin ja nur eine weitere Nanny, die dich in ein paar Tagen wieder im Stich lässt.«

Ich wische mir die Hände ab, lasse den Atem entweichen und trete erneut auf ihn zu.

Ganz vorsichtig setze ich mich neben ihn.

Ich spüre, wie er sich anspannt, trotzdem malt er weiter, ohne Notiz von mir zu nehmen.

Ich warte. Nach einer Weile nehme ich ebenfalls einen Stock und schreibe etwas in den Schnee.

Anfangs beachtet er mich nicht, doch dann sehe ich, dass seine Augen immer wieder zu den Buchstaben schweifen.

Als ich fertig bin, lege ich den Stock hin und sehe ihn an. Er liest, was ich geschrieben habe.

ICH WERDE DICH NICHT IM STICH LASSEN.

21

Zum allerersten Mal sieht er mich richtig an. Schließlich verdüstert sich seine Miene, er springt auf und trampelt mit beiden Füßen zornig auf den Worten herum, als hätten sie ihm etwas getan.

Dann macht er auf dem Absatz kehrt und rennt ins Haus.

Ich stehe auf und gehe ebenfalls hinein.

Okay, ich habe insgeheim darauf gehofft, dass er sich in meine Arme wirft, was natürlich völlig illusorisch ist. Der Kleine ist todunglücklich, und das lässt sich nun mal nicht mit ein paar in den Schnee gekritzelten Worten wiedergutmachen. Immerhin hat er mich zur Kenntnis genommen. Das ist ein Anfang. Na ja, ein erster Schritt. Sozusagen.

»Bertie. Bertie!«

Ich folge ihm durch Gänge und um Ecken herum.

Er ist flink, das muss man ihm lassen. Wer hätte gedacht, dass in einem so mageren Kerlchen so viel Energie steckt?

Mein Knöchel tut noch ein bisschen weh, aber ich lasse mich nicht so schnell abschütteln. Die Fransen an den Wandteppichen flattern, als ich vorbeifege.

»Bertie!«

»Miss Harper!« Mrs Calders schrille Stimme hallt von den Wänden wider. Sie hält den zappelnden Bertie mit ihren knochigen Fingern fest. »Was treiben Sie hier eigentlich?«

»Ich versuche, Bertie einzufangen«, stoße ich atemlos hervor. »Er ist weggelaufen.«

Mrs Calder verstärkt ihren Griff um Berties Arm. Prompt erschlafft der Kleine resigniert.

»So schnell? Nach nicht einmal fünf Minuten?«

»Ja«, stoße ich mit zusammengebissenen Zähnen hervor. »Aber nur, weil …«

»Los, komm mit, Bertie«, befiehlt Mrs Calder und zerrt ihn mit sich. »Wir gehen in den Saal. Mal sehen, ob Miss Harper wenigstens fähig ist, dich zum Frühstücken zu bewegen.«

»Ich habe ganz vergessen zu fragen, wieso er noch nicht gefrühstückt hat.«

Mrs Calder beachtet mich nicht.

Minuten später betreten wir den mit drei langen Tafeln möblierten Saal, der wie eine feudale Kantine aussieht.

An den Wänden hängen düstere Ölgemälde, bei denen es sich offenbar um Porträts der Mansfields handelt.

Eines zeigt eine winzige, alte Dame mit grauem Haar und einem angedeuteten Lächeln, ein anderes zwei Jungen auf Pferden.

Es kommt mir ein bisschen seltsam vor, dass Bertie noch nicht gefrühstückt hat. Immerhin ist es bereits nach acht, und er scheint schon eine ganze Weile auf den Beinen zu sein.

Ich versuche mein Glück noch einmal. »Also, wieso hat Bertie noch nicht gefrühstückt?«

Mrs Calder zieht eine fein gezupfte Braue hoch. »Bertie isst nichts. Zumindest nichts Richtiges. Ich habe jeden Versuch aufgegeben, ihn zu zwingen. Es ist zwecklos. Aber als neue Nanny gehört es jetzt zu Ihren Aufgaben, sich darum zu kümmern. Das ist Teil der Herausforderung.«

Ich betrachte den mageren Jungen. »Mich um Bertie zu kümmern ist keine Herausforderung, sondern ein Vergnügen.«

»Das werden wir ja noch sehen. Wenn er Ihnen jetzt schon weggelaufen ist, bezweifle ich, dass Sie mehr Erfolg haben werden als Ihre Vorgängerinnen, sondern vermutlich sogar noch weniger. Nun ja. Ich lasse Sie jetzt mit dem Jungen allein.« Sie verdreht die Augen. »Ich habe weiß Gott alles versucht, um ihn zum Essen zu bewegen, aber er spurt einfach nicht. Bertie ist ein böser Junge. Das war er von Anfang an.«

Empört stemme ich die Hände in die Hüften. »Es gibt keine bösen Kinder, sondern nur Erwachsene, die sie nicht verstehen.«

Mrs Calder lacht. »O nein. Manche Kinder sind von Natur aus bösartig und müssen ständig Ärger machen.«

Das reicht. Nichts bringt mich mehr auf die Palme als dieses Geschwafel über »von Natur aus« bösartige Kinder. Und zu behaupten, Bertie gehöre auch zu dieser Sorte, obwohl er direkt neben uns steht und zuhört … Kein Wunder, dass der Kleine todunglücklich ist.

»Aber das stimmt doch nicht«, widerspreche ich. »Bei ihrer Geburt sind Kinder so rein wie ein Blatt Papier. Sie entwickeln sich zu dem Menschen, den wir aus ihnen machen. Und wenn man ihnen ununterbrochen einredet, sie seien böse, benehmen sie sich auch entsprechend.«

Ich wende mich Bertie zu. »Du bist kein böser Junge, Bertie. Das ist Unsinn.«

»Nun ja.« Mrs Calder verzieht das Gesicht zu einem freudlosen Lächeln. »Wie mir scheint, sind wir in diesem Punkt geteilter Meinung. Aber das spielt keine Rolle, weil Sie ohnehin nicht lange hier sein werden.«

»Ich gehe nirgendwohin«, erwidere ich. »Ich bin nicht wie die anderen. Ich werde nicht kündigen.«

Wieder lacht Mrs Calder auf. »Das ist nicht der Punkt. Ich habe heute Morgen mit Berties Großvater gesprochen. Er will, dass der Junge nächste Woche auf ein Militärinternat geht, das ein Freund von Mr Mansfield senior leitet. Deshalb werden Ihre Dienste höchstens noch bis Montag benötigt.«

Mein Mund fühlt sich mit einem Mal ganz trocken an. Nein, nein, nein, ich brauche diesen Job! Aber noch viel wichtiger ist, dass dieser Junge mich braucht. Sie können ihn nicht einfach ins Internat stecken. Das ist völlig ausgeschlossen! In diesem Moment hält Mrs Calder mir die sprichwörtliche Möhre hin.

»Es sei denn, Sie bringen ihn vorher dazu, etwas Anständiges zu essen.«

»Was?«

Mrs Calder nickt. »Auf dem Internat werden sie diesem verwöhnten kleinen Fratz die Flausen schon austreiben. Er muss lernen, wieder zu essen, bevor er noch zu einer Schande für die ganze Familie wird. Sollte Ihnen das gelingen, gibt es keinen Grund mehr, ihn wegzuschicken.« Sie lacht erneut. »Aber dazu wird es natürlich niemals kommen.«

»Wieso nicht?«

»Ihre Naivität schreit förmlich zum Himmel, Miss Harper. Wir haben einige der besten Kindermädchen des Landes engagiert, damit sie ihn zur Räson bringen. Wenn die es nicht geschafft haben, was wollen dann ausgerechnet Sie erreichen? Deshalb können Sie sich jetzt schon darauf gefasst machen, dass Sie am Montag Ihre Sachen packen und abreisen werden.«

Ich straffe die Schultern. »Noch ist es nicht so weit. Ich habe schon so vielen Kindern geholfen, vielleicht gelingt es mir ja auch bei Bertie. Man weiß schließlich nie.«

»Das halte ich für höchst unwahrscheinlich. Außer Lakritze und Milch will er nichts zu sich nehmen. Seit Jahren schon. Und ich muss zugeben, dass ich es kaum erwarten kann, Sie vor die Tür zu setzen, Miss Harper.«

Und mit diesen Worten lässt sie mich einfach stehen.

22

Ich trete einen Schritt auf Bertie zu. Der Schnee auf seiner Jacke ist mittlerweile geschmolzen, und seine zarte Haut hat ihren bläulichen Schimmer verloren.

»Du isst also nichts außer Lakritzstangen?«

Bertie weicht zurück.

»Keine Angst, ich werde nicht versuchen, dich zu zwingen, etwas anderes zu essen.«

Er klettert auf eine Holzbank und stützt die Ellbogen ab.

»Also, was steht bei dir auf der Frühstückskarte?« Ich setze mich neben ihn. »Zuerst die Lakritze und danach ein Glas Milch? Oder umgekehrt?«

Schweigen.

Ich sehe mich im Saal um. »Wo bekommt man hier überhaupt etwas zu essen her?«

Erst jetzt bemerke ich eine Durchreiche mit eingebauten Strahlern am Ende des Saals.

»Warte hier.« Ich stehe auf. »Hallo? Hallo?«

»Hallo!« Das Gesicht einer jungen Frau mit blauen Augen und braunem Lockenkopf erscheint in der Luke. Sie kann höchstens einen Meter fünfzig groß sein und sieht sehr nett aus. Ich schätze sie etwa auf mein Alter, allerdings lässt sie ihre Körpergröße deutlich jünger wirken.

»Oh! Wow. Hier ist also doch jemand.«

Sie tritt durch eine Tür neben der Durchreiche. »Ja. Hoffentlich habe ich dich nicht erschreckt. Ich bin die Köchin. Und du musst Berties neues Kindermädchen sein. Ich bin daran gewöhnt, ständig neue Gesichter zu sehen. Der arme Kleine hat jede Woche jemand Neues.«

Ich mag das Mädchen, dessen dichter Schopf eigentlich viel zu ausladend für ihren zarten Körper ist, auf Anhieb. Sie trägt eine Kochuniform mit einer blau-weiß gestreiften Schürze.

»Das habe ich auch schon gehört. Wie schön, dich kennenzulernen. Ich bin Sera.«

Sie strahlt mich an. »Ich bin Victoria, aber meine Freunde nennen mich Vicky. Also nur zu.« Kleine Grübchen erscheinen auf ihren Wangen. »Ich habe gerade mitbekommen, wie du Mrs Calder eine hübsche Abreibung verpasst hast.«

»Ich finde, sie darf nicht so über Bertie reden.«

»Stimmt, das sollte sie nicht tun.« Vicky wischt sich die mehligen Hände an ihrer Schürze ab. »Aber das hat sie bislang nie daran gehindert. Diese Frau schert sich einen Dreck darum, was andere denken. Und Neue sind ihr grundsätzlich ein Dorn im Auge.«

»Das habe ich auch schon gemerkt.«

»Aber das ist kein Grund, den Kopf hängen zu lassen, Herzchen. Es ist nicht persönlich gemeint. Ich bin sicher, sie ist zu dir genauso gemein wie zu allen anderen.« Sie sieht mich nachdenklich an. »Und je hübscher sie sind, umso mehr hasst sie sie.« Vicky senkt die Stimme. »Sie will unbedingt, dass ihre Tochter Margaret Patrick Mansfield heiratet, deshalb ist jede junge Frau eine potenzielle Konkurrentin«, raunt sie hinter vorgehaltener Hand.

»Sie hat vorhin eine Margaret erwähnt«, sage ich in der Hoffnung, nicht allzu neugierig zu klingen.

Vicky nickt. »Sie übernachtet manchmal hier, und sie läuft Mr Mansfield wie ein Welpe hinterher. Du lernst sie bestimmt später kennen. Sie ist Berties Hauslehrerin und erteilt ihm jeden Abend Unterricht. Und manchmal auch nachmittags.«

»Hauslehrerin? Aber sollte Bertie denn nicht zur Schule gehen? Er muss doch mit anderen Kindern zusammen sein.«

»Die Reichen leben nun mal nach ihren eigenen Regeln«, sagt Vicky stirnrunzelnd. »In diesem Schloss stehen Geheimnisse höher im Kurs als Freunde.«

»Tja, vielleicht kann ich ja etwas daran ändern.«

Vicky lässt ein melodiöses Lachen hören. »Schön wär's. Hier muss sich dringend etwas ändern. Dieser Kasten ist so was von düster und unheimlich.«

Ich sehe zu Bertie hinüber. »Nicht gerade die richtige Atmosphäre für ein Kind. Vor allem wenn es nicht zur Schule geht.«

»Soll ich dem kleinen Mann seine Milch und seine Lakritzstangen holen?«, fragt Vicky.

»Wenn er nichts anderes essen will.«

»Mrs Calder hat versucht, ihm alles Mögliche aufzuzwingen, und die anderen Kindermädchen haben ihn angefleht, etwas zu essen, aber er hat einen ziemlichen Dickschädel.«

»Wenn er für den Moment bloß Milch und Lakritze will, dann soll er das eben haben.«

»Sicher?«, fragt sie. »Ich habe ein paar süße Teilchen im Ofen. Vielleicht willst du es ja mal mit frischen Croissants oder Apfelkuchen versuchen. Das haben die anderen Mädchen auch getan.«

Beim Gedanken an die Köstlichkeiten knurrt mir der Magen. Ich habe immer noch einen Bärenhunger. Mahlzeiten auszulassen bekommt mir nicht sonderlich gut. Aber wie es aussieht, werde ich wohl bis zum Mittagessen durchhalten müssen.

»Nein. Eins nach dem anderen. Wir haben uns gerade erst kennengelernt. Wenn er sonst auch immer nur Milch und

Lakritze zu sich nimmt, soll er es heute auch bekommen.« Ich kehre zum Tisch zurück.

Mir fällt auf, dass Bertie mich beobachtet, aber eilig den Kopf abwendet, als ich mich hinsetze.

23

Wenig später erscheint Vicky mit einem Becher warmer Milch, einem Teller voll Lakritzstangen für Bertie und einem ofenfrischen Croissant mit Marmelade für mich.

Sie zwinkert mir zu. »Bertie sollte ja bekommen, was er haben will, aber dich habe ich heute Morgen nicht beim Frühstück gesehen. Deshalb dachte ich, du hast vielleicht Lust auf ein Croissant. Ich habe früher in Paris gearbeitet.«

Ich lächle sie dankbar an. »Danke. Das ist wirklich nett von dir.«

Vicky grinst. »Gern geschehen. Ich freue mich, dass ich endlich jemanden bekochen kann. Sonst kommt hier ja keiner vorbei.«

Ich sehe mich im leeren Saal um. »Wer isst denn normalerweise hier?«

»Das Personal. Das heißt, die wenigen, die Mrs Calder noch nicht vergrault hat. Eigentlich könnte man hier jederzeit auch Gäste verköstigen, aber der Saal ist so düster und trostlos, deshalb kann ich mir nicht vorstellen, dass es jemals dazu kommt. O Mist, meine Minikuchen verbrennen.«

»Nochmals danke«, rufe ich ihr hinterher, als sie in die Küche flitzt, dann wende ich mich Bertie zu. »Sie ist nett.«

Berties magere Hand schnellt vor und schnappt sich eine Lakritzstange. Er schiebt sie sich in den Mund, dann gleich noch eine. Als er alle verputzt hat, greift er nach dem Becher und kippt die Milch mit gierigen Schlucken hinunter.

»Wow, du hast ja mächtig Durst«, bemerke ich.

Keine Reaktion.

»Sollen wir nachher …«

Bevor ich zu Ende sprechen kann, springt er auf und läuft davon. Ich erhebe mich ebenfalls und folge ihm.

Minuten später stehe ich in einer Art Spielzimmer.

»Das ist also dein Zimmer?«, frage ich beim Anblick des Betts in der Ecke, auf dem sich diverse Bücher und Xbox-Spiele türmen.

Bertie tritt zum Fernseher, macht ihn an und schnappt sich den Controller.

Kämpfende Männer erscheinen auf dem Bildschirm, und innerhalb von Sekunden ist Bertie voll und ganz in das Spiel vertieft und hämmert mit gerunzelter Stirn auf den Controller ein, der die Figuren Tritte vollführen und Schläge austeilen lässt.

Ich trete zum Bett und nehme die Bücher in Augenschein.

»Du scheinst ja eine echte Leseratte zu sein. Stehst du auf Horror?« Einige der Bücher haben ziemlich furchteinflößende Einbände. »Liest du die tatsächlich?«

Bertie ignoriert mich immer noch.

Eine Zeit lang sitzen wir da – ich warte geduldig, während Bertie auf seinen Xbox-Controller eindrischt. Ich habe beschlossen, dass meine Hauptaufgabe für den Augenblick darin bestehen sollte, ihm zu zeigen, dass ich nicht weggehen werde. Mehr nicht.

Der Junge ist ein bisschen seltsam. Einerseits könnte ich mir vorstellen, dass er tatsächlich unter einer Persönlichkeitsstörung wie Autismus leidet und daher in seiner eigenen Welt lebt. Andererseits hat er früher offenbar wie ein normales Kind kommuniziert, daher kann meine Einschätzung eigentlich nicht zutreffen.

Mein Instinkt sagt mir, dass er einfach nur ein Junge ist, der herumgeschubst wurde und nie das Gefühl von Liebe und Zugehörigkeit vermittelt bekommen hat. Deshalb ist sein Verhalten lediglich ein Hilferuf nach jemandem, der bei ihm bleibt.

Und genau das werde ich tun. Was bedeutet, dass ich ihn dazu bringen muss, etwas zu essen.

Ich betrachte sein finsteres Kindergesicht, während er immer noch mit wütender Entschlossenheit auf die Tasten einschlägt.

Und dann passiert etwas Schlimmes.

24

Bis jetzt ist das Spiel offenbar ziemlich gut für ihn gelaufen. Er hat den gruseligen Gestalten ordentlich eins auf die Mütze gegeben, aber dann gewinnt der Computer mit einem Mal die Oberhand und zwingt seine Figur in die Knie.

»KNOCKOUT« prangt in leuchtenden Buchstaben auf dem Bildschirm.

Einen Moment lang starrt Bertie die Worte reglos an, während sich seine Atemzüge beschleunigen. Wie von der Tarantel gestochen springt er auf und schleudert den Controller mit solcher Wucht gegen den Fernseher, dass das Glas platzt und ein tiefer Riss quer über den Bildschirm verläuft.

Ehe ich weiß, wie mir geschieht, beginnt Bertie schreiend, das ganze Zimmer zu zerlegen und alles zu zertrümmern, was er in die Finger bekommt.

Als Erstes trifft es die Xbox. Er reißt das Kabel heraus und trampelt darauf herum, bis das schwarze Plastikgehäuse knackend in seine Einzelteile zerbricht.

Brettspiele segeln quer durch den Raum, eine Zimmerpflanze landet auf dem Fußboden, wo er sie im Handumdrehen in eine undefinierbare Masse aus brauner Erde und grünlichem Blättersaft verwandelt, ehe er die Vorhänge von den Stangen reißt.

Er ist wie von Sinnen, und es dauert nicht lange, bis er sich auf mich stürzt – ein weiteres willkommenes Opfer seiner Wut, das es sinnlos zu zerstören gilt.

Er zerrt an meinen Kleidern, packt mich bei den Haaren und zieht brüllend daran.

So behutsam wie möglich halte ich ihn bei den Handgelenken fest, sorgsam darauf bedacht, mich nicht aus der Ruhe bringen zu lassen.

»Hey, beruhige dich. Ganz ruhig.«

Ich versuche, ihm in die Augen zu sehen, aber er schlägt nach wie vor wie von Sinnen um sich.

In diesem mageren Kerlchen steckt bemerkenswert viel Kraft, und er schafft es sogar, mir eine Reihe schmerzhafter Tritte zu verpassen, bevor ich ihn zu fassen bekomme und auf sein Bett verfrachten kann.

»Es ist okay«, sage ich wieder und wieder. »Alles ist gut.«

Er windet und wehrt sich minutenlang, bis ihn seine Kräfte zu verlassen scheinen und er schwer atmend auf der Bettdecke zusammensackt, wobei er bei jedem Atemzug ein wütendes Grummeln ausstößt. Es dauert eine ganze Weile, bis er sich vollends beruhigt hat.

Er weigert sich, mich anzusehen, sondern vergräbt stattdessen den Kopf in der Bettdecke.

»Also wirst du wütend, wenn du verlierst.« Vorsichtig lege ich ihm die Hand auf den Rücken. »Ja?«

Statt einer Antwort wendet er den Kopf und wirft mir einen so hasserfüllten Blick zu, dass mir der Atem stockt.

»Es ist völlig okay, wütend zu sein«, sage ich zu ihm. »Jetzt müssen wir nur noch herausfinden, was dich in Wahrheit so auf die Palme bringt, denn sich derart über ein verlorenes Computerspiel zu ärgern ist schon ziemlich heftig.«

Vorsichtig betaste ich die Stelle auf meiner Wange, wo er mich getroffen hat. Auch meine Arme schmerzen, außerdem kriege ich bestimmt blaue Flecke an den Schienbeinen.

»Die Sache sieht folgendermaßen aus«, erkläre ich, an Berties Rücken gewandt. »Ich bin nicht wie die anderen. Völlig egal, was du tust und wie sehr du versuchst, mich zu vergraulen, ich werde dich nicht allein lassen. Ich bin hier, weil ich mich um dich kümmern möchte. Du kannst gern versuchen, mich wegzustoßen, aber es wird dir nicht gelingen. Ich lasse meine Kinder nicht im Stich, sondern bleibe so lange hier, wie du mich brauchst. Und im Moment bin ich ziemlich sicher, dass du mich sogar sehr brauchst.«

Bertie rollt sich auf den Rücken und sieht mich aus seinen dunklen Augen an. Mir fällt auf, dass der Hass darin verglommen ist. Stattdessen wirkt er traurig. Sehr, sehr traurig. Er schiebt mich von der Bettkante und zieht sich die Decke über den Kopf.

»Willst du, dass ich hier bei dir sitzen bleibe?«, frage ich die Bettdecke. »Das ist okay.« Ich sehe zum Fernseher hinüber. »Tja, ich denke, Computerspiele kannst du für die nächste Zeit vergessen.«

Mit einem Ruck setzt Bertie sich auf und schlingt sich die Decke um die Schultern. Seine Miene hat sich wieder verfinstert. Er springt aus dem Bett und läuft aus dem Zimmer.

Abermals nehme ich die Verfolgung auf.

25

Nachdem ich ihm durch mehrere Korridore gefolgt bin, erkenne ich meine Umgebung wieder.

Wir stehen vor Agnes Calders Büro.

Bertie reißt die Tür auf, ohne anzuklopfen, und geht hinein. Agnes sitzt mit einer randlosen Brille auf der Nase stirnrunzelnd hinter ihrem Schreibtisch.

»Bertie.« Sie wendet sich mir zu. »Was um alles in der Welt ist jetzt schon wieder passiert?«

»Nichts weiter«, antworte ich. »Bertie hat nur ein Computerspiel verloren und ist deswegen wütend.«

»Oh.« Sie nimmt ihre Brille ab und legt sie auf den Schreibtisch. »Ich habe Ihnen doch gleich gesagt, dass er ein unartiger Junge ist.«

»Das ist er nicht!«

»Wieder und wieder predige ich, dass ihm eine anständige Tracht Prügel nicht schaden würde. Aber heutzutage ist so etwas ja leider nicht mehr erlaubt.«

»Das ist so ziemlich das Letzte, was er braucht.«

Erneut runzelt Agnes die Stirn. »Wenn ich Ihre Meinung hören will, lasse ich es Sie wissen. Er braucht klare Regeln. Strenge Regeln.« Sie macht eine Geste in Berties Richtung. »Man sieht ja, was herauskommt, wenn man die Zügel zu sehr schleifen lässt. Ein verzogener Fratz. Völlig missraten, genau wie seine Mutter. Beide machen nichts als Ärger.«

»Er braucht Menschen um sich, denen er am Herzen liegt, und nicht noch mehr Regeln und Einschränkungen«, erkläre ich eisig.

Agnes tippt mit ihrer Brille auf den Schreibtisch. »Ich nehme an, du willst eine neue Xbox«, sagt sie zu Bertie.

Zu meiner Verblüffung nickt der Knirps. Dies ist das erste Mal, dass er auf eine Frage konkret reagiert. Also versteht er sehr wohl, was um ihn herum vorgeht.

»Damit wirst du aber bis morgen warten müssen. Ich lasse gleich eine bestellen.«

»Moment.« Ich hebe die Hand. »Er braucht keine neue Xbox.«

»Entschuldigung?«

»Ich sagte, er braucht keine neue. Ist das seine einzige Beschäftigung während des Tages? Computerspiele spielen?«

»Ja. Auf diese Weise ist er wenigstens beschäftigt und macht keinen Unsinn.« Sie legt den Kopf schief und beäugt das Mal auf meiner Wange. »War das der kleine Satansbraten? Falls ja, werde ich ihn in die kalte Badewanne stecken und …«

»Das?« Ich berühre meine Wange. »O nein, das … das hatte ich schon vorher. Das war nicht Bertie.«

Bertie sieht mich verblüfft an.

Agnes zieht die Stirn in Falten. »Das ist mir heute Morgen gar nicht aufgefallen.«

»Ich hatte die Stelle überschminkt«, lüge ich.

»Tja, unser kleiner Bertie tritt manchmal ziemlich wild um sich«, meint sie. »Nur als Warnung an Sie. Das ist meistens der Punkt, an dem die anderen die Waffen strecken. Wir sind machtlos dagegen. Ich bestrafe ihn zwar jedes Mal dafür, aber ich fürchte, er ist einfach von Natur aus jähzornig.«

»Mrs Calder, Bertie ist nicht *von Natur aus jähzornig*. Er kann auch ein braver Junge sein. Unartig ist er nur, wenn die Leute es ihm ständig einreden.«

Mrs Calder schüttelt den Kopf. »Wenn Sie erst mal ein paar Tage mit Bertie verbracht haben, werden Sie Ihre Meinung schon noch ändern. Warten Sie's ab.« Sie lacht freudlos. »Ein paar Stunden ohne seine Xbox, und Sie sind heute Abend zum Essen wieder in London.«

»Irrtum. Ich bin hier, weil ich mich um Bertie kümmern will, und ich bleibe so lange, bis mich jemand auffordert zu gehen.«

Mrs Calder zieht eine Braue. »Das werden wir ja sehen.«

»Nein, werden wir nicht.« Ich lege Bertie den Arm um die Schultern. »Ich werde bleiben. Das ist mein voller Ernst. Völlig egal, was passiert.«

Bertie schüttelt meine Hand ab. Wieder lacht Mrs Calder. »Sehen Sie? Ein hoffnungsloser Fall. Sie können bestenfalls darauf hoffen, ihm ein Minimum an Disziplin beizubringen. Aber was um alles in der Welt wollen Sie mit ihm anstellen, wenn er seine Computerspiele nicht bekommt? Ich warne Sie, seine Wutanfälle haben es in sich.«

»Ich gehe mit ihm nach draußen.«

»Nach draußen? Er darf aber nicht raus.«

»Wieso? Heute früh war er doch auch draußen.«

»Im Küchengarten, ja. Der ist ja auch eingezäunt. Aber weiter darf er nicht gehen. Es ist zu gefährlich da draußen, und Bertie hat sich nicht unter Kontrolle. Er ärgert nur die Vögel. Als er das letzte Mal im Wald war, wollte er ein Vogelnest kaputt machen.«

»Ich passe auf ihn auf und sorge dafür, dass er nichts anstellt.«

»Sie werden nicht mit ihm in den Wald gehen, Miss Harper«, befiehlt Agnes streng.

»Na gut.« Ich ringe mir ein Lächeln ab. »Dann machen wir eben ein Brettspiel oder so etwas.«

Ich schiebe Bertie hinaus. Wieder schüttelt er mich sofort ab. Ich bin stocksauer.

»So darf sie nicht über dich reden, Bertie. Ich wünschte, ich wüsste, wieso du nicht mehr sprechen willst. Aber egal. Wir werden jetzt rausgehen. Obwohl sie es verboten hat. Kein Mensch sperrt einen kleinen Jungen den ganzen Tag im Haus ein.«

Bertie sagt nichts.

»Los, komm, wir machen einen kleinen Spaziergang, damit du dich ein bisschen austoben kannst.«

Wir biegen um ein paar Ecken, und dann …

Mist. Schon wieder verirrt, und ich frage: »Weißt du, wie wir in den Garten kommen, Bertie?«

Wortlos setzt er sich in Bewegung.

»Warte.« Ich zupfe ihn behutsam am Ärmel, doch zu meinem Erstaunen macht er diesmal keine Anstalten, meine Hand wegzuschlagen. »Vorher müssen wir uns etwas anziehen. Kennst du den Weg zu deinem Zimmer? Und zu den Unterkünften für die Kindermädchen?«

Bertie macht kehrt und marschiert los.

Als Erstes führt er mich zu meinem Zimmer, wo ich meine braune Schaffelljacke hole, dann folge ich ihm in sein Zimmer. Wortlos zieht er seine grüne Wachsjacke an.

Mir fällt auf, dass man von seinem Zimmer einen Blick über den Schlosseingang hat.

Ganz in der Nähe muss auch dieser geheimnisvolle Westturm sein, von dem alle sagen, dass ich ihn nicht betreten darf.

Ein Schauder überläuft mich. »Es ist überall so kalt hier«, sage ich und bin froh über meine kuschelige Felljacke.

Bertie führt mich nach unten, vorbei am großen Saal bis zur Hintertür, die in den Küchengarten führt.

Es hat aufgehört zu schneien, deshalb kann ich die Stelle besser sehen, wo er zuvor gespielt hat – sofern man es spielen nennen kann.

Die Figuren, die er in den Schnee gezeichnet hat, erinnern mich an die Symbole in den Rätselheften, die Wila so gern mag. Aber ich habe immer noch keine Ahnung, was sie bedeuten könnten.

Mein Instinkt rät mir, sie genauer in Augenschein zu nehmen, aber Bertie ist bereits zum Gartentor gelaufen und rüttelt daran.

Das Schloss ist so weit oben, dass er es nicht erreichen kann. Ich öffne es und folge ihm hinaus.

26

Wow, hier draußen herrscht die absolute Wildnis.

Das Schloss ist von einem gepflegten Garten mit Blumenbeeten und sorgfältig gestutzten Bäumen umgeben, dahinter beginnt die Wildnis – graue, zerklüftete Felsbrocken, Distelgestrüpp und Kiefern, wunderschön, aber vollkommen ungezähmt.

Bertie läuft über eine kleine Steinbrücke geradewegs in den Wald hinein; ich habe Mühe, ihm auf meinen rutschigen Cowboystiefeln zu folgen.

Dafür, dass er sich nicht im Garten aufhalten darf, scheint er sich hervorragend auszukennen.

»Warst du schon mal hier?«, frage ich ihn.

Statt zu antworten, klettert er über gewaltige Felsbrocken und folgt dem sich quer durch den Wald schlängelnden Weg.

Er lächelt zwar nicht, trotzdem scheint er sich recht wohlzufühlen.

»Wohin gehen wir denn?«, frage ich, als wir immer tiefer in den Wald vordringen; inzwischen kann ich nicht einmal mehr das Schloss sehen.

Unvermittelt bleibt er stehen und klettert auf eine Kiefer.

»Bertie?«

Er ist bereits halb oben.

An sich gibt es nichts dagegen einzuwenden, wenn ein Junge auf einen Baum klettert, aber dieser ist ziemlich hoch, außerdem sehe ich ein Vogelnest ganz oben in den Ästen.

Verdammt.

Wenn Bertie das Nest kaputt macht und Mrs Calder davon erfährt, gibt es mächtig Ärger. Und Ärger können wir im Moment weiß Gott nicht brauchen.

»Warte auf mich«, rufe ich und versuche, mit meinem Stiefel Halt auf einem der unteren Äste zu bekommen.

So schnell, wie ich nur kann, klettere ich den Baum hinauf, bis ich mich direkt unter ihm befinde.

Und wie ich geahnt habe, steuert Bertie geradewegs auf das Nest zu. »Nein, Bertie, bitte lass das Nest in Ruhe. Wahrscheinlich brüten hier seltene Vögel, und wir wollen ihnen doch nicht wehtun.«

Bertie arbeitet sich weiter vor, während ich mich auf einen Ast direkt neben ihm schwinge.

Erst jetzt sehe ich ihn – einen bildschönen dunkelbraunen Adler, der über uns kreist.

Bertie starrt den Vogel finster an und verscheucht ihn mit

zornigen Bewegungen, woraufhin der Räuber abdreht und davonfliegt.

Und endlich kapiere ich die ganze Aktion. »Du bist heraufgeklettert, um den Adler zu verscheuchen, nicht wahr? Falls schon Eier im Nest liegen sollten.«

Bertie schweigt. Trotzdem weiß ich, dass ich recht habe.

»Und Mrs Calder dachte, du hättest die anderen Nester kaputt machen wollen.«

Was für eine Hexe.

Gerade als wir wieder herunterklettern, spüre ich jemanden in der Nähe, obwohl ich keine Schritte gehört habe.

»Moment.« Ich packe Bertie am Arm und lausche angestrengt, kann aber nichts hören. Vielleicht bin ich ja schon paranoid. Trotzdem werde ich das Gefühl nicht los, dass uns jemand beobachtet.

Und dann …

O mein Gott.

Patrick Mansfield steht direkt unter dem Baum.

27

Patrick ist ein Jäger, der sich mit tödlicher Lautlosigkeit durch den Wald bewegt. Und wären Bertie und ich Beute, hätte er uns längst erlegt.

Er trägt eine Tarnjacke und hat ein Gewehr unterm Arm. Sein dunkelblondes Haar flattert in der Brise.

»Was habt ihr beide da oben zu suchen?«, knurrt er und schiebt das Gewehr ins Futteral zurück.

»Wir kommen schon runter«, rufe ich und helfe Bertie beim Abstieg.

»Gibt es noch etwas Dümmeres und Gefährlicheres …« Patrick streckt die Arme nach Bertie aus und stellt ihn schwungvoll auf dem Boden ab, dann schiebt er die Hände unter meine Achseln und hebt auch mich herunter, noch bevor ich protestieren kann.

Einen Moment lang stehen wir wortlos voreinander.

»Was zum Teufel treiben Sie da? Sie hätten sich verletzen können«, herrscht er mich wütend an.

Er hält mich immer noch fest, und ich spüre den Druck seiner Finger auf meinen Rippen. Mein Blick bleibt an den braunen Bartstoppeln an seinem Kinn und seinen Koteletten hängen. Alles an ihm ist so … wild und ungebändigt.

»Bertie … ich meine, wir wollten unbedingt auf den Baum klettern, weil ein Adler das Nest umkreist hat. Wir haben nichts Schlimmes angestellt.«

Ohne mich loszulassen, wendet Patrick sich an Bertie.

Eine seltsame Mischung aus Eisigkeit und Wärme durchströmt mich, und ich erschaudere.

»Es ist gut, dass Bertie draußen in der freien Natur ist«, sagt er. »Mir hat es noch nie gepasst, dass man ihn den ganzen Tag im Haus einsperrt.«

»Wenn es hier ein Problem gibt, übernehme ich gern die Verantwortung«, platze ich heraus und laufe rot an. »Bertie kann nichts dafür.«

»Ein Problem?«

»Na ja, Mrs Calder hat gesagt, dass er nicht nach draußen …«

Patrick verzieht den Mund zu einem angedeuteten Lächeln. »Sie können sich wohl tatsächlich nicht an Anweisungen halten, wie?«

»Offenbar nicht.«

»Mir ist es völlig egal, was Agnes Calder sagt. Wenn sie wüsste, was das Richtige für Bertie ist, bräuchten wir keine Nanny für ihn.«

»Aber kümmert sie sich denn nicht manchmal um ihn? Bis eine neue Nanny eintrifft?«

»Ja, das kam vor, doch ich war nie damit einverstanden.« Seine blaugrünen Augen durchbohren mich regelrecht. »Er braucht jemanden wie Sie. Jemanden, dem sein Wohlergehen am Herzen liegt.«

Ich sehe etwas in seinen Augen aufblitzen, als er erneut lächelt.

Mein Herz hämmert wie verrückt, und ich habe das Gefühl, als würde der Boden unter meinen Füßen gleich nachgeben.

Reiß dich zusammen, Sera. Mrs Calder sagt, Patrick Mansfield sei vergeben, und selbst wenn es nicht so ist, bewegst du dich hier auf sehr dünnem Eis.

Ich löse mich aus Patricks Griff und trete zu Bertie, der wie üblich meine Hand abschüttelt.

»Und was führt Sie hierher?«, frage ich Patrick.

Er lacht. »Muss ich mich etwa dafür rechtfertigen, dass ich in meinem eigenen Wald unterwegs bin?«

»Nein, ich …«

»Ich beschütze meinen Grund und Boden.«

»Wovor?«

»Vor Wilderern. Sie sind hinter den weißen Hirschen her. Ganz besonders einer. Hawk Turner. Ihm bin ich schon lange auf den Fersen. Und heute treibt er sich hier herum. Das sagt mir der Schaden, den er angerichtet hat.« Patrick spuckt auf den Boden. »Immer zuerst schießen und dann genau hinsehen.«

»Hawk Turner?«

»Ja, so nennt er sich. Ich nenne ihn Turner, der Dreckskerl. In die Nähe des Schlosses wagt er sich nicht, aber da draußen …«, er weist mit dem Kinn auf den dunklen Wald und die schneebedeckten Hügel, »läuft das Wild überall frei herum. Wie ich schon gesagt habe, müssen Sie in diesem Teil des Waldes bleiben. Gehen Sie nicht weiter als bis zum Fluss, sonst könnten Sie ins Kreuzfeuer geraten.« Er zieht seine dichten Brauen zusammen und sieht mich durchdringend an. »Verstanden?«

»Ja.« Ich weiß nicht, wo ich hinsehen soll. Seinem intensiven Blick standzuhalten ist schlichtweg zu viel für mich. Schließlich reiße ich meinen Blick von ihm los und drehe mich zu Bertie um. »Tja, dann wollen wir mal weitergehen.«

»Aber keine Bäume mehr.« Patrick nimmt sein Gewehr aus dem Futteral und klemmt es sich unter den Arm.

Ich sehe zu, wie er durch den Schnee und braunen Matsch davonstapft.

Er verschmilzt förmlich mit dem Wald; die traumwandlerische Sicherheit, mit der er sich in dieser Wildnis bewegt, lässt mich ahnen, dass er sich hier notfalls auch blind zurechtfinden würde.

Erst jetzt wird mir bewusst, dass mir das Herz bis zum Hals schlägt.

28

Den Rest des Vormittags streunen Bertie und ich durch den Wald. Er sagt zwar immer noch kein Wort, bleibt aber hier und da stehen, um etwas genauer in Augenschein zu nehmen – Vögel, Insekten, Pflanzen. Das alles scheint ihn brennend zu interessieren.

Gegen Mittag kehren wir zurück ins Schloss, wo Bertie eine weitere Portion Lakritz mit einem Glas Milch verputzt, während ich Vickys Rindfleisch-Nieren-Auflauf mit einem Berg Kartoffelpüree vertilge. Dann gehen wir wieder hinaus und verbringen den Nachmittag im Wald.

Ich könnte nicht behaupten, Bertie sei ausgelassen und fröhlich, trotzdem sehe ich ihm an, dass er unseren Ausflug genießt. Vermutlich hat er die letzten Monate den ganzen Tag nur vor seiner Xbox herumgesessen und fühlt sich wie ein Vogel, dem unvermittelt jemand die Käfigtür geöffnet hat.

Mir geht es jedenfalls so, was mich jedoch ein wenig überrascht. Eigentlich dachte ich immer, ich sei die absolute Großstadtpflanze, aber die frische, klare Luft und das Gefühl von grenzenloser Freiheit haben durchaus ihren Reiz. Hier ist es völlig anders als in Camden, wo ich es kaum erwarten kann, beim Nachhausekommen unter unsere Campingdusche zu gehen und mir den Schmutz der Stadt abzuwaschen.

Stattdessen ist die Luft so sauber und klar, dass mich bei jedem Atemzug das Gefühl von Gesundheit durchströmt. Und die Berge sind absoluter Wahnsinn.

Hier oben wird es sehr früh dunkel, deshalb kehren Bertie und ich ins Haus zurück, sobald die Dämmerung anbricht.

Bertie lässt sich noch eine weitere Portion Lakritze mit Milch servieren.

Ich entscheide mich für Brathähnchen und Apfelauflauf.

»Bist du sicher, dass du nichts davon probieren willst?«, frage ich und tauche meinen Löffel in das Dessert. »Es schmeckt köstlich.«

Eigentlich hatte ich keine Reaktion erwartet, aber zu meiner Verblüffung schüttelt Bertie den Kopf.

»Nein?«

Er senkt den Kopf und starrt auf seinen Teller.

Endlich. Er hat auf mich reagiert. Zwar nur mit einem knappen Kopfschütteln, aber immerhin.

Nach dem Abendessen erscheint Margaret Calder, um Bertie zum Unterricht abzuholen.

Sie hat tiefschwarzes, zu einem messerscharfen Bob frisiertes Haar und leuchtend rot geschminkte Lippen und trägt ein schwarzes, auf Figur geschnittenes Designerkostüm mit breiten Schulterpolstern. Sie steuert geradewegs auf unseren Tisch zu, wo Bertie gerade seine Milch austrinkt, und tippt ihm auf die Schulter, ohne mich eines Blickes zu würdigen.

»Los, komm mit, Bertie. Zeit für den Unterricht.«

Sie trägt eine schwarz gerahmte Designerbrille, und würde sie kein Gesicht machen, als hätte sie in eine Zitrone gebissen, wäre sie eine echte Schönheit.

»Hi«, sage ich und stehe auf. »Sie müssen Margaret sein.«

Sie nickt knapp, dann wendet sie sich wieder an Bertie. »Komm jetzt. Wir haben viel zu tun.«

»Worin unterrichten Sie ihn denn?«, frage ich.

Sie wirft mir einen mitleidigen Blick zu. »Das ist wohl nichts, worüber sich eine Nanny den Kopf zu zerbrechen braucht. Er lernt Dinge, die er später als Erwachsener brauchen wird. Mathematik. Grammatik. Aber er hinkt gewaltig hinterher. Er ist nicht gerade ein Musterschüler.«

»Es gibt keine schlechten Schüler, sondern nur schlechte Lehrer, heißt es doch immer so schön, stimmt's?«, erwidere ich mit Unschuldsmiene und setze mich wieder hin.

Margarets braune Augen verengen sich zu Schlitzen. »Für Bertie gilt das aber nicht.«

»Wäre es nicht besser für ihn, wenn er mit anderen Kindern zusammen sein könnte? Vielleicht würde es ihm ja helfen, leichter zu lernen.«

Margaret mustert mich. »Kinder wie Bertie lernen besser allein, aber natürlich können Sie das nicht wissen. Los jetzt, Bertie.« Sie schiebt Bertie hinaus.

»Soll ich mitkommen?«

»Wieso das denn?«, fragt Margaret.

»Na ja, es ist mein erster Tag hier, und ich will so viel Zeit wie möglich mit ihm verbringen. Außerdem kann er mich später mit nach oben in sein Zimmer nehmen. Ich verirre mich immer so schnell hier.«

»Ja.« Wieder mustert sie mich abschätzig. »Das kann ich mir lebhaft vorstellen.«

Ich ziehe eine Braue hoch. »Das heißt?«

Sie geht nicht auf meine Frage ein. »Komm jetzt, Bertie.« Sie schiebt ihn vor sich her, an der Tür dreht sie sich jedoch noch einmal zu mir um. »Haben Sie Patrick heute gesehen?«

»Ja. Vorhin. Im Wald.«

Mist. Am liebsten würde ich mir die Hand vor den Mund schlagen.

Super gemacht, Sera. Du und dein vorlautes Mundwerk mal wieder.

Margaret hält inne. »Sie beide waren also im Wald? Mit Patrick?«

»Ich … äh … nein, nur ich allein.«

Margarets Blick durchbohrt mich. »Sie waren allein? Im Wald? Mit Patrick?«

»Äh, ja.«

Wieder mustert sie mich von oben bis unten, meine Jeans und mein selbst bedrucktes Sweatshirt. Neben ihr muss ich ja aussehen wie aus der Altkleidersammlung.

Sie presst die Lippen aufeinander. »Ich plane, Patrick Mansfield dieses Jahr zu heiraten. Das heißt, er ist vergeben.«

»Das habe ich gehört. Ich meine, nicht dass es für mich irgendeine Rolle spielen würde …«

»Gut.« Sie verlässt mit Bertie im Schlepptau den Saal.

»Warten Sie!«, rufe ich ihr hinterher. »Wo finde ich Sie später?«

»Ich habe Ihnen doch gesagt, dass Sie heute Abend nicht mehr gebraucht werden. Machen Sie Feierabend.«

»Aber wer bringt Bertie zu Bett?«

»Er braucht niemanden, der ihn zu Bett bringt. Er ist fünf Jahre alt und kann sich wunderbar allein ausziehen und fertig machen. Nach dem Unterricht schicke ich ihn in sein Zimmer, und das war's.«

Mein Mund klappt auf und wieder zu. Ich glaube, ich habe mich verhört.

»Und niemand kommt zu ihm, um Gute Nacht zu sagen?«

»Er braucht kein Kindermädchen, das ihm Gute Nacht sagt«, gibt Margaret zurück. »Seine Mutter ist nicht hier, und das Personal sollte seine Kompetenzen nicht überschreiten. Der Junge macht sich allein fertig fürs Bett. So ist er es gewohnt, und Sie werden diese Abläufe nicht durcheinanderbringen, sonst werde ich mit meiner Mutter reden, und Sie können sich gleich einen neuen Job suchen.«

Sie verlässt den Raum, während ich mich wieder hinsetze und überlege, wie ich später den Weg zu Berties Zimmer finden soll. Ich schäume vor Wut.

Ich werde auf keinen Fall zulassen, dass er zu Bett geht,

ohne dass ihm jemand Gute Nacht gesagt hat. Er ist ein kleiner Junge, verdammt noch mal. Er muss doch beim Einschlafen wissen, dass jemand da ist, der ihn liebt.

Ein Scheppern dringt aus der Küche, gefolgt von Vickys Stimme. »Elender Mist!«

Ich stehe auf und sammle Teller und Schüsseln ein.

»Vicky?« Ich spähe durch die Durchreiche. Vicky steht mit verschwitztem Gesicht an der Spüle und wäscht das Geschirr ab.

»Alles in Ordnung?«, frage ich.

Sie dreht sich um und lächelt mich an. »Ja, ja, Süße. Alles bestens. Ich habe nur eine Pfanne fallen lassen.«

»Könntest du mir vielleicht helfen, Berties Zimmer zu finden?«

»Warst du heute nicht schon mal dort? Ich dachte, der Kleine hätte irgendwelche Computerspiele gespielt.«

»Ja, das war heute Morgen, aber mein Orientierungssinn ist leider nicht der allerbeste.«

»Natürlich helfe ich dir. Aber könnte ich hier erst Klarschiff machen? Danach bringe ich dich gern nach oben.«

»Gern. Soll ich dir ein bisschen helfen?«

»Das wäre klasse. Der Abwasch ist der Teil der Arbeit, den ich am wenigsten mag.«

»Okay.« Ich drücke die Tür mit der Hüfte auf und lasse die Teller und meine Schüssel ins Spülwasser gleiten. »Ich übernehme das. Setz du dich hin und leg die Füße hoch. Du hast heute schon mehr als genug getan.«

»Vergiss es! Wir erledigen das zusammen, keine Widerrede.«

29

Nach dem Abwasch führt sie mich durch das Labyrinth aus Gängen und Fluren.

»Ich kenne einen erstklassigen Trick, wie man sich hier zurechtfinden kann«, erklärt sie mir. »Siehst du die Wandteppiche? Auf denen im Ostflügel sind Kampfszenen abgebildet, die im Westflügel haben ausschließlich kirchliche Motive.«

Sie geht eine Treppe hinauf. »Du bist wahrscheinlich im Ostflügel untergebracht.«

Ich überlege kurz. »Ja. Ich glaube, Mrs Calder sagte etwas vom Ostturm.«

»Sie sollte die Nannys nicht in diesem Teil des Schlosses unterbringen. Es ist eiskalt da oben. Kein Wunder, dass so viele das Handtuch werfen.«

»Ist das der Grund, was glaubst du?«

»Nein«, antwortet Vicky. »Ich glaube, sie kündigen wegen Bertie. Er ist kein einfaches Kind. Teilweise kam es zu den übelsten Szenen beim Essen. Er kann ein ziemlicher Wildfang sein, beißen, kratzen, treten, das volle Programm.« Vicky seufzt. »Ich kann es ihm nicht verdenken. Würde ich mich bloß von Lakritze und Milch ernähren, hätte ich auch miese Laune.«

»Kündigen Sie wegen Mr Mansfield?«

»Wie meinst du das?«

»Hat Mr Mansfield Affären mit den Kindermädchen und lässt sie hinterher einfach fallen?«

Vicky lacht. »Nie im Leben! Ich wünschte, er würde etwas mit dem Personal anfangen. Dieser Körper! Wahnsinn! Na ja, eigentlich dürfte ich so etwas nicht sagen, schließlich habe ich einen Freund. Trotzdem ist er ein echtes Sahneschnittchen, findest du nicht auch? Aber, nein, so ist Mr Mansfield nicht. Mir ist noch nie etwas in dieser Richtung zu Ohren gekommen. Nie. Er ist ein anständiger Mann.«

Ich beschließe, lieber das Thema zu wechseln. »War Bertie schon immer so? Ich meine, früher hat er doch ganz normal gegessen, oder nicht?«

»Vermutlich.«

»Bei wem hat er denn früher gelebt?«

»Das arme Kerlchen.« Sie schüttelt den Kopf. »Sein ganzes Leben lang ist er wie ein Wanderpokal herumgereicht worden. Eine Weile war er bei seinem Großvater unten in Glasgow, aber das hat überhaupt nicht funktioniert, und sie hatten irgendwann genug von ihm. Keine Ahnung, was vorgefallen ist.«

»Armer Bertie. Dass er eine Zeit lang so etwas wie ein richtiges Familienleben hatte, es dann aber verloren hat, macht es wahrscheinlich noch schlimmer für ihn.«

»Ja, er ist eindeutig kein normaler kleiner Junge«, bestätigt Vicky. »Du solltest ihn im Auge behalten. Auf eines der Kindermädchen ist er schon mal mit dem Messer losgegangen.«

»Selbst wenn er das täte, würde ich ihn nicht im Stich lassen.«

»Das freut mich zu hören. Er braucht jemanden um sich, der länger bleibt.«

»Ganz meine Meinung.«

Wir lächeln einander an.

»So, da wären wir.« Vicky öffnet eine schwere Eichentür, hinter der Berties Zimmer – aufgeräumt und makellos sauber – zum Vorschein kommt. Jemand muss hergekommen sein und das Chaos beseitigt haben. Vielleicht war es ja Mrs Calder.

»Dann gehe ich mal wieder in meine Küche zurück«, meint Vicky. »Falls noch jemand etwas Warmes zu essen haben will. Normalerweise kommt Mrs Calder um diese Uhrzeit zum Abendbrot. Manchmal verlangt sie auch eine zusätzliche Portion. Keine Ahnung, für wen sie sein soll.«

»Danke, dass du mich hergebracht hast. Wohnst du eigentlich auch hier?«

»Nein, ich lebe im Dorf.«

»Bei deiner Familie?«

»Nein, ich lebe mit meinem Freund zusammen. Na ja, gewissermaßen. Es ist ein bisschen kompliziert. Aber egal. Wenn du jemanden auf dem Fahrrad durch den Schnee gondeln siehst, bin ich es.«

Ich lächle sie an. »Pass gut auf dich auf.«

Vicky lacht. »Ich und Sicherheit, das ist so eine Sache. Ich bin der absolute Tollpatsch, aber auf den Straßen hier ist kein Mensch unterwegs, deshalb passiert mir schon nichts. Aber apropos Sicherheit: Halt dich vom Westturm fern, okay? Er ist dahinten, am Ende des Korridors. Geh nur in Berties Zimmer, sonst in keines.«

»Das hat Mr Mansfield mir schon gesagt. Und Mrs Calder auch. Aber wieso darf man ihn nicht betreten?«

»Das weiß ich auch nicht so genau. Ich glaube, es hat etwas mit Jimmy zu tun. Sein Zimmer war früher dort oben.«

»Wer ist das?«

»Jamie Mansfield, Süße, Patricks kleiner Bruder.«

»Hat er auch hier gewohnt?«

Vicky sieht mich traurig an. »Früher, ja. Aber er ist vor ein paar Jahren ums Leben gekommen. Bei einem Militäreinsatz. Sein Hubschrauber wurde abgeschossen. Patrick war dort und hat den Hubschrauber praktisch in Einzelteile zerlegt, um ihn herauszuholen, aber es war zu spät.«

»Wie schrecklich. Armer Patrick.«

»Ja, schlimm, nicht? Und wenig später ist auch noch seine Großmutter gestorben.«

»Und Patrick stand ihr sehr nahe?«

»O ja, er hat sie heiß und innig geliebt. So sehr, dass er nach ihrem Tod seinen Dienst quittiert hat. Er hatte ihr versprochen, sich um den Wald zu kümmern und dafür zu sorgen, dass die Wilderer dort nicht ihr Unwesen treiben. Genau das tut er seitdem. Sie war eine reizende alte Dame. Ich vermisse sie wirklich sehr.«

»Und Jamies früheres Zimmer ist dort oben? Im Westturm?«

»Ja. Aber niemand spricht darüber. Es ist, als hätte Jamie nie existiert. Als wäre er ein einziges großes Geheimnis. Andererseits ist das Schloss voller Geheimnisse. Wie auch immer, wir sehen uns bald, Süße.«

Sie macht kehrt und ist wenige Augenblicke später verschwunden.

30

Wie schrecklich.

Patrick hat also seinen Bruder verloren. Allein die Vorstellung, Wila könnte etwas zustoßen, ist unerträglich für mich.

In diesem Moment höre ich eine Stimme.

»Hoffen wir mal, dass du es beim nächsten Mal besser hinkriegst, Bertie.«

Mist. Margaret Calder. Wieso ist sie so früh fertig? Ich sehe auf die Uhr. Eigentlich sollte der Unterricht noch mindestens eine halbe Stunde dauern.

Scheiße, sie darf mich auf keinen Fall hier finden!

Hektisch sehe ich mich um. Ich stehe mitten in einem Korridor, ohne eine Möglichkeit, mich zu verstecken.

Ich höre Margarets Schritte näher kommen.

Halte dich vom Westturm fern.

Ich zögere, als mein Blick auf die geschlossene Eichentür vor mir fällt.

»Los, beeil dich, Bertie«, sagt Margaret.

Ich laufe auf die Tür mit dem antiken Messinghirsch zu und rüttle an der Klinke, doch sie ist abgeschlossen.

Jetzt sitze ich endgültig in der Falle. Margarets Absätze klappern auf dem Steinfußboden. Sie kann nicht mehr weit weg sein.

Verzweifelt rüttle ich noch einmal am Türgriff, aber es nützt nichts.

Was jetzt? Mir bleiben nur noch ein paar Sekunden.

Ich bücke mich und nehme das Schloss in Augenschein. In der Vergangenheit musste ich x-mal die Tür zu unserem Hausboot nach Einbrüchen reparieren, daher kenne ich mich mit den Schwachstellen von Schlössern aus.

Prompt entdecke ich einen losen Metallzapfen, nehme meine Armbanduhr ab, schiebe das schmale Ende des Verschlusses ins Schloss und drehe es ein paarmal hin und her.

Klick.

Der Metallzapfen schnappt zur Seite, und das Schloss springt auf. Eilig öffne ich die Tür und schlüpfe in letzter Sekunde hindurch. Schwer atmend lasse ich mich gegen das dicke Holz sinken.

Hat sie mich gesehen?

Wieder knie ich mich hin und beobachte durchs Schlüsselloch, wie sie Bertie vor sich herschiebt.

Keine Ahnung.

Der Geruch nach Moder und Feuchtigkeit steigt mir in die Nase.

Ich nehme einen kalten Luftzug wahr und höre ein Rascheln, das nur von einer Maus stammen kann.

Oder einer Ratte.

Silbriges Mondlicht fällt durch ein Bogenfenster neben mir und erhellt eine schmale Wendeltreppe.

Ich muss mich irgendwo verstecken. Hier kann ich jedenfalls nicht bleiben. Was, wenn Margaret mich gesehen hat und hereinkommt?

Ich taste nach dem Lichtschalter, als ich merke, dass sich meine Augen bereits an die Dunkelheit gewöhnen. Außerdem ist es ohnehin klüger, kein Licht anzuschalten, wenn ich nicht will, dass jemand es durch den Schlitz unter der Tür sieht.

Vorsichtig gehe ich die Treppe hinauf.

Oben befindet sich ein weiterer Korridor mit einer Tür am Ende. Er ist stockdunkel, und ich bin nicht gerade scharf darauf, ihn entlangzugehen. Erst jetzt bemerke ich die Tür zu meiner Rechten.

Sie ist nicht abgeschlossen.

Ich schlüpfe hindurch und schließe sie leise hinter mir, dann sehe ich mich um.

Die Wände sind von verstaubten Regalen voller Bücher und Schachteln gesäumt, außerdem gibt es ein Bett und eine Art Staffelei mit allerlei halb ausgedrückten Farbtuben, deren Inhalt längst eingetrocknet ist.

Auf einer Seite des Raums ist eine Kleiderstange montiert, an der jugendliche Klamotten hängen – Jeans, Sweatshirts und bunte T-Shirts. Ich kann mir nicht vorstellen, dass Patrick Mansfield so etwas tragen würde. Dafür sind die Sachen viel zu modisch. Mein Blick bleibt an einem leuchtend lila Hemd, knallengen Jeans und einem Anzug mit Paisleymuster hängen. Patrick ist eher der schlichte, maskuline Typ – Militarylook und wetterfeste Jacken ohne großen Schnickschnack.

In den Regalen stehen alle möglichen Arten von Büchern: Gedichtbände und Krimis. Ein bisschen zu leicht und unterhaltsam für diesen düsteren alten Kasten, denke ich. Ich entdecke einen Stapel Kinderbücher – *Just William* und andere Klassiker.

Und Partiturhefte. Ich streiche über die glänzenden Umschläge. Das Gitarrespielen fehlt mir.

Auf einem der Regale steht das Foto eines lächelnden Mannes, der Patrick sehr ähnlich sieht – nur sein Gesicht ist ein wenig schmaler, außerdem trägt er sein etwas dunkleres Haar kürzer. Er hat den Arm um ein bildschönes blondes Mädchen gelegt, das grinst, als hätte es im Lotto gewonnen.

»Jamie Mansfield, frisch aus dem Urlaub, mit Clarissa« steht darunter.

Wieso bewahrt Patrick wohl all die Sachen seines Bruders hier auf?

Keine Ahnung, aber in Wahrheit geht es mich auch nichts an.

Ich warte noch eine Weile, falls Margaret doch noch auftauchen sollte, aber offenbar hat sie mich tatsächlich nicht bemerkt.

Ein Glück.

Als ich sicher bin, dass die Luft rein ist, schleiche ich mich aus dem Westturm. Leider kann ich die Tür nicht abschließen, aber daran kann ich jetzt nichts ändern. Ich kann nur hoffen, dass es niemand bemerkt.

Ich klopfe an Berties Tür.

Sekunden später steht er in einem schwarzen Schlafanzug vor mir und sieht mich wortlos aus seinen traurigen Augen an.

»Ich bin hergekommen, um dir Gute Nacht zu sagen«, flüstere ich lächelnd.

Einen Moment lang starrt er mich an, dann blinzelt er, tritt einen Schritt zur Seite und öffnet die Tür vollends.

»Danke«, sage ich und trete ein. »Ich wollte nur ganz leise sein, weil Margaret verboten hat, dass ich herkomme. Aber ich konnte dich doch nicht ganz allein zu Bett gehen lassen. Soll ich dir eine Gutenachtgeschichte vorlesen?«

Er mustert mich mit schief gelegtem Kopf, dann geht er zu seinem Bett, schlüpft unter die Decke und nickt.

Halleluja!

»Prima!« Mein Blick fällt auf die Bücher auf seinem Nachttisch – die Horrordinger, die mir schon am Vormittag aufgefallen sind. »Aber keines von denen. Davon kriegst du bloß Albträume. O Gott, ich hoffe bloß, dir hat niemand daraus vorgelesen.«

Ich mache mich auf die Suche nach einem Kinderbuch, aber hier gibt es bloß Xbox-Spiele.

»Warte hier«, sage ich zu ihm, als mir die Bücher im Westturm wieder einfallen. Ich flitze los und hole den *Just-William*-Band aus dem seltsamen Zimmer.

Gerade als ich wieder hinausgehen will, höre ich ein Geräusch. Es klingt wie ein Lachen.

Was war das?

Nur schnell weg hier!

Ich finde Bertie in seinem Bett. Er hat sich die Decke bis zum Kinn hochgezogen und sieht mich mit großen Augen an.

»Ist das hier okay?«, frage ich und zeige ihm das Buch.

Er nickt.

Ein leises Glücksgefühl durchströmt mich. Mein drittes Nicken an einem Tag. Ich schlage mich ganz gut.

»Okay, dann wollen mir mal.«

Ich lese ihm die erste *Just-William*-Geschichte vor. Danach nickt er, um mir zu verstehen zu geben, dass er noch eine hören will. Und noch eine. Am Ende lese ich das ganze Buch vor – zehn Geschichten. Inzwischen ist es acht Uhr, und Bertie fallen beinahe die Augen zu.

»Gute Nacht, kleiner Mann«, sage ich und decke ihn fest zu.

Er wehrt sich nicht, und ich sehe, dass seine Miene viel sanfter ist als vorhin.

Ich verkneife mir einen Gutenachtkuss – schließlich will ich es nicht übertreiben –, sondern belasse es bei einem »Gute Nacht und träum was Schönes«.

Als ich hinausgehe, höre ich ein leises Klopfen.

Ich drehe mich um und sehe, dass er mit seiner kleinen Faust auf den Nachttisch getrommelt hat.

»Alles in Ordnung?«

Er sagt nichts. Doch der Anflug eines Lächelns erscheint auf seinen Zügen. Ich brauche keine Antwort von ihm, weil ich auch so weiß, was er mir sagen will.

Danke.

»Gern geschehen.« Ich lächle ebenfalls. »Schlaf gut. Wir sehen uns morgen früh, okay?«

Bertie nickt.

31

Auf dem Rückweg benutze ich wieder die Wandteppiche als Orientierungshilfe.

Ich muss dringend lernen, mich hier zurechtzufinden. Es kann nicht sein, dass ich mich ständig verlaufe.

Schlachten = Osten, Kirchen = Westen, richtig?

Erst nach ein paar Minuten fällt mir auf, dass ich immer noch das Buch in der Hand habe.

Mist.

Ich muss es unbedingt zurückbringen.

Ich gehe weiter, erkenne aber immer nur dieselben Motive an den Wänden, was bedeutet, dass ich mich im Kreis bewege. Sosehr ich mich auch bemühe, gelingt es mir nicht, die Tür zum Westflügel wiederzufinden.

Am Ende beschließe ich, einfach sämtliche Türen durchzuprobieren, bis ich die richtige gefunden habe.

Einige sind abgeschlossen, hinter anderen kommen prächtige Zimmer mit marmornen Kaminen, flauschigen Teppichen und antiken Möbeln zum Vorschein.

Dieser Teil des Schlosses wirkt viel freundlicher und wärmer, eher wie ein Zuhause.

Hier leben die Mansfields also. Oder lebten. Es gibt zahlreiche Salons und Wohnräume und mehrere riesige Schlafzimmer, die jedoch allem Anschein nach nicht benutzt werden.

Schließlich gelange ich in einen weiteren Korridor und öffne eine der Türen, deren Knauf sich wärmer als die anderen anfühlt. Ich zögere.

Was, wenn jemand drinnen ist?

Aber ich muss das Buch zurückbringen. Ich muss den Weg zu Berties Zimmer und von dort aus zum Westturm finden.

Ich öffne die Tür. Und wünschte sofort, ich hätte es nicht getan.

Patrick Mansfield steht mit dem Rücken zu mir am Kamin und stochert mit einem langen Eisenhaken in den Flammen herum.

Einen Moment lang stehe ich wie versteinert da, dann versuche ich, möglichst geräuschlos den Rückzug anzutreten.

Patricks Schultern spannen sich an.

»Wieder mal verlaufen, Miss Harper?«, dröhnt er, ohne sich umzudrehen. Ich bemerke das Spiel seiner Muskeln unter dem T-Shirt, als er mit dem Schürhaken die Scheite umherschiebt.

O Gott, diese Stimme …

»Woher wussten Sie, dass ich es bin?«, platzt es aus mir heraus, während ich versuche, das flaue Gefühl in meinem Magen zu ignorieren.

»Ich habe Ohren.«

»Aber ich habe doch nur die Tür aufgemacht.«

»Genau deswegen.« Er dreht sich um. Sein Blick fällt auf das Kinderbuch in meiner Hand. »Interessante Lektüre.«

»Ich … ich habe nur Bertie vorgelesen«, stammle ich.

Patrick zieht eine Braue hoch. »Ich habe Ihnen doch verboten, den Westturm zu betreten.«

Verdammt.

Ich werde rot.

»Tun Sie eigentlich jemals, was man Ihnen sagt?«, knurrt er.

»Ich … Bertie wollte eine Geschichte vorgelesen bekommen. Und ich habe das Buch zufällig gefunden.«

Patrick stellt den Schürhaken in einen großen Messingbehälter. »Setzen Sie sich.«

Oje, das riecht nach Ärger.

Der Raum ist mit mehreren Sofas, Chaiselongues und Sesseln möbliert.

Ich gehe zu einer Chaiselongue und setze mich auf die Kante.

»Ich … ganz ehrlich, es tut mir leid. Ich hatte nur Berties Wohl im Sinn.«

Patrick baut sich vor mir auf. Er ist so breitschultrig und groß. Wie eine Marmorstatue ragt er über mir empor.

»Sie müssen endlich lernen, Anweisungen auch Folge zu leisten. Wie weit sind Sie in den Westturm vorgedrungen?«

»Ich … nur in den ersten Raum.«

»Tun Sie das nicht noch einmal«, sagt er, tritt wieder vor den Kamin und nimmt den Schürhaken aus dem Behälter. »Ich hätte wissen müssen, dass Sie schnüffeln. Typisch Frau. Man sagt ihnen etwas, und sie tun genau das Gegenteil davon. Aber in diesem Schloss werden Sie tun, was man Ihnen sagt.«

»Typisch Frau?«

Patrick lächelt, ohne sich umzudrehen. »Ja. Typisch naseweise Frau.«

Ich starre ihn an. »Aber ich habe gar nicht geschnüffelt.«

»Wie würden Sie es dann bezeichnen?«

»Ich bin Margaret Calder aus dem Weg gegangen«, platze ich heraus.

»Und wieso?«

O nein. Aber jetzt, da das Geheimnis zur Hälfte gelüftet ist, kann ich genauso gut ganz mit der Sprache herausrücken. »Weil sie nicht wollte, dass ich Bertie ins Bett bringe. Wenn sie mich erwischt, würde sie dafür sorgen, dass ich gefeuert werde, hat sie gesagt.«

»Ach ja?« Patrick wendet sich zu mir um. »Margaret Calder ist nicht Ihre Vorgesetzte. Sie hat Ihnen nichts zu sagen, habe ich mich klar ausgedrückt?«

»Ich …«

»*Ich* bin derjenige, der das Sagen hat. Verstanden?«

»Äh, ich denke …«

»Ich bin froh, dass wir uns in diesem Punkt einig sind.«

»Was ist denn so geheimnisvoll an diesem Westturm?«

Patrick schüttelt den Kopf. »Zerbrechen Sie sich darüber nicht den Kopf.« Er stochert so heftig im Kamin herum, dass Funken aufsteigen. »Sagen wir einfach, dass in diesem Schloss einiges besser im Verborgenen bleibt.« Er sieht mich nicht an. »Sowohl zu Ihrer Sicherheit als auch aus anderen Gründen. Trotzdem bin ich froh, dass Sie hier sind.«

Ich schlucke. »Ja?«

Er dreht sich zu mir um. »Das wissen Sie ganz genau.«

Ich schnappe nach Luft.

Patricks Lachen klingt hart. »Das überrascht Sie doch nicht etwa, oder? Dasselbe habe ich Ihnen heute Morgen schon gesagt.«

»Sie … Sie sagten, ich wäre anders. Und … unwiderstehlich.«

»Mehr als unwiderstehlich.« Sein intensiver Blick ruht auf mir, und ich spüre, wie sich die Röte auf meinem Hals ausbreitet.

»Und Sie fühlen sich auch zu mir hingezogen«, fährt er fort. »Oder etwa nicht?«

Ich spüre die Hitze in meinen Beinen aufsteigen.

Großer Gott.

»Ich …« Ich schüttle den Kopf und versuche krampfhaft, an etwas anderes zu denken. Was soll ich bloß darauf antworten? Am Ende entscheide ich mich für das Erstbeste, was mir in den Sinn kommt. »Soweit ich weiß, sind Sie liiert.«

Patrick zieht eine Braue hoch. »Das höre ich zum allerersten Mal. Wer soll denn die Glückliche sein?«

»Äh … Margaret Calder.«

Patrick lacht. »Sie ist so ziemlich die Letzte, die infrage käme, das kann ich Ihnen versichern.«

»Also sind Sie nicht …«

»Nein.«

Erregung durchströmt mich. Ich darf das nicht zulassen.

»Ich sollte jetzt gehen.« Ich stehe auf und lege das Buch auf die Chaiselongue. »Bitte entschuldigen Sie, dass ich das Buch genommen habe. Und dass ich im Westturm war. Ich wollte nicht respektlos sein, und ich werde auch nicht wieder hingehen.«

»Seraphina …«

Gott, allein schon wenn er meinen Namen sagt, spüre ich wieder dieses Flattern in der Magengegend.

Ich eile zur Tür, wobei ich mir die ganze Zeit dessen bewusst bin, dass er mich ansieht.

»Warten Sie, Seraphina.«

Aber ich kann keine Sekunde länger in diesem Zimmer bleiben. Ich haste hinaus und schlage die Tür hinter mir zu.

Dann stehe ich da, eine Hand auf die Brust gepresst, und lasse mich gegen das schwere Holz sinken.

O Gott, mein Herz schlägt so wild, als würde es gleich aus meiner Brust springen.

Das war gefährlich. Viel zu gefährlich.

32

Ich haste durch Gänge, Treppen hinauf und wieder hinunter, bis ich endlich zum Haupteingang gelange.

Gott sei Dank.

Von dort aus finde ich den Weg zu meinem Zimmer ohne Probleme.

Ich nehme immer zwei Stufen auf einmal, doch als ich mein Zimmer betrete, ist es leer.

Wo sind all meine Sachen? Auf dem Bett liegt ein Zettel.

Patrick hat darauf bestanden, dass Sie ein anderes Zimmer bekommen. Anbei finden Sie eine Übersichtskarte. Ihre Sachen wurden bereits dorthin gebracht.

Agnes Calder

Darunter liegt eine kleine handgezeichnete Karte.

Ich sehe mich in dem winzigen, kalten Zimmer mit dem harten Bett und dem Fenster um, durch das die eisige Winterluft hereindringt.

Bestimmt ist es angenehm, anderswo schlafen zu dürfen.

Dann fällt mir ein, dass jemand meine Sachen zusammengepackt haben muss, darunter auch meine benutzte Unterwäsche von gestern, die ich in der Eile heute Morgen einfach habe auf dem Boden liegenlassen. Ich mag sonst auch keine Ordnungsfanatikerin sein, aber das …

Wie peinlich!

Tja, zu spät.

Mit der Karte in der Hand mache ich mich auf den Weg und lüfte ein weiteres Geheimnis von Mansfield Castle – die Türen mit Messingtieren darauf führen in Korridore, hinter denen ohne Tiere verbergen sich Wohnräume. Ich hoffe, das hilft mir, mich künftig ein bisschen besser zurechtzufinden.

Wenig später befinde ich mich in dem Korridor, in dem mein Zimmer sein soll.

So leise, wie ich nur kann, gehe ich weiter, bis ich vor der Tür stehe.

Wahnsinn!

Das ist also mein neues Zimmer?

Es ist kein Vergleich zu der zugigen, kalten Mansarde, in der ich bisher untergebracht war.

Erstens gibt es ein riesiges Doppelbett mit geblümter Bettwäsche und üppigen Daunenkissen, außerdem einen hochflorigen Teppich und hohe, bogenförmige Fenster mit goldfarbenen Vorhängen bis zum Boden.

Mehrere Heizkörper verströmen eine angenehme Wärme.

Meine Tasche steht auf dem Bett, meine Kleider liegen ordentlich zusammengelegt auf einem antiken Sessel. Meine Gitarre lehnt neben dem Fenster.

Im angrenzenden Badezimmer gibt es eine große Badewanne und eine separate Dusche; jemand hat meine Zahnbürste in einen Becher gestellt und meine Sachen rings um das Waschbecken arrangiert.

Wow, danke, Patrick.

Beim Gedanken an seinen leidenschaftlichen Blick spüre ich, wie mich wieder diese eigentümliche Hitze durchströmt.

Das Ganze ist brandgefährlich.

Ich beschließe, Patrick lieber für eine Weile aus dem Weg zu gehen; zumindest die nächsten Tage. Bei einem Mann wie ihm müssen Prinzessinnen und Gräfinnen doch Schlange stehen. Bestimmt sucht er nur ein Abenteuer mit einer »kleinen Aushilfe«, um sich später im Country Club darüber lustig zu machen.

Ich muss mit jemandem reden. Dringend. Ich ziehe mein Handy heraus und stelle fest, dass ich hier ein Netz habe. Gott sei Dank.

Ich rufe Sharon an.

Es ist zwar schon ziemlich spät, aber bestimmt macht es ihr nichts aus. Ich weiß, dass ich sie jederzeit anrufen kann. In diesem Punkt ist Verlass auf sie.

»Sera!« Sharon hebt beim ersten Läuten ab. »Lass mich raten – ich soll dir eine Bahnfahrkarte reservieren.«

Ich beiße mir auf die Lippe. »Nein. Zumindest noch nicht.«

»Noch nicht? Na, das klingt doch ganz vielversprechend.« Ihre Stimmung hellt sich hörbar auf.

»Ich habe ein Problem.«

»Spuck's aus.«

»Patrick.«

»Patrick?«, wiederholt sie. »Wie versteht ihr euch denn so?«

»Ich … Hier wird es allmählich gefährlich«, gestehe ich. »Er ist so was von heiß. Und ich … ich muss unablässig an ihn denken.«

Sharon lacht. »Wow. So habe ich dich ja noch nie über einen Mann reden hören. Bist du etwa verliebt?«

»Nein«, wiegle ich ab. »Ich schwärme nur ein bisschen für meinen Boss, das ist alles. Absolut lächerlich. Obwohl mich sowohl Mrs Calder als auch ihre Tochter gewarnt haben, die Finger von ihm zu lassen.«

»Sprechen wir zufällig von Margaret Calder?«

Ich horche verblüfft auf. »Ja. Woher kennst du ihren Namen?«

»Die Calders versuchen schon seit Jahren, auf der Gesellschaftsleiter nach oben zu klettern. Und jeder weiß, dass Margaret Calder wild entschlossen ist, sich Patrick Mansfield zu angeln.«

»Mir hat sie erzählt, die Hochzeit fände noch in diesem Jahr statt.«

Sharon lacht. »Das hätte sie wohl gern. Damit wollte sie dir bloß zu verstehen geben, dass du gefälligst die Finger von ihm lassen sollst, wie du selbst schon festgestellt hast. Und ihre Mutter sagt dasselbe? Agnes, die Haushälterin?«

»Ja.«

Wieder lacht Sharon. »Die beiden sind ein Spitzengespann. Aber was ist passiert? Wieso rufst du so spät an?«

»Patrick hat …« Ich suche nach den richtigen Worten. »Er hat gesagt, ich sei anders als alle anderen«, ende ich lahm, weil ich mich nicht überwinden kann, das andere Wort auszusprechen.

Unwiderstehlich.

33

Na ja, ganz unrecht hat er damit ja nicht«, meint Sharon. »Du bist eine Schönheit, bist mutig und sprichst aus, was du denkst. Außerdem bist du das beste Kindermädchen, das ich je in meiner Kartei hatte.«

»Und er hat gesagt, dass er eine gewisse Anziehungskraft zwischen uns spürt.«

»Wow. Aber auch in diesem Punkt hat er doch recht, oder? Schließlich hast du selbst zugegeben, wie scharf du ihn findest.«

»Ich bin nur ein bisschen durcheinander. Aber zwischen uns darf nichts passieren. Er ist mein Boss. Und ich bin hier, um mich um Bertie zu kümmern.«

»Aber er hat gesagt, du wärst anders als alle anderen, ja?«

»Genau.«

»Und du magst ihn?«

»Ja«, gestehe ich.

»Für mich klingt das definitiv nicht nach einem Problem. Was würde ich darum geben, dass ein unverschämt reicher und gut aussehender Mann wie Patrick Mansfield mir sagt, ich sei anders als alle anderen.«

»Aber ich darf es nicht so weit kommen lassen! Ich kann nicht riskieren, dass ich wegen einer albernen Affäre meine Arbeit vernachlässige. Bertie und ich verstehen uns ganz gut. Na ja, gewissermaßen.«

»Wenn du mich fragst, stehen deine Chancen, mit Bertie voranzukommen, ziemlich gut«, wirft sie ein. »Du bist die Einzige in meiner Datenbank, die es schaffen kann, ihn zu knacken.«

»Mit Bertie komme ich schon klar. Nur nicht …«

»Nur nicht damit, für den Boss zu schwärmen?«

Ich muss lachen. »Richtig.«

»Du bist ganz bestimmt nicht die Erste, die für Patrick Mansfield schwärmt, Sera, und vermutlich auch nicht die Letzte. Selbst ich bin völlig hin und weg von ihm. Er hat absolut alles, das ganze Paket – er sieht gut aus, hat Millionen auf dem Konto und sogar ein eigenes Schloss.«

»Um sein Vermögen geht es mir gar nicht. Und eigentlich

auch nicht darum, wie er aussieht. Er hat einfach nur etwas, das mich völlig umhaut. In seiner Nähe kriege ich kaum einen anständigen Satz heraus. Und das ist untypisch für mich.«

»Allerdings.«

»Und wenn er mich ansieht, komme ich mir so … Keine Ahnung. So habe ich mich noch nie gefühlt. Aber ich würde nie im Leben … Du kennst mich. Ich bin ein Profi. Die Kinder stehen an erster Stelle. Ich würde nie zulassen, dass sich daran etwas ändert. Aber … O Gott, Sharon, er ist so unglaublich sexy.«

»Er hat es also schon probiert, stimmt's?« Ich spüre förmlich durch die Telefonleitung, wie sie vielsagend eine Augenbraue hochzieht.

»Ich bin gerade eben vor ihm davongerannt«, gestehe ich. »Wir haben uns unterhalten, und ich … Es ging einfach nicht. Ich musste raus aus diesem Zimmer. Jetzt komme ich mir natürlich total blöd vor, aber was hätte ich denn tun sollen? Verdammt. Wieso bin ich davongelaufen? Wenn ich ihn jetzt wiedersehe, wird alles nur noch schlimmer. Ich hätte stärker sein müssen.«

»Ich kann dir ganz genau sagen, warum du die Beine in die Hand genommen hast«, erklärt Sharon. »Weil du dein ganzes Leben erwachsen sein musstest, Sera. Du musstest dein Leben ganz allein auf die Reihe kriegen und noch dazu Wila großziehen. Und als Partner hast du dir immer nur Männer ausgesucht, die deine Hilfe gebraucht haben. Erinnerst du dich noch an diesen Billy, der dich ausgenommen hat wie eine Weihnachtsgans?«

»Und betrogen noch dazu«, füge ich hinzu.

»Und betrogen noch dazu«, bestätigt Sharon. »Und jetzt interessiert sich womöglich mal ein richtiger Mann für dich.

Einer, der das Ruder in der Hand hält. Einer, der dich beschützen, sich um dich kümmern würde. Und das jagt dir eine Heidenangst ein.«

»Kann sein«, räume ich ein. »Aber in Wahrheit spielt es keine Rolle. Ich habe eine Aufgabe zu erledigen, außerdem wird sich ein Mann wie Patrick Mansfield doch nie im Leben ernsthaft für mich interessieren.«

»Keine Ahnung. Aber vielleicht hast du ja recht. Lass dich durch ihn nicht von dem ablenken, was wirklich wichtig ist.«

»Nein, das werde ich nicht«, beteuere ich mit einer Überzeugung, die ich in Wahrheit nicht besitze.

Als Nächstes rufe ich Wila an, danach wähle ich die Nummer der Carmichaels. Seit ich aus London aufgebrochen bin, habe ich schon fünfmal versucht, die Mädchen an die Strippe zu bekommen, aber jedes Mal geht die neue Nanny an den Apparat und speist mich mit irgendeiner lahmen Ausrede ab.

Es macht mich ganz verrückt, und ich hoffe inbrünstig, die beiden wissen, dass ich ständig anrufe und mit ihnen reden will.

Es läutet ein paarmal.

»Hallo?«

Es ist wieder das neue Kindermädchen – Tanya, eine Russin, die nicht über Sharons Agentur vermittelt wurde.

»Hi, hier ist Sera«, sage ich. »Das frühere Kindermädchen. Mal wieder. Ich wollte fragen, ob die Mädchen da sind.«

»Sie sind nicht hier«, erklärt sie mit ihrem ausgeprägten Akzent.

»Nein? Aber morgen ist doch Schule. Geht es ihnen gut?«

»Ihnen geht es gut.« Tanya seufzt. »Mr Carmichael sagt, ich soll Ihnen sagen, Sie sollen nicht mehr anrufen.«

»Oh.« Ich umfasse mein Handy fester. »Aber Helen Carmichael sagte doch …«

»Mr Carmichael ist der Boss. Er hat das Geld. Und er will, dass Sie nicht mehr anrufen.«

Es ist, als würde sich eine kalte Faust um mein Herz legen. Am liebsten würde ich in Tränen ausbrechen. »Aber die Mädchen … Jemand muss ihnen sagen, dass sie mir immer noch am Herzen liegen. Sie fehlen mir so. Bitte. Bitte, sagen Sie ihnen, dass ich angerufen habe.«

Wieder seufzt Tanya. »Mr Carmichael will das nicht.«

Die Leitung ist tot. Sie hat aufgelegt.

Ich setze mich aufs Bett und sinke gegen die Kissen. Meine Brust fühlt sich kalt und leer an. Dann brodelt die Wut in mir auf. Wie kann er es wagen?

Es muss doch einen Weg geben, seine Anweisungen zu umgehen. Ich muss dafür sorgen, dass die Mädchen von meinen Anrufen erfahren und wissen, dass ich auch jetzt noch ständig an sie denke. Aber wie soll ich das anstellen?

Seufzend lasse ich mich tiefer in die Kissen sinken und falle in einen unruhigen Schlaf.

34

Am nächsten Morgen klingelt mein Wecker eine Stunde früher als notwendig – ich habe ihn sicherheitshalber auf fünf Uhr gestellt, weil ich nicht riskieren wollte, noch einmal zu verschlafen.

Ich putze mir die Zähne, dusche, lege einen Hauch Makeup auf und glätte mein feuchtes Haar mit den Fingern – ich habe den Föhn bei Wila gelassen, deshalb wird es wohl einige

Zeit dauern, bis es ganz trocken ist, aber das macht mir nichts aus.

Ich ziehe eine dicke schwarze Strumpfhose, ausgefranste Jeans-Shorts, einen grünen Pulli und einen kurzen schwarzen Blazer darüber an. Und natürlich meine Cowboystiefel.

Dann räume ich ein bisschen auf, ehe ich zum Frühstück hinuntergehe. Ich habe mir vorgenommen, Bertie um sieben Uhr zu wecken und ihn zu seinem Lakritz-Milch-Frühstück zu begleiten.

Mithilfe der Karte gelingt es mir, den großen Saal zu finden und nur zweimal eine falsche Abzweigung zu nehmen.

Allmählich mache ich Fortschritte.

Köstlicher Duft nach Speck, frischem Brot und Zimttoast weht mir aus der Küche entgegen.

Ich spähe durch die Durchreiche und sehe Vicky mit einer großen Pfanne mit Rührei am Herd stehen.

»Guten Morgen, Vicky.«

Sie dreht sich um und lächelt. »Morgen, Süße. Na, gut geschlafen?«

»Ja. Man hat mir ein anderes Zimmer gegeben, wo es viel wärmer ist.«

»Großartig. Mr Mansfield muss ja mächtig begeistert von dir sein. Freiwillig hätte Mrs Calder das ganz bestimmt nicht getan. Genieß es, Süße. Lust auf Rührei?«

»Gern.«

»Ich richte dir einen Teller her.«

Neben dem Herd steht ein Teller mit einer Schale Müsli und frischem Obst. »Ist das für Mrs Calder?«

»Nein. Ehrlich gesagt, ich weiß nicht, wer das isst. Aber Patrick bestellt jeden Morgen ein zusätzliches Frühstück, das er persönlich abholt und irgendwohin bringt. Für ihn ist es jedenfalls nicht. Er isst Steak und Eier und Würstchen oder solche Sachen.«

»Wie seltsam.« Ich runzle die Stirn.

»Ja, finde ich auch. Aber nach einer Weile gewöhnt man sich daran, dass hier vieles nicht so ist wie anderswo.«

Ich sitze gerade bei meinem Rührei, als Agnes Calder hereingerauscht kommt.

»Ah«, bemerkt sie, als sie mich sieht. »Diesmal haben Sie es also geschafft, pünktlich aus den Federn zu kommen. Ist doch eigentlich gar nicht so schwierig, oder?«

»Wenn der Wecker läutet, nicht«, bestätige ich leichthin.

»Aber Sie haben heute einen freien Tag. Bertie besucht seine Mutter. Der Fahrer hat ihn schon abgeholt.«

»Was?« Ich verschlucke mich um ein Haar an meinen Eiern. »Wieso hat mir das keiner gesagt?«

»Wie wir die Dinge hier handhaben, ist nicht Ihre Sache«, fährt sie mich an. »Sie tun, was man Ihnen sagt, und Schluss.«

»Das ist sehr wohl meine Sache«, entgegne ich. »Ich versuche, eine Bindung zu Bertie aufzubauen, und das gelingt mir wohl kaum, wenn er ständig von einer Sekunde auf die andere verschwindet, ohne dass ich etwas davon weiß.«

Agnes presst die Lippen aufeinander. »Ich kann Ihnen nur raten, Ihr Temperament zu zügeln, sonst sitzen Sie schneller im Zug nach Hause, als Ihnen lieb ist. Sie können den heutigen Tag nutzen, um Ihre Freizeit zu genießen. Die meisten Mädchen würden sich darüber freuen.«

Sie tritt zur Durchreiche. »Wo bleiben mein Müsli und mein Tee, Victoria?«

»Bitte sehr, Mrs Calder.« Vicky schiebt ihr ein Tablett zu, das Mrs Calder sich schnappt und davonrauscht.

Wütend sehe ich ihr hinterher.

Ausgerechnet jetzt, da ich ein ganz klein wenig an Bertie herangekommen bin, müssen wir den Tag getrennt voneinander verbringen.

Wie soll sich der arme Kleine jemals an eine Bezugsperson gewöhnen, wenn er ohne Vorwarnung aus seinem Alltag gerissen und herumgeschickt wird?

Vicky tritt durch die Schwingtür. »Alles in Ordnung, Süße? Du siehst aus, als würdest du gleich platzen.«

»Ach, es ist nur wegen Mrs Calder. Tut mir leid, Vicky, aber ich muss jetzt gehen.« Ich stehe auf.

»Kein Problem. Wohin willst du denn?«

»Ich gehe eine Runde joggen. Ich muss erst mal Dampf ablassen und einen klaren Kopf bekommen.«

»Oh.« Sie nickt. »Du bist wohl eine Sportskanone.«

Ich ringe mir ein Lächeln ab. »Wohl kaum, aber ich gehe laufen, sooft ich kann. Es hilft mir beim Denken. Außerdem macht es bestimmt Spaß ohne all die Abgase.«

»Na, dann viel Vergnügen. Aber pass auf, der Boden ist vereist und sehr glatt.«

Ruhelos gehe ich in meinem Zimmer auf und ab und werfe Agnes Calder im Geiste alle möglichen Beschimpfungen an den Kopf.

Dann ziehe ich meine Laufsachen an – eine graue Jogginghose, ein schwarzes Shirt und Schuhe.

Eigentlich sind es keine richtigen Laufschuhe, sondern Basketballschuhe, die mich noch dazu manchmal etwas drücken. Aber anständige Laufschuhe sind ein Luxus, den ich mir beim besten Willen nicht leisten kann.

Ich binde mein Haar zu einem hohen Pferdeschwanz zusammen, gehe hinaus und trabe quer durch den Garten in Richtung Wald.

Rings um die Baumstämme liegt noch ein kleiner Rest Schnee, und die Eisschicht knackt unter meinen Sohlen, trotzdem halte ich mich an Vickys Ratschlag und gebe gut acht.

Tief sauge ich die frische Luft ein und versuche, mit jedem Atemzug etwas von meinem Frust loszuwerden.

Zwar ist mein Haar immer noch leicht feucht, aber die Bewegung wärmt mich, und ich friere nicht.

Nach ein paar Minuten habe ich den Garten hinter mir gelassen und befinde mich mitten im Wald. Ich trabe an einem zugefrorenen Bach und einem zerklüfteten Felsbrocken vorbei, der aussieht, als hätte jemand das Gesicht eines Greises hineingemeißelt.

Ich laufe weiter.

Und plötzlich fällt es mir wie Schuppen von den Augen.

O Gott. Der gefrorene Bach – vermutlich war das der Fluss, vor dem mich Patrick gestern gewarnt hat.

Ich drossle mein Tempo und sehe mich um. Das Schloss ragt in einiger Entfernung auf.

Ich sollte umkehren.

Gerade als ich mich umdrehe, höre ich ein lautes Krachen, dann ein weiteres.

Gütiger Himmel!

Schüsse!

35

Wie erstarrt stehe ich da und frage mich, was ich tun soll.

Umdrehen und zurücklaufen? Oder stehen bleiben, um nicht ins Kreuzfeuer zu geraten?

In diesem Moment packt mich jemand an der Schulter, und eine tiefe, grollende Stimme ertönt: »RUNTER!«

O Gott. Diese Stimme kenne ich.

Ich werde nach hinten gezogen und pralle geradewegs gegen Patricks betonharte Brust. Er schlingt den Arm um mich und zieht mich auf die Knie.

Sein Gesicht ist wutverzerrt, und die Muskeln an seinem Kiefer mahlen, als er angestrengt und schwer atmend in den Wald späht.

Unvermittelt schiebt er mich hinter sich und hält den Arm so, dass ich mich nicht bewegen kann. Die lederne Gewehrtasche drückt sich in meine Wange.

»Stillhalten«, bellt er.

Er trägt ein dünnes T-Shirt unter einer Jacke mit Tarnmuster. Ich spüre die gewaltige Hitze seines Körpers, vermischt mit einem betörenden Duft – ein maskulines Moschusaroma, zugleich frisch und kühl.

Patrick zieht sein Gewehr aus dem Futteral und späht durch das Zielfernrohr.

»Nicht bewegen«, knurrt er.

Er folgt irgendeinem Ziel und drückt ab.

Ein lautes Knacken ertönt, dann Geraschel und ein Schrei, gefolgt von raschen Schritten auf dem Waldboden.

Ich schnappe entsetzt nach Luft. »Haben Sie etwa gerade …«

Patrick schüttelt den Kopf. »Ich habe nur auf einen Ast geschossen, der über dem Kopf des Wilderers zerplatzt ist. Das war wieder dieser Hawk Turner. Er taucht immer häufiger hier auf. Ernsthaft verletzt hat er sich nicht, aber ich hoffe, der Dreckskerl überlegt es sich künftig zweimal, ob er sich noch einmal hier blicken lässt.«

Seine Atemzüge sind immer noch sehr schnell, aber ich merke, dass sie sich allmählich beruhigen.

»Ich habe Ihnen doch gesagt, Sie sollen nicht weiter gehen als bis zum Fluss«, herrscht er mich aufgebracht an.

»Das war auch nicht meine Absicht.« Lächerlicherweise bin ich den Tränen nahe. Ich stehe regelrecht unter Schock – mitten in ein Wilderergebiet zu geraten und dann noch Patrick plötzlich hinter mir zu haben. »Es war ein Versehen.«

»Ein verdammt dämliches Versehen«, brummt Patrick und verstaut das Gewehr wieder im Futteral. »Sie hätten verletzt oder sogar getötet werden können.«

Wieder blickt er mich aus diesen intensiven Augen an, und zu meiner endlosen Scham breche ich prompt in Tränen aus. »Es tut mir leid«, jammere ich. »Ich wollte das nicht.«

Du lieber Gott, wie abgrundtief peinlich! Reiß dich gefälligst zusammen, Sera!

Doch aus irgendeinem Grund kann ich nicht mehr aufhören. Schniefend wische ich mir mit dem Ärmel übers Gesicht und hole zittrig Luft.

Ich glaube, es liegt am Schock. Zuerst Patricks Auftauchen und dann auch noch der Schuss …

Seine Züge werden ein wenig weicher, und er streicht mir zart über die Wange. »Nicht weinen.«

»Entschuldigung«, schniefe ich. »Ich erkenne mich selbst kaum wieder.«

Er runzelt die Stirn und wischt mir mit dem Daumen die Tränen ab. Ich fange an zu zittern – vom Schock und von Patricks Berührung.

»Kommen Sie.« Als er es bemerkt, zieht er seine Jacke aus und legt sie mir um die Schultern. Er hebt mich hoch und trägt mich zwischen den Bäumen hindurch, während ich noch immer leise vor mich hin schniefe.

»Wie haben Sie mich hier draußen überhaupt gefunden?«, frage ich kleinlaut.

»Ihnen auf den Fersen zu bleiben ist nicht allzu schwierig«, antwortet er.

Ich muss ein klein wenig lächeln, und meine Tränen versiegen. »Auf den Fersen bleiben?«

»Ja, genau.«

»Und wie genau haben Sie das angestellt? Woher wussten Sie, dass ich durch den falschen Teil des Waldes laufen würde?«

»Weil Sie bisher kein einziges Mal auf mich gehört haben. Als ich Sie draußen gesehen habe, war mir sofort klar, dass Sie am Ende über den Fluss laufen würden.«

»Aber das war keine Absicht«, wende ich ein. »Der Fluss war zugefroren, deshalb sah er für mich eher wie ein kleiner Bach aus.«

»Sie hätten eben besser aufpassen müssen«, meint er. »Ich stelle die Regeln nicht ohne Grund auf. Ich will nicht, dass Sie in Gefahr geraten oder wir anderen.«

Mir fällt keine passende Erwiderung darauf ein, deshalb schweige ich und genieße die Wohligkeit seiner Wärme und das Gefühl der Sicherheit, das mir seine Gegenwart vermittelt.

36

Patrick trägt mich bis zum Waldrand und über den Fluss, ehe er mich absetzt.

Einen Moment lang stehen wir einander gegenüber. Seine Hände liegen immer noch auf meiner Taille. Unsere Blicke begegnen sich.

»Kann ich darauf vertrauen, dass Sie ab sofort tun, was man Ihnen sagt?«, fragt er.

»Ich werde nicht mehr weiter gehen als bis zum Fluss.«

»Versprechen Sie es«, beharrt er.

»Ich verspreche es.«

Zu meiner Verblüffung verstärkt er seinen Griff.

Ich erstarre und spüre, wie ich unter seiner Berührung erschaudere.

Ich sollte zurückweichen, aber …

Er sieht mich so eindringlich an, dass einen Moment lang die Zeit stillzustehen scheint. Und auch wenn mein Verstand noch so laut *Nein, nein, nein* ruft, bringe ich es nicht über mich, seine warmen Hände wegzuschieben.

»Ich will nicht loslassen«, sagt er leise. Ich spüre, wie seine Stimme in meinem Körper nachhallt.

»Sie müssen aber.«

»Aber Sie sind immer noch hier.«

»Ich …« Ich löse den Blick und starre auf den gefrorenen Boden.

Patrick beugt sich vor. Seine Lippen streifen die meinen.

Ich spüre die Hitze seines Körpers, die weiche Geschmeidigkeit seiner Haut.

Es gelingt mir, den Kopf zur Seite zu drehen.

»Nein«, flüstere ich. »Das geht nicht.« Ich nehme all meine Kraft zusammen und weiche stolpernd zurück, außerhalb seiner Reichweite. »Ich sollte jetzt hineingehen«, krächze ich. Meine Schuhsohlen knirschen auf den vereisten Blättern, als ich kehrtmache.

»Warte.« Patrick greift nach meiner Hand.

»Bitte, Sie müssen mich gehen lassen.«

»Das willst du doch in Wahrheit gar nicht.«

»Doch«, widerspreche ich, wohl wissend, wie lächerlich kleinlaut meine Stimme klingt. »Patrick, wir können unmöglich …«

Meine Worte verklingen, als er seinen Griff verstärkt.

»Doch, wir können.«

Ich sehe ihm in die Augen, in denen eine leidenschaftliche Zärtlichkeit liegt, die mir den Atem raubt.

Wieder versuche ich, mich seinem Griff zu entziehen, aber Patrick reißt mich an sich und presst seine Lippen fest auf meinen Mund. Als er seine Hand in meinem Haar vergräbt, bin ich endgültig verloren.

Ich sinke an seine Brust, während sich seine Hand um meinen Hinterkopf legt und mich sein anderer Arm umschlingt.

Die Hitze seiner Lippen durchströmt mich, und ich spüre, wie sie sich glühend in meinem Körper ausbreitet.

Eng umschlungen stehen wir da. Seine Lippen liebkosen meinen Mund, seine Zunge findet die meine, und er zieht mich noch enger an sich.

Mir ist bewusst, dass ich kurz davor bin, endgültig jeden Funken Selbstbeherrschung zu verlieren. Und das darf ich auf keinen Fall zulassen.

Reiß dich zusammen, Sera.

Ich löse mich von ihm.

»Warten Sie.« Ich lege ihm die Hand auf die Brust.

Er mustert mich forschend. Seine Lippen sind gerötet und feucht von unserem Kuss.

»Wir dürfen nicht …«, beginne ich und schüttle den Kopf. »Ich muss gehen.«

»Dann lauf eben weg«, erwidert er, »aber ich weiß, dass du im Handumdrehen zurückkommst. Du kannst dich dem nicht entziehen, Seraphina. Die Natur ist stärker als wir beide.«

Einen Moment lang keimt Wut in mir auf, und ich bleibe stehen.

»Mit der Natur hat das rein gar nichts zu tun, Patrick. Wir sind Herr unserer Entscheidungen. Und ich habe die meine getroffen.«

»Du irrst dich. Was hier geschieht, ist stärker als wir, größer. Und du kannst nur eine gewisse Zeit davor weglaufen, Sera. Ich weiß, wie du dich fühlst. Und – o Gott, ich will dich so sehr.« Er schüttelt den Kopf. »Mehr, als ich je eine Frau wollte.«

»Wer sagt, dass ich Sie will?«

»Ich sage das.«

»Ach ja?«

»Du glaubst, ich wüsste es nicht?«

»Völlig egal, ob ich Sie will oder nicht. Es ist unerheblich. Ich bin eine erwachsene Frau und kann meine Gefühle sehr wohl kontrollieren.«

»Bist du dir da so sicher?«

Oh, jetzt packt mich endgültig die Wut. »Ja«, schnauze ich ihn an. »Sie mögen mein Boss sein, aber wie ich empfinden soll, darüber können Sie nicht bestimmen.«

»Nein? Ich muss dich besitzen, und das werde ich auch tun.«

»Sie sind so was von … arrogant. Nein. Dazu wird es nicht

kommen. Was hier gerade passiert ist, war ein Fehler. Es wird nicht wieder vorkommen.«

»Doch, das wird es. Das wissen wir beide. Tu nicht so, als würdest du es nicht auch spüren.«

Das reicht. »Wahrscheinlich sind Sie daran gewöhnt, dass sich Ihnen die Frauen reihenweise an den Hals werfen, aber ich gehöre nicht dazu. Ich bin hier, weil ich eine Aufgabe habe, und das steht für mich an oberster Stelle. Ich bin sehr wohl in der Lage, Ihnen zu widerstehen, glauben Sie mir.«

Patrick zieht eine Augenbraue hoch. »Das sah aber gerade nicht danach aus.«

»Das war ein Fehler«, fauche ich, mache auf dem Absatz kehrt und fliehe ins Haus.

»Nein, war es nicht!«, ruft er mir hinterher. »Das weißt du genauso gut wie ich.«

Dieser überhebliche Mistkerl!

Patricks Worte hallen in meinen Gedanken wider, wirbeln wild umher wie Schneeflocken im Sturm. Und ich frage mich – werde ich tatsächlich irgendwann wieder angelaufen kommen?

Den Rest des Tages vergrabe ich mich in meinem Zimmer. Ich komme mir zwar wie die letzte Idiotin vor, aber die Vorstellung, Patrick über den Weg zu laufen, ist unerträglich.

Ich bin völlig durcheinander.

Der Kuss … Ich kann nicht abstreiten, dass er … Ich muss ununterbrochen daran denken. So hat mich noch kein Mann geküsst. Zu spüren, wie ich mit dem Körper eines anderen Menschen regelrecht verschmelze, so wild und ungestüm. Dass zwischen mir und Patrick eine unerklärliche Anziehungskraft besteht, kann ich nicht länger leugnen.

Wann immer ich an ihn denke, an seine weichen Bartstoppeln, seinen heißen Atem, seinen betörenden Duft, seine Hände … Wahnsinn! Absoluter Wahnsinn! Mein Körper scheint auf ihn zu reagieren, wie er es noch nie zuvor bei einem Menschen getan hat.

Trotzdem darf es nicht sein.

Gegen Abend stehle ich mich in den großen Saal, flüchte aber gleich nach dem Essen wieder in mein Zimmer und rufe Wila an.

Es geht ihr gut. Sogar ganz hervorragend. Ich freue mich für sie, auch wenn es mich ein wenig traurig macht, dass sie mich offenbar überhaupt nicht mehr braucht.

Dann schreibe ich einen Brief an die Carmichael-Mädels, obwohl ich ziemlich sicher bin, dass er sie niemals erreichen wird, und notiere die Adresse des Schlosses auf dem Umschlag, für den Fall, dass sie mir antworten wollen.

Gerade als ich meinen iPod einstöpseln und zu Bett gehen will, obwohl es geradezu lächerlich früh ist, klopft es an der Tür.

Ich runzle die Stirn. Bestimmt ist es Mrs Calder mit neuen Anweisungen.

Langsam durchquere ich in meinem uralten Minnie-Maus-Nachthemd den Raum. Mein Haar hängt mir offen über die Schultern – nicht gerade ein superprofessioneller Anblick, aber um diese Uhrzeit muss Mrs Calder eben nehmen, was sie kriegen kann.

Ich öffne die Tür.

O mein Gott.

Patrick.

37

Er steht vor mir, ein Bild von einem Mann. Er hat sich rasiert, was die weiße Narbe auf seiner linken Wange noch deutlicher hervortreten lässt.

Sein dunkelblondes Haar fällt ihm in die Stirn.

Er trägt ein grünes Armeeshirt und eine schwarze Cargohose dazu, außerdem hat er eine rote Decke unter dem Arm.

»Minnie Maus?« Mit dem Anflug eines Lächelns lässt er den Blick über meinen Körper schweifen.

Unwillkürlich ziehe ich den Saum ein Stück herunter.

»Was machen Sie denn hier?« Dass er hier auftaucht, ist zu viel. Nach allem, was ich ihm heute Vormittag an den Kopf geworfen habe …

Patrick legt die Hand um den Türrahmen. »Heute Abend muss die Heizung wegen Wartungsarbeiten abgeschaltet werden, deshalb wollte ich eine zusätzliche Decke vorbeibringen. Das Ding da wird wohl nicht reichen.« Grinsend zeigt er auf mein dünnes Nachthemd.

»Was ich im Bett trage, geht Sie überhaupt nichts an«, schnauze ich ihn an, obwohl ich zugeben muss, dass ich Kälte auf den Tod nicht ausstehen kann. Blöderweise ist es auf einem Hausboot ständig kalt und klamm, und ich habe definitiv keine Lust, mir auch hier den Hintern abzufrieren.

»Danke.«

Unsere Finger berühren sich, als er mir die Decke reicht.

Eilig ziehe ich meine Hand zurück und presse die Decke an meine Brust, um eine Barriere zwischen uns zu schaffen.

»Ich bleibe bei dem, was ich heute Vormittag gesagt habe«, meint Patrick.

»Ich auch«, gebe ich zurück. »Gute Nacht.«

Ich mache Anstalten, die Tür zu schließen, aber Patricks Hand schnellt vor und legt sich um das Holz.

»Willst du immer noch so tun, als wäre nichts zwischen uns?«

»Ich tue nicht nur so.«

»Doch. Dein Körper verrät dich.«

Leider hat er recht. Allein wenn er vor mir steht, durchströmt mich eine seltsame Hitze, durch meinen ganzen Körper, zwischen meinen Beinen. Seine Stimme geht mir durch Mark und Bein, und beim Gedanken an seine Hände …

»Na und?« Entschlossen versuche ich, mich dem Zauber dieser wunderschönen blaugrünen Augen und seines Lächelns zu entziehen. Seine Hand liegt noch immer um den Türrahmen, nur wenige Zentimeter von meiner Wange entfernt. »Hören Sie immer auf Ihren Körper?«

»Ja.«

Ich schlucke trocken. »Tja, das ist wohl der Unterschied zwischen uns. Ich habe mich nämlich ziemlich gut unter Kontrolle. Genau das unterscheidet uns Menschen vom Tier – die Tatsache, dass wir unseren Instinkt ignorieren und stattdessen auf unseren Verstand hören.«

Patrick lächelt. »Wir sind aber Tiere, wie ich heute Morgen bereits gesagt habe. Alle beide. Und je eher du das akzeptierst, umso besser.«

O Gott.

Dieser Mann ist ein arroganter, sexistischer Idiot, und doch … kann ich mich der Wirkung seiner Worte nicht entziehen.

Reiß dich zusammen, Sera!

»Gute Nacht, Patrick.«

Ich schiebe seine Hand weg und knalle die Tür zu, dann lasse ich mich mit klopfendem Herzen dagegensinken.

Das darf nicht passieren. Ich darf mich auf keinen Fall in meinen Boss verlieben – noch dazu, wenn er steinreich und unfassbar attraktiv ist. Er kann doch nicht ernsthaft an mir interessiert sein. Ich bin nur ein Zeitvertreib für ihn. Das kann bloß mit Tränen enden.

Die Worte wirbeln in meinem Kopf herum, als ich mich wieder ins Bett lege.

Das kann bloß mit Tränen enden.

38

Am nächsten Morgen ist mir wesentlich wärmer. Ich fühle mich ein wenig besser, wenn auch immer noch ziemlich durcheinander.

Patrick ist unglaublich maskulin und sexy. Aber die Gefühle, die er in mir auslöst, rühren nicht nur von seinem Sex-Appeal her. Stattdessen ist es, als könnte er meine Gedanken lesen. Und das macht mir Angst.

Wieso denke ich überhaupt darüber nach? Ich bin hier, weil ich mich um Bertie kümmern möchte. Und aus diesem Grund werde ich nicht zulassen, dass irgendetwas zwischen uns passiert.

Zugegebenermaßen bin ich ihm sehr dankbar, dass er mir die Decke vorbeigebracht hat. Aber nicht dankbar genug, um zu vergessen, dass er sich wie ein arroganter Mistkerl aufführt. Auch wenn er hervorragend küssen kann …

Ich ziehe meine spitzenbesetzten Leggings an, dazu einen Rock und einen schwarzen Oversize-Pulli, den ich selbst mit

Pailletten bestickt habe. Dann mache ich mich auf den Weg zu Berties Zimmer.

Leise klopfe ich an die Tür und spähe hinein.

Falls er noch schläft, schleiche ich mich wieder hinaus und komme später noch einmal vorbei, aber er sitzt vollständig angezogen – in Jeans mit Bügelfalte und einem gestärkten weißen Hemd – auf dem Bett und blättert in einem seiner Horrorbücher.

»Guten Morgen, Bertie.«

Als er den Kopf hebt, fällt mir auf, dass dieser wütende Ausdruck in seinen Augen zurückgekehrt ist.

»Liest du dieses Zeug ernsthaft?«, frage ich. Er ist doch noch viel zu klein für die schrecklichen Abbildungen darin.

Statt einer Antwort runzelt er nur die Stirn und schleudert mir das Buch an den Kopf.

»Holla!« Ich weiche hastig aus. »Das ist aber nicht nett, Bertie. Hattest du denn keinen schönen Tag gestern?«

Falsche Frage.

Bertie schnappt alles, was er in die Finger kriegt, und wirft es nach mir – seine neue Xbox, Bücher und sogar eine Nachttischlampe, die neben mir auf dem Boden landet.

»Hey, komm schon. Hör auf damit.« Ich trete zum Bett, doch er lässt sich nach hinten fallen und zieht sich die Bettdecke über den Kopf.

»Hattest du einen schlimmen Tag gestern?«

Er zieht die Decke noch enger um sich.

»Vielleicht sollten wir einfach runtergehen und frühstücken«, sage ich und tätschle die Decke. »Mit vollem Magen sieht die Welt gleich ganz anders aus.«

Ein abgrundtiefer Seufzer dringt unter der Decke hervor. Sekunden später schleudert Bertie sie zurück, springt aus dem Bett, tritt zum Schrank, nimmt ein schickes Paar Lederschuhe heraus und zieht sie an.

39

Ich folge ihm nach unten in den großen Saal, wo er sich auf die Bank setzt und mit den Beinen schaukelt.

»Du willst deine Milch und Lakritze, ja?«, frage ich.

Mit gerunzelter Stirn starrt er mich an, ohne zu nicken oder sonst irgendwie auf meine Frage zu reagieren.

»Okay, dann hole ich sie dir.«

»Alles in Ordnung, Süße?«, erkundigt sich Vicky, als ich durch die Durchreiche spähe.

Ich stoße einen Seufzer aus. »Leider nicht. Ich fürchte, Bertie hat einen gewaltigen Rückwärtsschritt gemacht.«

»Er war doch gestern bei seiner Mutter, stimmt's?« Vickys braune Locken hüpfen auf und ab.

»Ja.«

»Tja, da hast du die Antwort. Wann immer er einen Tag mit ihr und seinem Großvater verbracht hat, ist er wütend.«

»Sein Großvater war also auch dabei?«

»Immer«, meint Vicky. »Um alles zu kontrollieren. Bertie darf Anise nicht besuchen, ohne dass er dabei ist. Ich glaube, es ist eine Art Bestrafung dafür, dass sie noch blutjung war, als sie schwanger wurde. Es ist seine Art, allen zu signalisieren, dass sie ihren Mutterpflichten nur nachkommen kann, wenn ein anderer Erwachsener dabei ist. Das Mädchen steht komplett unter seiner Fuchtel. Wenn er sagt, sie soll springen, fragt sie, wie hoch.«

»Oh. Ich weiß nichts über seine Mutter. Ist sie nett?«

Vicky tätschelt ihren Kuchenteig. »Ich glaube, sie ist ganz okay. Natürlich ist sie noch sehr jung. Und sie darf Bertie immer nur kurz sehen. Ihre Ausbildung steht an erster Stelle.«

»Wie traurig. Sie ist also Patricks jüngere Schwester, richtig?«

»Genau. Sie heißt Anise und ist sehr hübsch. Aber leider ist sie als Teenager auf die schiefe Bahn geraten. Falsche Freunde, dann war sie auf einmal schwanger, und alles ging den Bach runter. Ich glaube, inzwischen hat sie sich gefangen, aber es muss sie um den Verstand bringen, dass andere bestimmen, wann und wie oft sie Bertie sieht.«

»Wie oft besucht er sie denn?«

»Meistens einmal pro Woche, manchmal häufiger, manchmal auch weniger.«

»Oje. Das muss tatsächlich sehr schwer für sie sein.« Ich sehe über meine Schulter. »Und für ihn genauso.«

Vicky stellt den Teller mit der Lakritze und Berties Milch in die Durchreiche. »Hier, Süße. Willst du immer noch nicht versuchen, ob du den Kleinen für etwas Leckereres als dieses Zeug gewinnen kannst?«

»Heute definitiv nicht. Er hat schon genug am Hals.«

Ich kehre zu Bertie zurück, der den Teller jedoch wegschiebt und aus dem Fenster starrt.

»Bertie? Es ist nur Lakritze. Und Milch. Wie immer.«

Er stößt den Teller so heftig weg, dass er zu Boden fällt und die Lakritzstangen auf dem Boden herumkullern.

Normalerweise lasse ich meine Kinder ihre Schweinerei aufräumen, wenn sie anfangen, Sachen durch die Gegend zu werfen. Aber Bertie … Wenn ich es richtig einschätze, ist dies kein gewöhnlicher Wutanfall. Vielmehr scheint er ernsthaft zu leiden. Sehr sogar. Das hier ist kein Versuch, seinen Dickkopf durchzusetzen, sondern ein verzweifelter Hilfeschrei.

»Wenn du nichts isst, wird dir ja ganz flau im Magen«, sage ich.

Bertie kehrt mir den Rücken zu. In diesem Moment kommt Mrs Calder hereingestürmt.

Ich seufze. Ihre Miene verrät, dass mir die nächste Gardinenpredigt bevorsteht.

»Guten Morgen, Mrs Calder.« Eilig schiebe ich die Scherben unter die Bank. Ich will nicht, dass sie mit Bertie schimpft. Die Porzellanteile scharren laut auf dem Fußboden. Eilig mime ich einen Hustenanfall, um das Geräusch zu übertönen.

Mrs Calder horcht auf, scheint jedoch zu dem Schluss zu gelangen, dass sie sich verhört haben muss.

»Miss Harper, wir erwarten heute Morgen einen sehr wichtigen Gast. Patricks Vater, Dirk Mansfield.«

»Berties Großvater?«

»So ist es.«

»Hat Bertie ihn nicht gestern besucht?«

Mrs Calder presst die Lippen zu einer schmalen Linie zusammen. »Ja, aber heute kommt er nicht wegen Bertie, sondern ist hier, um mit ein paar Experten anstehende Maßnahmen hier im Schloss zu besprechen, und ich will nicht, dass sie durch einen herumrennenden Jungen gestört werden, der nicht weiß, was sich gehört. Ich habe in einem der Spielzimmer eine Xbox für ihn installieren lassen. Dort kann er sich aufhalten. In sein Zimmer kann er vorläufig nicht zurück. Aber es gibt auch kein Herumgerenne auf den Fluren, habe ich mich klar ausgedrückt?«

»Aber wieso darf er nicht in sein Zimmer?«

»Sie sind hier, um Bertie zu beschäftigen, Miss Harper, und nicht, um Fragen zu stellen.«

»Äh, okay.« Es ist sinnlos, sich mit ihr anzulegen. Sie wird mir sowieso nicht sagen, was hier los ist. Sobald sie weg ist, werden Bertie und ich tun, worauf wir Lust haben.

»Und heute Nachmittag kommt Berties Großmutter zu Besuch«, fährt sie fort.

»Wie kommt es, dass sie getrennt voneinander eintreffen?«

»Dirk und Daphne Mansfield sind schon seit Jahren geschieden«, antwortet Mrs Calder.

»Und soll ich dann dafür sorgen, dass auch sie ihn nicht zu Gesicht bekommt?«, frage ich und hebe eine Braue.

»Nein, sie möchte ihn gern sehen. Bertie muss anständig angezogen und in den Salon im Westflügel gebracht werden. Dort verbringt er den restlichen Nachmittag mit seiner Großmutter. Sie haben den Nachmittag über frei, bis Sie ihn wieder abholen und zum Abendessen hinunterbringen.«

»Es ist aber sehr schade, dass Berties Großvater ihn gar nicht sehen will. Wenn er doch ohnehin hier ist.«

»Dirk sieht Bertie ziemlich häufig. Vermutlich sogar häufiger, als ihm lieb ist, wenn ich ehrlich sein soll. Und wenn man bedenkt, wie Bertie sich benimmt, kann man ihm wohl kaum einen Vorwurf daraus machen, nicht?«

»Bertie ist ein reizender kleiner Junge. Er braucht nur ein bisschen Unterstützung, um aus sich herauszukommen«, erwidere ich.

»Pah!« Mrs Calder lacht auf. »Wenn Sie mich fragen, braucht er Unterstützung, um möglichst keinem in die Quere zu kommen. Aber egal. Seine Großmutter will ihn heute jedenfalls unbedingt sehen. Bitte treffen Sie also alle notwendigen Vorkehrungen.«

»Das werde ich.«

»Gut.«

Mrs Calder tritt zur Durchreiche und hämmert mit der Faust dagegen. »Victoria, wo sind mein Müsli und mein Tee?«

»Willst du jetzt deine Milch haben?«, flüstere ich.

Statt einer Antwort schiebt er die Tasse weg, doch ich bekomme sie zu fassen, bevor auch sie zu Boden fallen und kaputtgehen kann.

»Offenbar hattest du gestern tatsächlich einen schlimmen Tag. Ich wünschte, du würdest mir davon erzählen.«

Bertie starrt auf die Tischplatte.

»Wieso gehen wir nicht einfach raus? Los, holen wir unsere Mäntel und gehen eine Weile nach draußen.«

Verblüfft sieht Bertie mich an, dann Mrs Calder.

»Ist schon okay«, sage ich. »Wir gehen durch den Haupteingang hinaus, dann sieht sie uns nicht. Und falls wir doch erwischt werden, nehme ich alles auf mich.«

Er nickt kaum merklich, klettert von der Bank und läuft davon.

40

Bertie und ich holen unsere Mäntel aus unseren Zimmern.

Gerade als wir nach draußen treten und um das Schlossgebäude herumgehen, höre ich das Knirschen von Kies in der Auffahrt.

Ein schwarzer, fast bedrohlich wirkender Jaguar nähert sich dem Schloss im Schritttempo. Ich ertappe mich dabei, dass ich Berties Hand fester umfasse.

Der Wagen kriecht förmlich dahin, fast wie in Zeitlupe.

Schließlich kommt er vor der Eingangstür zum Stehen. Die Tür geht auf, und ein Paar glänzend schwarze Herrenschuhe erscheint. Sekunden später höre ich das Knirschen eines Stocks auf dem Kies.

Ein untersetzter, kahlköpfiger Mann steigt aus und blickt lächelnd an der Fassade empor. Sein Grinsen erinnert mich an einen Haifisch, und ich sehe einen Goldzahn in der Wintersonne aufblitzen.

Bertie zerrt ungeduldig an meiner Hand.

»Was ist denn, Bertie?«, flüstere ich, bis mir ein Licht aufgeht. Das muss Dirk Mansfield sein.

Bertie zieht mich um die nächste Ecke, wo uns keiner sehen kann, trotzdem kann ich nicht widerstehen und riskiere noch einen Blick.

Zwei weitere Männer, beide Typ aalglatter Anzugträger mit schwarzem, nach hinten gegeltem Haar und Aktentasche, steigen aus.

Dirk Mansfield breitet die Arme aus und sagt etwas zu ihnen, woraufhin das Trio in Gelächter ausbricht. Dann verschwinden sie im Schloss.

»War das dein Großvater, Bertie?«, flüstere ich.

Er nickt.

»Magst du ihn?«

Er schüttelt den Kopf.

»Das kann ich dir nicht verdenken. Er hat etwas Unheimliches an sich.«

Erst jetzt merke ich, dass Berties kleine Hand in meiner zittert.

»Alles in Ordnung?«, frage ich.

Er nickt knapp und zieht mich mit sich.

»Ganz sicher?«

Aber natürlich antwortet er nicht, sondern zieht mich weiter.

Der Garten rings um das Schloss ist ein echter Traum.

In diesem Moment entdecke ich Gregory Croft, den Gärtner, den ich auf dem Weg hierher kennengelernt habe.

Er schnippelt leise summend an einer Ligusterhecke in Geigenform herum. Wie bei unserer letzten Begegnung trägt er auch jetzt eine Cordhose und ein dünnes Hemd, als hätten wir Hochsommer.

Meine Hände sind jetzt schon ganz blau vor Kälte, aber Gregory scheint sich nicht daran zu stören.

»Hi! Was für eine schöne Hecke.«

Gregory dreht sich um und lächelt, wobei Millionen winzige Fältchen in seinem Gesicht erscheinen. Außerdem hat er irgendetwas im Mund – nach der Ausbeulung seiner linken Wange zu schließen, muss es Kautabak sein.

»Na, wenn das nicht unsere kleine Musikantin ist«, sagt er. »Dann sind Sie also noch hier, ja?«

»Ja. Und ich werde auch so lange bleiben, bis man mich wegschickt«, erwidere ich mit einem Blick auf Bertie. »Der kleine Mann braucht mich. Auch wenn er es noch nicht weiß.«

Zu meinem Erstaunen tritt Bertie zu Gregory, streckt die Hand aus und streicht behutsam über die spitzen Zweige.

»Das ist eine Geige, Kleiner. So wie die, auf der ich dir manchmal etwas vorspiele«, erklärt Gregory.

Verblüfft sehe ich zu, wie Bertie Gregory ohne jede Scheu ansieht und nickt.

»Bald spiele ich mal wieder für dich. Wenn diese Mrs Calder es nicht mitbekommt.« Gregory zwinkert mir zu. »Die mögen die Musik nicht, die ich spiele. Ich kann eben nur

Jigs und Reels und nicht das klassische Zeugs, das sie gern hören wollen.«

Er streckt seine schwielige, gerötete Hand aus und zerzaust Bertie das Haar.

Statt zurückzuweichen, wie ich es erwartet hätte, legt der Junge den Kopf schief und drückt wie ein eifriger Welpe den Kopf gegen die Hand des alten Gärtners.

Mir fällt die Kinnlade herunter. »Er mag Sie.«

»Ich mag ihn auch«, gibt er zurück und sieht Bertie liebevoll an. »Ich schimpfe eben nicht mit ihm. Außerdem mögen wir beide sehr gern Musik, hab ich recht, mein Kleiner?«

Bertie nickt.

»Magst du Geigenmusik?«, frage ich ihn.

Bertie antwortet nicht.

»Als ich ihm das letzte Mal etwas vorgespielt habe, war er ganz begeistert. Er hat es sogar selbst versucht, stimmt's?«

Wieder nickt Bertie.

Ich muss grinsen. »Du magst also Musik, Bertie?«

»Und wie«, meint Gregory. »Und er ist sehr begabt, das merkt man ganz deutlich. Er hat meine Fiedel genommen und angefangen, darauf zu spielen, ohne meine Hilfe.«

Mein Lächeln wird noch breiter. »Und wie ist es mit einer Gitarre? Würdest du die auch gern mal ausprobieren?«

Bertie blickt zu Boden.

»So etwas lässt sie ihn nicht spielen«, erklärt Gregory.

»Wer?«

»Mrs Calder. Für sie sind Gitarren, Trommeln und derlei Instrumente Teufelswerk. Sie hat Angst, dass es ihn nur noch wilder macht. Dabei ist das genaue Gegenteil der Fall. Musik bezähmt die Wildheit in uns. Diese Fähigkeit unterscheidet uns vom Tier.« Gregory blickt zum Schloss hinüber.

»Ich wusste nicht, dass er Musik mag.«

»Haben Sie ihn denn je danach gefragt?«

»Nein«, räume ich ein.

»Wenn Sie Bertie die richtigen Fragen stellen, bekommen Sie auch eine Antwort.«

»Ach ja?«

Gregory senkt die Stimme. »Im Schloss gibt es ein Musikzimmer«, raunt er. »Mit einem Klavier. Wenn Sie ihn darauf herumklimpern lassen, hat bestimmt keiner etwas dagegen. Schließlich hat Mozart auch Klavier gespielt. Sorgen Sie nur dafür, dass er irgendein tolles *concerto* spielt, wenn Mrs Calder vorbeikommt.«

»Ein Musikzimmer, hm.« Ich gehe vor Bertie in die Hocke. »Wollen wir dort hingehen?«

Bertie nickt mit größerem Eifer denn je zuvor.

Ich strahle. »Na dann, lass uns reingehen und ein bisschen musizieren.«

41

Obwohl ich mich inzwischen etwas besser im Schloss zurechtfinde, brauche ich Berties Hilfe, um das Musikzimmer zu finden.

»Sieh dir das an!«, rufe ich und folge ihm in den lichtdurchfluteten Raum mit den prächtigsten antiken Instrumenten, die ich je gesehen habe.

Es gibt ein Klavier, in dessen spiegelnder Oberfläche ich sogar mein Gesicht erkennen kann, eine ausladende Harfe und ein Cello. In einer Glasvitrine liegen allerlei Flöten in unterschiedlichen Größen und Formen.

»Wunderschön.« Ich trete vor das Regal mit den Partituren. Es sind ausnahmslos Noten zu klassischen Stücken von Mozart, Bach und Beethoven, und alle sind in erstklassigem Zustand. Bestimmt sind sie ein Vermögen wert.

»Wieso setzt du dich nicht ans Klavier, Bertie?«, schlage ich vor und trete hinter den Klavierhocker.

Bertie reißt die Augen auf und schüttelt den Kopf.

»Los, nur zu«, sage ich und setze mich hin. »Es wird dir gefallen, versprochen. Und es ist ganz leicht. Komm doch her. Ich spiele dir etwas vor. Zum Aufwärmen.«

Ich spiele die ersten Akkorde von *Lean on Me*, einem meiner Lieblingssongs.

Bertie steht mit halb offenem Mund da und lauscht mit sanfter, fast seliger Miene.

»Wieso versuchst du es nicht auch mal?«, fordere ich ihn auf.

Er weicht zurück.

»Oder ich spiele etwas anderes. Was würdest du gern hören?«

Er macht auf dem Absatz kehrt und läuft hinaus.

»Warte, Bertie!«, rufe ich ihm hinterher.

O Gott, hoffentlich erwischt ihn Mrs Calder nicht.

Kein Herumrennen auf den Fluren.

Ich laufe ihm nach bis hinauf in sein Zimmer.

O nein!

»Wir dürfen heute nicht in dein Zimmer«, sage ich, doch er stürmt hinein, reißt eine Schublade in seinem Schrank auf, nimmt einen Schlüssel heraus und läuft weiter in Richtung Westturm.

Entsetzt sehe ich zu, wie er die Tür aufschließt.

Großer Gott!

Was, wenn uns jemand erwischt? Dann gibt es Ärger.

Wieder folge ich ihm, diesmal eine Wendeltreppe hinauf.

Er läuft geradewegs auf das Zimmer zu, in dem ich mich gestern versteckt habe; das eine, aus dem ich die *Just-William*-Geschichten geholt habe.

Er tritt durch die Tür und erscheint Sekunden später mit einer Partitur in der Hand.

Ich versuche, ihn aufzuhalten, aber er quetscht sich an mir vorbei, läuft die Treppe hinunter und auf den Korridor. Erst nach ein paar Metern stelle ich fest, dass er den Weg zum Musikzimmer eingeschlagen hat.

Er stürmt hinein, tritt vor das Klavier, legt die Partitur in den Notenhalter und schlägt sie auf.

»Das hättest du nicht tun dürfen, Bertie«, sage ich. »Eigentlich dürften wir heute noch nicht mal hier oben sein. Und woher hast du überhaupt diesen Schlüssel? Der Westturm ist doch für uns beide tabu.«

Aber Bertie ist so aus dem Häuschen vor Aufregung, dass ich ihm nicht böse sein kann. Er tippt auf das Klavier und sieht mich flehend an.

»Das soll ich spielen?«, frage ich und werfe einen Blick auf die Noten.

Bertie nickt eifrig.

»Okay.« Ich setze mich auf den Hocker.

Es ist *Everything I Own* von Bread. »Ich liebe diesen Song«, sage ich und lege die Hände auf die Tasten. »Bereit?«

Wieder nickt Bertie.

Ich fange an zu spielen und verliere mich augenblicklich in der Musik.

Bertie setzt sich auf die Chaiselongue neben mir, stützt das Kinn auf die Hände und sieht mir zu.

Erst als ich geendet habe, bemerke ich den Schatten im Türrahmen.

Vor Schreck schlage ich die falschen Tasten an und lausche den Misstönen, die in der Stille verklingen.

Es ist Patrick.

Oje, das gibt Ärger. Er hat das *Just-William*-Buch auf Anhieb wiedererkannt, folglich wird er auch wissen, woher die Noten zu dem Song stammen, den ich gerade gespielt habe.

Mein Blick fällt auf seinen vollen, geschwungenen Mund, der zu einer schmalen Linie zusammengepresst ist.

Bertie, der Patrick in derselben Sekunde bemerkt wie ich, mustert ihn ebenfalls besorgt.

»Das war der Lieblingssong meines Bruders«, sagt Patrick mit finsterer Miene. Er trägt einen schwarzen Anzug mit einem weißen Hemd, aber keine Krawatte dazu.

Ich richte den Blick wieder auf die Partitur.

»Bertie … ich meine, ich … Wir wollten …«

»Es wurde auf seiner Beerdigung gespielt.«

»O Gott.« Ich lege mir die Hand auf die Brust. »Das tut mir leid. Aufrichtig leid.«

»Es gibt keinen Grund, sich zu entschuldigen. Du hast wunderschön gespielt.«

Meine Atemzüge beruhigen sich ein wenig. »Sie sind also nicht wütend auf mich?«

»Ich weiß, dass du nicht diejenige warst, die in den Westturm gegangen ist.« Sein Blick fällt auf Bertie.

»Woher?«, platze ich heraus.

»Sagen wir einfach, ich behalte dich im Auge. Offenbar gelingt es dir ja nicht, selbst auf dich aufzupassen.«

»Sie …«

Patrick unterbricht mich mit einer knappen Geste. »Meine Mutter ist früher als geplant eingetroffen und würde Bertie jetzt gern sehen. Im Salon.« Mit diesen Worten geht er davon.

Deshalb hat er sich also so in Schale geworfen. Seine Mutter ist hier.

42

O Gott, o Gott, o Gott.

Mein Herz hämmert wie verrückt, und ich spüre, dass ich knallrot geworden bin.

Der Lieblingssong von Patricks Bruder … bei dessen Begräbnis gespielt. Was habe ich nur angerichtet? Hoffentlich habe ich ihm nicht wehgetan.

Ich setze ein Lächeln auf und wende mich Bertie zu. »Tja, dann wollen wir mal los und dir für deine Oma etwas Hübsches anziehen, was?«

Bertie nimmt einen Anzug und Schuhe aus seinem Kleiderschrank, zieht sich um und führt mich dann hinunter ins Wohnzimmer, das sich unweit des Musikzimmers befindet.

Ich klopfe an und mache die Tür auf.

Eine elegante Frau in den Fünfzigern mit grau meliertem Bob in einem fließenden zitronengelben Kleid und mit einer Perlenkette um den Hals lächelt mich an.

Alles an ihr verströmt die Aura von Luxus – von ihrem eleganten Outfit bis hin zu ihrer Körperhaltung, obwohl sie es sich auf dem Sofa sichtlich bequem gemacht hat. Gleichzeitig hat sie etwas Sanftes und Freundliches an sich. Ihre braunen Augen werden ganz weich, wenn sie lächelt.

»*Enchanté*«, begrüßt sie uns mit einem hinreißenden französischen Akzent. »Bertie, mein Goldschatz!« Sie wendet sich mir zu. »Und Sie müssen die wunderschöne Seraphina sein. Ich habe schon viel über Sie gehört.« Sie streckt mir ihre zarte Hand hin. »Daphne Cote. Ehemals Mansfield. Berties Großmama und Patricks Mutter. Es freut mich sehr, Ihre Bekanntschaft zu machen.« Ihr Akzent lässt mich dahinschmelzen.

»Über mich?« Verblüfft sehe ich sie an. »Aber das kann eigentlich nicht sein. Bestimmt meinen Sie eine meiner Vorgängerinnen. Ich bin erst seit ein paar Tagen hier.«

»Ich irre mich keineswegs, das kann ich Ihnen versichern. Mein Sohn hat mir alles über Sie erzählt.«

»Ihr Sohn?«

»Patrick. Er schwärmt in den höchsten Tönen von Ihnen.«

Ich werde rot. »Tatsächlich?«

»Setzen Sie sich doch.«

»Oh, aber ich möchte auf keinen Fall stören.« Ich lasse den Blick über die bildschönen, mit weißem Seidenstoff bezogenen Sofas schweifen. »Mrs Calder meinte, ich soll …«

»Mrs Calder!« Daphne hebt die Hand. »Diese Frau sollte sich lieber heraushalten. Sie bleiben hier und trinken Tee mit uns.« Bei Berties Anblick erhellen sich ihre Züge erneut. »Ich sehe, dass Bertie Sie mag.«

Ich lächle den Kleinen an. »Na ja, noch konnte er sich nicht richtig an mich gewöhnen.«

»Unsinn.« Daphne steht auf. »Wenn er Sie nicht leiden könnte, würde er wie ein Wilder herumrennen und nur Unsinn machen. Aber soweit ich sehe, haben Sie ihn bestens im Griff.«

»Nun ja. Wir lernen uns allmählich besser kennen.«

»Bitte. Setzen Sie sich.« Daphne nimmt meine Hand und

führt mich zu einem der Seidensofas. Dabei steigt mir ihr herrlicher Duft nach Rosen und Jasmin in die Nase. »Und du, Bertie, setzt dich neben Seraphina.«

Sie nimmt Bertie ebenfalls bei der Hand und platziert ihn neben mich. »So ist es perfekt. Seraphina kann mir erzählen, wie ihr beide euch versteht, und du kannst den Kopf schütteln, wenn sie etwas Falsches sagt.« Sie zwinkert ihm zu. »Einverstanden?«

Berties Lippen zucken kaum merklich.

»Also.« Daphne nimmt uns gegenüber Platz. »Gleich wird der Tee serviert. In der Zwischenzeit müssen Sie mir mehr von sich erzählen, Seraphina. Ich möchte alles erfahren.«

»Ach, da gibt es nicht viel zu erzählen.«

Daphne lacht. »Oh, ich glaube, Patrick weiß mehr über Sie, als Ihnen bewusst ist.«

Ich fahre herum, als es an der Tür klopft.

Mrs Calder rollt einen Servierwagen mit Tee herein. Die hauchzarten Tassen klirren leise. Es gibt Kuchen und Scones mit der obligatorischen Clotted Cream und Marmelade.

Bei meinem Anblick fällt Mrs Calder die Kinnlade herunter.

Ich lächle sie an, doch ihre Miene lässt keinen Zweifel daran, dass sie alles andere als begeistert davon ist, mich hier sitzen zu sehen.

»Sie dürfen jetzt gehen, Miss Harper«, erklärt Mrs Calder eisig. »Bitte entschuldigen Sie, Daphne, aber ich habe Miss Harper eigentlich gebeten, Bertie abzuliefern und sich gleich danach zurückzuziehen.«

Daphne winkt ab. »Unsinn. Ich habe sie eingeladen, zu bleiben und mit uns Tee zu trinken.«

Mrs Calder presst die Lippen aufeinander. »Sie haben Sie eingeladen? Aber sie ist doch nur das Kindermädchen.«

»Ich schätze jeden Mitarbeiter im Haus«, sagt Daphne mit einem kleinen Lächeln. »Selbst Sie. Jeder hier ist meiner Aufmerksamkeit würdig. Und Seraphina interessiert mich ganz besonders. Genauso wie meinen Sohn. Und deshalb wollte ich gern mehr über sie erfahren.«

Genauso wie meinen Sohn? Was um alles in der Welt hat Patrick ihr erzählt?

Mrs Calder hat die Lippen so fest aufeinandergepresst, dass sie sich kaum von ihrer bleichen Haut abheben.

»Ich kann nicht nachvollziehen, was so interessant an Miss Harper sein soll. Sie schafft es ja noch nicht mal, pünktlich aufzustehen.«

Daphne lässt ein melodiöses Lachen hören. »Sie und Ihr rigoroses Zeitkorsett, Mrs Calder. Das Leben kann so schön sein, wenn man die Zügel mal ein bisschen locker lässt.«

»Nun, zum Glück vertritt Patricks Vater eher meine Ansichten.«

»Allerdings«, bestätigt Daphne. »Die Knauserigkeit meines Exmannes springt einem hier an jeder Ecke ins Gesicht.«

Ihr Blick fällt auf ein Ölgemälde über dem Kamin. »Nur sich selbst gegenüber lässt er eine erstaunliche Großzügigkeit walten.«

Ich folge ihrem Blick. Das Gemälde zeigt denselben untersetzten, kahlköpfigen Mann, den ich zuvor aus dem Wagen habe steigen sehen. Er stützt sich auf einen schwarzen Stock mit einem silbernen Hundekopf als Knauf.

»Diese Kälte«, fährt Daphne fort. »Die dunklen Korridore. Finden Sie nicht auch, dass diesem Kasten ein bisschen mehr Licht und Fröhlichkeit guttäte?«

Mrs Calder geht nicht auf die Frage ein, sondern nimmt, wenn auch mit leicht zittrigen Fingern, eine Tasse vom Servierwagen und gießt Tee ein.

»Möchtest du ein Stück Kuchen haben, Bertie?«, erkundigt sich Daphne.

Bertie schüttelt den Kopf.

»Oh, du isst also immer noch nichts? Du wirst uns ja noch verhungern.« Sie beugt sich vor und berührt behutsam meinen Arm. »Vor Weihnachten bin ich mit ihm nach Paris gefahren. Wir haben die besten Patisserien und Restaurants besucht, aber er wollte partout nichts zu sich nehmen. Nur dieses grässliche Lakritzzeug. Sie hatten in diesem Punkt wohl auch noch kein Glück?« Sie zieht ihre sorgfältig gezupfte Braue hoch.

»Nein, aber noch habe ich die Hoffnung nicht aufgegeben.«

Mrs Calder lächelt verkniffen. »Aber Ihnen bleibt nicht mehr viel Zeit, Miss Harper. Bald werden Sie Ihre Sachen packen …«

»Sachen packen?« Daphnes Augen weiten sich.

»Sollte Bertie Ende der Woche immer noch das Essen verweigern, wird er aufs Internat geschickt.« Mrs Calder lächelt kalt. »So lautet Dirks Anweisung. Also werden wir Miss Harpers Dienste schon bald nicht mehr benötigen.«

»Und was ist, wenn sie ihn doch dazu bringt?« Daphne greift nach ihrer Teetasse und nippt nachdenklich daran. »Ich habe den Eindruck, als würde er sich in ihrer Gegenwart sehr wohlfühlen. Immerhin sitzt er neben ihr auf dem Sofa. Das hat er bisher bei keinem anderen Kindermädchen gemacht. Vielleicht stehen ihre Chancen ja gar nicht so schlecht.«

»Die besten Ärzte des Landes konnten bei ihm nichts ausrichten«, widerspricht Mrs Calder. »Genauso wenig wie all die Nannys. Ihr wird es genauso ergehen. Und dann bin ich Bertie auch endlich los. Wie üblich sind Dirk und ich uns einig, was seine Erziehung betrifft.«

Betrübt stellt Daphne ihre Teetasse ab. »Mein Exmann ist nicht gerade für seinen Gerechtigkeitssinn und seine Güte bekannt. Und Sie, Agnes Calder, haben ihn voll und ganz in der Hand.« Ich bemerke ein Flackern in ihren Augen.

»Ich …« Mrs Calder hebt den Deckel der Teekanne an und rührt die hellbraune Flüssigkeit eine Spur zu heftig um. »Wir sind in bestem Einvernehmen, das ist alles.«

»Das glaube ich gern«, gibt Daphne zurück. »Und zwar seit genau einundzwanzig Jahren, stimmt's?«

43

Die Teekanne klappert, als Mrs Calder den Deckel daraufknallt. »Die Pflicht ruft. Bitte entschuldigen Sie mich.«

Sie marschiert davon. Daphne wendet sich mir zu und sieht mich aus ihren sanften braunen Augen an. »Ich wünschte, ich könnte behaupten, Mrs Calder sei einer dieser Hunde, die bellen, aber nicht beißen. Aber in Wahrheit hält Agnes in diesem Haus die Fäden in der Hand, und zwar aus Gründen, die Sie eines Tages vielleicht noch herausfinden werden. Und sowohl Patrick als auch mir sind leider die Hände gebunden.« Sie seufzt. »Es ist ein Jammer, da Bertie Sie wirklich gernzuhaben scheint.«

»Ich habe keineswegs die Absicht abzureisen, sondern will so lange bei Bertie bleiben, wie er mich braucht. Vielleicht ist er ja Ende der Woche tatsächlich bereit, etwas zu essen.«

Daphne schüttelt betrübt den Kopf. »Das haben schon so viele versucht, und keinem ist es bisher gelungen. Bertie ist, nun ja, ein Junge mit großen Problemen. Er muss irgendetwas Schlimmes erlebt haben. Wir wissen nicht, was es genau war, vermuten aber, dass es mit seinem Vater zu tun hat, Anises Freund. Irgendetwas muss vorgefallen sein, als er bei ihm war.«

Ich spüre, wie Bertie neben mir stocksteif wird.

»Stimmt das, Bertie?«, frage ich.

Bertie blickt auf seine Hände.

»Er will nicht darüber reden«, meint Daphne. »Und genau da liegt das Problem. Niemand weiß, was passiert ist. Tatsache ist allerdings, dass er früher wie ein normaler Junge gesprochen und auch gegessen hat. Aber jetzt tut er beides nicht mehr. Hier, Ihr Tee.«

Sie reicht mir meine Tasse und schiebt mir Zucker und Milch zu.

Nachdenklich nippe ich daran und registriere nur vage, dass hinter mir die Tür geöffnet wird. Erst als ich Daphne »Patrick! Enchanté« sagen höre, hebe ich abrupt den Kopf.

Meine Tasse klirrt leise, als ich sie auf der Untertasse abstelle.

O Gott, was macht er denn hier?

»Hallo, Mama.« Er tritt zum Kamin und sieht mir direkt in die Augen. »Du hast Seraphina also inzwischen kennengelernt, ja? Ich wusste doch, dass du es irgendwie hinkriegen würdest.« Der Anflug eines Lächelns spielt um seine Lippen.

»Allerdings«, sagt Daphne und lächelt ebenfalls. »Und bislang bin ich ganz deiner Meinung.«

Ich schließe die Finger fester um meine Teetasse, damit sie nicht länger klirrt. »Hallo, Patrick«, sage ich, um einen professionellen Tonfall bemüht. Nein, ich werde nicht daran denken, wie er mich gestern geküsst hat.

Was um alles in der Welt hat er Daphne über mich erzählt?

»Wusstest du, dass Bertie Ende der Woche ins Internat geschickt werden soll, falls er sich bis dahin immer noch weigert, etwas zu essen?«, fragt Daphne ihn. »Offenbar war das Dirks Idee, aber Mrs Calder ist natürlich heilfroh darüber.«

Patricks Kiefermuskeln spannen sich an. »Dieser Mann … Es wird Zeit, dass ihm ein für alle Mal das Handwerk gelegt wird.«

»Patrick, nein!« Daphne sieht ihren Sohn betrübt an. »Dir ist doch klar, was dann passiert. Ich bitte dich …«

Patrick runzelt die Stirn. »Aber das geht schon viel zu lange so, Mama.«

»Aber was sollen wir denn tun? Uns sind die Hände gebunden. Und wer weiß, vielleicht bringt Seraphina Bertie ja dazu, wieder etwas zu essen.«

»Ich will es gern versuchen«, werfe ich ein. »Aber womöglich werde ich länger als eine Woche brauchen, um ihm wirklich zu helfen. Ich kann ihn zu nichts zwingen, sondern nur versuchen, Geduld zu haben. So lange, bis er irgendwann bereit dazu ist.«

»Das Maß ist voll«, erklärt Patrick mit fester Stimme. »Jemand muss meinen Vater zur Räson bringen.«

»Nein, Patrick, bitte.« Daphnes Augen weiten sich. »Bitte. Wenn dir irgendetwas zustößt …«

Patrick seufzt. »Das nun wieder …«

Daphne rührt ihren Tee um. »Ja.«

»Aber ich würde nur mit ihm reden.« Mit finsterer Miene starrt er in die Flammen.

»Nein.« Daphne hebt die Hand. »Du weißt so gut wie ich,

wie das endet. Mit Drohungen und Gott weiß was sonst noch. Im Moment sitzt er nun mal am längeren Hebel.«

Nachdenklich trommelt Patrick mit seinen langen, schlanken Fingern auf den Kaminssims. »Ja. Das ist mir klar.«

Wieder seufzt Daphne. »Okay. Ich gehe jetzt mit Bertie hinunter ins Dorf. Komm, Bertie. Es war sehr nett, Sie kennenzulernen, Seraphina.«

Mit der Vitalität und Anmut einer Zwanzigjährigen springt sie auf und nimmt Bertie bei der Hand. »Wir sehen uns bald wieder«, sagt sie und verlässt das Wohnzimmer.

Mein Herzschlag beschleunigt sich.

Nun, da Patrick und ich allein sind, hat sich die Atmosphäre im Raum merklich verändert. Es ist, als liege mit einem Mal eine geradezu elektrisierende Spannung im Raum.

»Ich … ich sollte jetzt auch gehen«, sage ich.

»Moment.«

»Ich …«

»Ich habe eine Frage.«

44

Mein Herz schlägt noch schneller.

»Magst du meine Mutter?«, fragt er.

»Ich … ja, sehr sogar.« Ich befingere die Blütenstickerei auf dem Sofa.

»Das freut mich. Und ich bin froh, dass ihr euch heute begegnet seid. Sie wollte dich unbedingt kennenlernen.«

»Sie sagte, Sie hätten ihr viel über mich erzählt.«

»Das stimmt«, bestätigt er.

»Was denn?«

»Dass ich endlich die Frau gefunden habe, mit der ich mein Leben verbringen möchte.«

»Was soll das, Patrick? Ist das irgendein blödes Spielchen? Sie kennen mich doch so gut wie gar nicht.«

Patrick lacht. »Schon mal etwas von Instinkt gehört? Wenn es das Richtige ist, weiß man es einfach.«

Ich werde rot. »Ich sollte jetzt wirklich gehen«, sage ich und stehe auf.

»Du läufst also schon wieder weg?« Mit zwei ausholenden Schritten steht er vor mir, und wieder spüre ich diese magische Spannung zwischen uns.

Mein Mund ist staubtrocken, und mein Magen fühlt sich flau an. »Ich …«

Ich will ihn um Mitleid bitten. Mitleid, weil ich nicht weiß, wie lange ich ihm noch widerstehen kann. Aber genau das muss ich tun. Ich und ein Lord – das kann doch niemals funktionieren. Völlig unmöglich. Aber die Worte wollen nicht über meine Lippen kommen. Meine Kehle ist wie zugeschnürt.

»Du brauchst nichts zu sagen«, flüstert Patrick und tritt noch einen Schritt näher, sodass nur wenige Zentimeter unsere Gesichter voneinander trennen. »Kein Wort. Ich weiß genau, wie du empfindest.«

Er nimmt meine Hände, und diesmal weiche ich nicht zurück. Er zieht mich an sich.

Es ist, als würde ich in seinen Augen ertrinken.

»Du musst endlich aufhören wegzulaufen«, knurrt er. »Hast du mich verstanden? Du gehörst mir.«

»Patrick«, murmle ich. »Bitte.«

Mit einer fließenden Bewegung legt er seine Hände unter mein Hinterteil und hebt mich hoch. »Schluss mit den faulen Ausreden.« Er schlingt meine Beine um seine Taille, trägt mich zum Sofa, lässt sich auf die Knie sinken und drängt sich zwischen meine Beine.

Seine Lippen finden meinen Mund, und er küsst mich mit einer solchen Leidenschaft, dass ich einen kurzen Moment weder weiß, wo ich bin, noch, wie ich heiße.

O Gott. Es ist, als würde ich von innen heraus verbrennen. Zerschmelzen. Gleichzeitig zucken Schockwellen durch meinen ganzen Körper.

Ich höre mich etwas raunen und stöhnen, als seine Hände an meinen Schenkeln hinabgleiten und er mir die Stiefel auszieht, Leggings und Höschen abstreift und meinen Rock hochschiebt.

»Warte …«

»Ich kann nicht länger warten«, stößt er hervor. »Jetzt ist Schluss.«

Ich registriere, wie er den Reißverschluss seiner Anzughose herunterzieht, und schnappe nach Luft, als er sich gegen meine Schenkel presst.

Gütiger Himmel! Ich muss stark bleiben. Ich darf nicht …

Er spreizt meine Beine noch weiter, und ich höre ein Knistern eines Kondompäckchens. Augenblicke später ist er in mir, so schnell und tief, dass ich in einer köstlichen Mischung aus Schreck, Lust und Schmerz aufschreie.

»Patrick, o Patrick«, murmle ich und ergebe mich in mein Schicksal. Ich bin kaum in der Lage, einen Gedanken zu fassen, geschweige denn zu protestieren.

Er beginnt sich zu bewegen. Ein Stöhnen dringt aus meiner Kehle.

»O Gott. O Gott.«

Bei jedem Stoß drückt sich die Sofalehne schmerzhaft in meinen Rücken.

Sein Blick ist auf mich geheftet, und mir ist klar, dass er recht hat – es ist zwecklos. Ich kann mich ihm nicht länger entziehen. Was hier gerade geschieht, war unausweichlich.

Und ich will auch nicht länger weglaufen. Stattdessen will ich hier sein, genau hier, in Patricks Armen.

In diesem Moment gibt es kein Morgen. Keine Zukunft. Sondern nur das Jetzt. Diesen Augenblick. *Patrick.* Das ist mein einziger Gedanke. Das Einzige, was ich fühle, denke, spüre. Patrick.

Ich umfasse seine Hinterbacken und ziehe ihn mit einem lauten Stöhnen noch tiefer in mich hinein. Prompt beschleunigt er seinen Rhythmus, zieht sich zurück, nur um sich mit noch größerer Wucht in mich zu schieben.

Mein Verlangen wächst mit jeder Sekunde.

»Oh, oh«, stöhne ich, während Patrick sich erbarmungslos und immer schneller in mir versenkt.

Gerade als die Lust unerträglich zu werden droht, hält er inne und zieht sich ein weiteres Mal zurück.

Ich spüre einen Luftzug zwischen meinen Beinen, gepaart mit dem Verlangen, ihn wieder in mir zu haben.

»Nicht aufhören«, flehe ich. »Bitte.«

Patrick dreht mich auf den Bauch, sodass mein Hinterteil in die Höhe ragt.

»Bitte, Patrick …«

Mit der Hand streicht er über meine Pobacken und beginnt, sie rhythmisch zu kneten. Wieder spüre ich kühle Luft, als er einen Schritt zurückweicht.

»Patrick.« Panik schwingt in meiner Stimme mit. »Hör nicht auf, bitte. Ich brauche dich.«

»Sag mir sofort, dass du es nicht willst«, befiehlt er. »Ein Wort, und ich bin weg.«

»Patrick«, bettle ich, während die Begierde nach ihm zwischen meinen Beinen tobt. »Ich will dich. Ich will, dass du mich nimmst.«

»Vielleicht begreifst du ja künftig, dass ich sehr wohl weiß, was das Beste für dich ist. Und wirst mir gehorchen, wenn ich etwas sage.«

Gerade als ich protestieren will, spreizt er meine Beine weiter und dringt so tief in mich ein, dass ich vor Lust aufschreie.

Ich spüre sein Gewicht auf mir, spüre, wie mein Fleisch bei jedem Stoß über den kühlen, glatten Stoff des Sofas reibt. Nach ein paar Sekunden löst er sich von mir, nur um meine Beine noch ein Stück weiter auseinanderzudrücken und sich neuerlich in mir zu versenken, so tief, dass mir beinahe die Tränen kommen.

Stöhnend beiße ich mir auf die Unterlippe, während sich meine Finger in den Sofakissen verkrallen. Ich bin so dicht davor zu kommen, dass ich am liebsten laut hinausschreien würde. »Hör nicht auf«, will ich schreien, ihn anbetteln, mir noch mehr zu geben, doch meine Schreie werden durch die üppigen Kissen erstickt.

Schließlich packt er mich und zieht mich auf die Knie, um noch tiefer in mich eindringen zu können, greift um mich herum und fängt an, meine Klitoris zu liebkosen.

Er scheint ganz genau zu wissen, was er tut, so als würde er meinen Körper in- und auswendig kennen; so als hätten wir bereits eine Million Mal miteinander geschlafen. Innerhalb von Sekunden werde ich von einem heftigen Orgasmus erfasst, der wie eine Woge meinen gesamten Körper unter sich zu begraben droht.

Ich beiße mir so heftig auf die Lippe, dass sie bestimmt blutet, und verkralle die Finger in den Kissen.

Patrick bewegt sich noch immer in mir, und jeder seiner Stöße lässt meinen Höhepunkt noch intensiver werden. Gerade als die Wellen meiner Lust zu verebben beginnen, höre ich Patrick hinter mir aufstöhnen und spüre, wie er ein letztes Mal zustößt. Er zieht mich an sich und presst seine Wange gegen meinen Rücken, sodass ich das rasche Heben und Senken seiner Brust spüre. Allmählich verlangsamen sich seine Atemzüge.

Noch immer hält er meine Schenkel so fest umfangen, dass ich bestimmt blaue Flecke bekomme.

Schließlich löst er sich von mir und zieht sich zurück. Ich lasse mich auf die Seite fallen.

Eilig schiebe ich meinen Rock nach unten und sehe mich nach meinem Höschen und meinen Leggings um. Plötzlich bin ich verlegen.

Patrick lacht. »Was auch immer du vor mir zu verbergen versuchst, habe ich längst gesehen.«

»Genau das ist das Problem. Das hier hätte nicht passieren dürfen, das ist dir doch klar, oder?«

»Natürlich hätte es das«, gibt er zurück.

»Einmal vielleicht. Damit wir es abhaken können. Aber …« Ich halte inne. »Ich sollte jetzt gehen.« Ich schlüpfe in mein Höschen.

Patrick packt mich am Arm. »Und wohin?«

45

Völlig egal, wohin, nur weg von hier. Weg von …« Meine Stimme versagt.

»Weg von?«

Ich schüttle den Kopf. Darauf kann ich ihm keine Antwort geben.

Patrick fährt sich mit der Hand durchs Haar. »Seit ich dich das erste Mal gesehen habe, muss ich ständig an dich denken. Und ich weiß, dass es dir ganz genauso geht.«

»Du bist dir deiner Sache ja ziemlich sicher.« Ich schlüpfe in meine Leggings. »Aber selbst wenn du recht haben solltest – wie oft muss ich es dir noch sagen? Das kann doch nie im Leben funktionieren. Ich bin hier, weil ich als Kindermädchen gebraucht werde, und nicht, um mit meinem Boss Sex zu haben.«

»So siehst du es also?«, meint er. »Dass es rein um Sex geht?«

»Worum sonst?«

»Es war mehr als nur Sex.« Patrick macht keine Anstalten, mich loszulassen.

»Patrick, du kennst mich doch praktisch nicht«, sage ich lachend. »Du weißt nichts über mich und darüber, wie ich lebe. Und wenn du es tätest, würdest du die Beine in die Hand nehmen und abhauen.«

»Es geht nicht darum, was ich weiß. Sondern um das, was ich fühle. Willst du mir erzählen, du hättest gerade nichts empfunden?«

»Ich … vielleicht habe ich das, aber …« Ich ringe um Fassung. »Nein, Patrick. Was hier gerade vorgefallen ist, war nur Sex. Nicht mehr, aber auch nicht weniger.«

»Da war mehr zwischen uns.«

»Nein, war es nicht.« Ich löse mich von ihm. »Du musst mich jetzt gehen lassen. Bitte. Es ist wichtig. Bitte.«

Ich habe keine Ahnung, wie, aber es gelingt mir, den Raum zu verlassen und in mein Zimmer zu fliehen.

Ruhelos gehe ich auf und ab.

Verdammt, verdammt, verdammt!

Einen Moment lang denke ich an mein Motorrad vor der Tür.

Ich könnte mich einfach in den Sattel schwingen und verschwinden, weg von hier. Alles vergessen, was vorgefallen ist. Patrick Mansfield vergessen.

Aber ich kann Bertie unmöglich im Stich lassen.

Also muss ich es irgendwie ertragen. So einfach ist das.

Allein beim Gedanken an Patricks Berührung, seinen Körper, seinen Mund spüre ich wieder dieses Pulsieren … Trotzdem ist das, was ich gerade zu ihm gesagt habe, wahr. Er und ich – so einzigartig es sich auch anfühlen mag, mit ihm zusammen zu sein, darf ich die Augen vor der Realität nicht verschließen. Und ein »Wir« wird es in der Realität niemals geben.

Er ist ein Lord und ich ein armes Mädchen aus Camden. Außer Sex darf zwischen uns nichts sein.

In diesem Moment dringt Motorenlärm aus der Einfahrt herauf. Ein alter grüner Landrover kriecht im Schritttempo über den Kies.

Ich mache Patricks vertraute Silhouette auf dem Fahrersitz aus, seine breiten Schultern, seine Hände auf dem Steuer.

Am Ende der Auffahrt gibt er Gas, sodass der Landrover in einer dichten Staubwolke auf die Straße schnellt.

Er ist also weg. Vorerst.

Gott sei Dank.

Wohin mag er gefahren sein?

Eigentlich sollte es eine Wohltat sein, dass er nicht länger in meiner Nähe ist, dennoch hinterlässt seine Abwesenheit einen Anflug von Kälte in mir.

Sei froh, dass er weg ist und du Ruhe vor ihm hast.

46

Den Rest des Tages bringe ich damit zu, durch den Wald zu streifen und das Schloss zu erkunden, um mich von meinen Gedanken an Patrick abzulenken.

Was mag sich hinter all den verschlossenen Türen verbergen?, frage ich mich. Und wo schläft Patrick eigentlich?

Wohnt er überhaupt hier? Wahrscheinlich schon.

Hör auf damit! Was kümmert es dich?

Aber es kümmert mich sehr wohl. Ich muss unentwegt an ihn denken, auch wenn ich mich noch so vehement dagegen wehre. Und er ist nicht nur ständig in meinen Gedanken, sondern auch mein Körper verzehrt sich nach ihm.

Ich kann immer noch nicht recht glauben, was passiert ist. Es ist fast wie ein Traum, aber dieses leicht wunde Gefühl zwischen meinen Beinen und meine seltsame Gelöstheit, so als würde ich schweben, sprechen Bände.

Nach dem Essen zieht ein neuerlicher Sturm auf, daher ist es zu windig und zu kalt für einen Spaziergang im Freien. Da Bertie immer noch nicht zurück ist, beschließe ich, mir den Südflügel anzusehen, von dem Vicky sagt, er sei eigens für die Gäste des Hauses umgebaut worden.

Eigentlich ist er ganz hübsch. Die Mansfields haben sich die Renovierung einiges kosten lassen, trotzdem wirken die Räume düster und ein wenig verlassen. Vermutlich liegt es daran, dass sie unbewohnt sind.

In einem der Korridore steigt mir Chlorgeruch in die Nase. Ich folge ihm und stehe unvermittelt vor einem herrlichen Swimmingpool hinter einer schweren Doppeltür aus Eiche.

Ich höre ein Geräusch. Ein Stöhnen und Ächzen, das aus dem Raum hinter dem Pool dringt.

Wer ist da?

Meine Neugier gewinnt die Oberhand.

Ich trete näher und stelle fest, dass sich hinter der geöffneten Tür ein Fitnessraum befindet.

Mir bleibt beinahe das Herz stehen.

Gütiger Gott.

Es ist Patrick.

Offenbar ist er zurückgekehrt.

Er hat sich auf einer Fitnessbank ausgestreckt und stemmt eine schwere Langhantel.

Er trägt eine weite graue Jogginghose und kein T-Shirt, sodass ich das Spiel seiner Muskeln beobachten kann.

Wieder fällt mir das Adlertattoo auf seinem linken Schlüsselbein ins Auge.

Panik steigt in mir auf. Ich hatte nicht damit gerechnet, ihn so schnell wiederzusehen.

O Gott, was, wenn er mich bemerkt?

Ich bringe es nicht über mich, den Blick von ihm loszureißen. Die Entschlossenheit auf seinen Zügen … Ich weiß zwar nichts Genaues über seine olympische Laufbahn, aber fest steht, dass er ein Siegertyp ist.

Wieso jagt mir die Vorstellung, mit ihm zusammen zu sein, so eine Heidenangst ein? Aber was soll die Frage? Im Grunde kenne ich die Antwort darauf längst. Es liegt daran, dass er stets die Führung übernimmt. Diese Eigenschaft macht mich an und treibt mir gleichzeitig den Angstschweiß auf die Stirn.

Ich sehe noch einen Moment zu, wie er die Langhantel nach oben drückt und sich seine perfekt trainierten Arme und seine Brust bei jeder Bewegung an- und wieder entspannen. Ich muss verschwinden. Bevor er mich bemerkt.

Widerstrebend wende ich mich ab. Am liebsten würde ich ihm noch stundenlang zusehen. Aber ich muss stark sein. Außerdem ist Bertie bestimmt inzwischen zurück.

Ich mache mich auf den Weg zu Berties Zimmer.

47

Bertie und Daphne sind in ein Fußballspiel auf der Xbox vertieft, als ich hereinkomme. Lachend und kreischend reißt sie den Controller herum, aber ich brauche mir keine Sorgen zu machen, Bertie könnte einen Wutanfall bekommen, falls er verliert, denn Daphne schafft es nur mit Mühe, ihre Figuren auf dem virtuellen Rasen zu bewegen, von Toren ganz zu schweigen.

»Hi«, sage ich leise, um sie nicht zu stören. Es ist so schön, ihn mit seiner Großmutter spielen zu sehen, andererseits soll sie wissen, dass ich meine Pflichten kenne und da bin, falls sie meine Hilfe braucht.

»Seraphina!« Daphne löst den Blick vom Fernseher. »Wir haben einen wunderbaren Tag miteinander verbracht. Bertie hat mich in eine Buchhandlung geschleppt. Das hat er vorher noch nie getan!«

»Ehrlich?«

»Ja. Und er wusste auch genau, was er wollte. *Just William.*« Ihre Augen leuchten. »Jamie hat die Geschichten früher geliebt.«

Soll ich ihr erzählen, dass ich aus Versehen Jamies Zimmer betreten habe? Bestimmt würde sie es verstehen, dass ich mich dort umgesehen habe, andererseits will ich ihr nicht unnötig wehtun.

»Das ist ja wunderbar«, sage ich stattdessen.

»Aber vorgelesen wollte er sie nicht bekommen«, fährt sie mit leicht gerunzelter Stirn fort. »Ich sollte das Buch bloß auf seinen Nachttisch legen.«

»Vielleicht kann ich ihm später ja daraus vorlesen.« Ich sehe auf die Uhr. »Es ist ohnehin allmählich Zeit fürs Bett. Hat er zu Abend gegessen?«

»Ja«, antwortet Daphne. »Milch und Lakritze, wie immer. Die Zähne hat er auch schon geputzt. Er ist also bettfertig.«

»Dann lese ich ihm vor, sobald das Spiel zu Ende ist.«

Bertie fährt herum und sieht zu, wie ich zum Nachttisch trete. Dann steht er auf und macht den Fernseher aus.

»Tja!«, ruft Daphne. »Ich schätze, damit ist klar, was Bertie jetzt gern tun würde. Wunderbar. Seraphina wird dir eine Geschichte vorlesen, Bertie. Ich muss mich ohnehin langsam auf den Weg machen, aber wir sehen uns bald wieder, ja, mein kleiner Schatz? Und morgen kommt dich deine Mama besuchen. Gleich am Morgen.«

Sie beugt sich vor, um ihm einen Kuss zu geben, doch er weicht zurück. Stattdessen zerzaust sie ihm das Haar.

»Mein wunderbarer kleiner Schatz.«

Sie steht auf, tritt auf mich zu und küsst mich zu meiner Verblüffung auf beide Wangen. »Es hat mich wirklich gefreut, Sie kennenzulernen, Seraphina. Hoffentlich sehen wir uns bald wieder. Dieses Schloss braucht ein bisschen Fröhlichkeit, und genau die verbreiten Sie. Gute Nacht.«

»Gute Nacht.« Ich halte inne. »Oh, Moment. Miss Cote …«

»Daphne.«

Ich lächle sie an. »Daphne. Ich … Wissen Sie zufällig, woher Bertie all diese anderen Bücher hat? Diese Horrordinger? Ich bin nicht sicher, ob er sie tatsächlich liest oder …«

»Oder ob sie nur zum Schein herumliegen«, beendet Daphne meinen Satz. »Das habe ich mich auch schon häufig gefragt. Er bekommt zwar Hausunterricht, aber für sein Alter wären sie trotzdem noch viel zu schwierig. Ich kann mir nicht vorstellen, dass er den Inhalt wirklich begreift. Trotzdem nimmt er sie immer wieder in die Hand, schlägt die Seiten um und sieht sich die Abbildungen an.«

»Wissen Sie, woher er sie hat?«

Daphne schüttelt den Kopf. »Nein, aber es gefällt mir ganz und gar nicht, dass sie hier herumliegen. Sie sind ekelhaft. Am liebsten würde ich sie ihm wegnehmen, aber er hat alles kurz und klein geschlagen, als Mrs Calder es einmal versucht hat.«

Nachdenklich tippe ich mir mit dem Finger gegen die Unterlippe. »Hat er sie mitgebracht, als er herkam?«

»Ja. Hier hat sie ihm jedenfalls niemand gegeben. Sie waren in seinem braunen Köfferchen, das er dabeihatte.«

»Wo war Bertie vorher?«

»In einem Internatskindergarten in der Nähe seiner Mutter.«

»Und davor?«

»Bei seinem Großvater. Und davor haben sich Jamie und seine Freundin um ihn gekümmert. Jamie ist mein anderer Sohn, der jüngere.« Ihr Blick wird traurig. »Er ist gestorben«, haucht sie.

»Das habe ich gehört. Es tut mir aufrichtig leid.«

»Ja«, sagt sie leise. »Ich werde seinen Tod wohl niemals verwinden. Genauso wenig wie Patrick und alle anderen. Wir haben ihn so sehr geliebt.«

Die Ärmste. Ein Kind zu verlieren ist wohl das Schlimmste, was einer Mutter passieren kann.

Behutsam streichle ich ihre Schulter. Sie nimmt meine Hand und drückt sie fest.

Tränen glitzern in ihren braunen Augen.

Wir nicken einander nur zu, wohl wissend, dass Worte den Schmerz niemals beschreiben könnten, den sie empfinden muss.

Schließlich hebt sie die Hand und streichelt meine Wange. »Ich bin so froh, dass Sie da sind, Seraphina.«

Am Ende lese ich Bertie nochmals das ganze Buch vor, weil er mir nach jeder Geschichte zu verstehen gibt, dass er noch eine weitere hören möchte.

Als ich das Buch schließlich beiseitelege und das Licht ausknipse, sieht er mich so glücklich an, dass mein Herz einen Satz macht.

Ich ziehe ihm die Decke bis zum Kinn hoch. In diesem Moment streckt er die Hand aus und packt mich am Arm.

»Willst du noch eine Runde knuddeln?«, frage ich.

Er nickt. Ich beuge mich vor, nehme ihn in die Arme und drücke ihm einen Kuss auf die Stirn.

»Gute Nacht, kleiner Mann«, sage ich leise. »Träum was Schönes. Wir sehen uns morgen früh. Okay?«

Er nickt und lächelt mich an.

48

Als ich am nächsten Morgen in Berties Zimmer komme, ist er nicht da.

Einen Moment lang werde ich panisch. Ist er etwa weggelaufen? Doch dann fällt mir ein, dass seine Mutter ja für heute erwartet wird. Und zwar gleich frühmorgens, hat Daphne gesagt. Vielleicht ist sie ja schon da.

Ich gehe nach unten und finde Bertie auf einer der Bänke im großen Saal.

Neben ihm sitzt ein bildhübsches, superschlankes Mädchen mit blondem Haar und auffallend blasser Haut.

Sie trägt eine blütenweiße, enge Jeans mit einer Bluse, die sie in den Bund gesteckt hat, und einen Chiffonschal.

Ich nehme an, das muss Berties Mutter sein. Aber sie scheint selbst noch ein halbes Kind zu sein, außerdem macht sie den Eindruck, als hätte sie schreckliche Angst vor ihm. Sie sitzen fast einen halben Meter voneinander entfernt auf der Bank, und sie betrachtet ihn, als wäre er eine giftige Spinne.

Als ich hereinkomme, reißt sie abrupt die Hand hoch und presst sie sich auf die Brust. »Oh! Hallo!«

»Hi.« Ich lächle sie an. »Ich wollte Sie nicht erschrecken.«

»Nein, nein, kein Problem. Ist schon in Ordnung. Ich bin nur ziemlich schreckhaft. Schon immer.«

»Sie müssen Berties Mum sein.«

»Ja«, antwortet sie mit einem zurückhaltenden Lächeln. »Anise. Und Sie sind die neue Nanny, stimmt's?«

»Genau.«

»Freut mich. Patrick hat in den höchsten Tönen von Ihnen

geschwärmt. Und seit Sie hier sind, wirkt er irgendwie ruhiger. Ich glaube, das liegt an Ihnen. Ich hoffe, Sie bleiben länger.«

»Oh, das würde ich sehr gern tun«, erwidere ich und sehe Bertie an. »Ich freue mich auch, Sie kennenzulernen, Anise. Was haben Sie und Bertie heute vor?«

Anises Augen weiten sich. »Keine Ahnung. Irgendwie weiß ich nie so recht, was ich mit ihm machen soll. Es ist so schwierig.« Sie seufzt. »Mein Vater hat recht. Ich bin eine fürchterliche Mutter.«

»Am Anfang weiß keine Frau recht, was sie mit ihrem Kind anfangen soll«, beruhige ich sie. »Man braucht ein bisschen Übung. Ich weiß noch, wie es mir bei meinem ersten Einsatz ging. Ich war komplett überfordert. Zum Glück hatte ich eine wunderbare Agentin, die mir tolle Tipps gegeben hat.«

»Ich habe nur meinen Vater.« Sie lächelt schwach. »Aber er ist nicht gerade großzügig mit brauchbaren Ratschlägen. Offen gestanden hat er mir nie verziehen, dass ich Bertie so jung bekommen habe.«

»Was ist mit Ihrer Mutter? Ich habe sie gestern kennengelernt. Sie scheint eine reizende Frau zu sein.«

»Sie meinen Daphne? Sie ist nicht meine Mutter.«

»Nein?«

»Meine leibliche Mutter ist gestorben. Schon vor vielen Jahren.«

»Oh, das tut mir sehr leid.«

»Ist schon gut. Daphne ist wunderbar. Sie kümmert sich so liebevoll um Bertie. Sie und mein Vater haben sich schon lange vor meiner Geburt getrennt. Schätzungsweise ist das mein Problem. Ich weiß nicht, wie es ist, eine Mutter zu haben, deshalb habe ich keine Ahnung, wie man sich verhalten muss.«

»So schwer ist das gar nicht«, sage ich fröhlich. »Sie müssen einfach üben.«

Anise lächelt. »Ich bekomme nicht oft Gelegenheit dazu. Die meiste Zeit bin ich auf dem College. Mein Vater würde mich umbringen, wenn ich noch häufiger mit Bertie zusammen wäre. Mein Studium nimmt schon genug Zeit in Anspruch, sagt er.«

»Ein Jammer.«

Anise nickt. »Ich weiß, aber sollten Sie meinen Vater jemals kennenlernen, werden Sie verstehen, wieso ich tue, was er von mir verlangt. Mit ihm legt man sich lieber nicht an.«

»Wieso gehen Sie nicht eine Weile nach draußen?«, schlage ich vor. »Jungs toben doch gern im Wald herum.«

»Nein, das geht nicht. Mrs Calder hat es verboten.«

»Sie braucht es ja nicht zu erfahren.« Lächelnd zwinkere ich Bertie zu.

»Ich … nein, lieber nicht. Ich wüsste ja gar nicht, was ich da draußen machen sollte. Ich glaube, wir machen einfach das Übliche – in seinem Zimmer Xbox spielen.«

Bertie runzelt die Stirn.

»Soll ich bei Ihnen bleiben?«, frage ich. Vielleicht kann ich sie ja überreden, doch noch mit Bertie in den Garten zu gehen. Der Kleine braucht dringend frische Luft.

»Nein, nein, es geht schon«, wiegelt sie ab. »Mrs Calder sagt, es sei das Beste, wenn Bertie und ich allein bleiben. Ehrlich gesagt, sie hat ziemlich über Sie hergezogen. Aber keine Angst, ich lasse mich davon nicht beeinflussen. Ich sehe, dass Bertie Sie gernhat.«

»Das höre ich gern.«

Also noch ein Tag, an dem ich hier herumsitze, Däumchen drehe und überlege, wie ich Patrick am besten aus dem Weg gehen kann. Und wie um alles in der Welt soll ich Bertie dazu bringen, wieder zu essen, wenn ich so gut wie nie mit ihm zusammen sein kann?

49

Den Rest des Vormittags bringe ich mit Gitarrespielen und dem Versuch zu, nicht pausenlos an Patrick zu denken, sondern mir lieber Gedanken über Anise zu machen. Das arme Mädchen kommt mir so verloren vor. Auch sie braucht Liebe und Unterstützung, genauso wie Bertie, aber allem Anschein nach bekommt sie weder das eine noch das andere; vor allem von ihrem Vater nicht.

Dieser Dirk Mansfield scheint kein guter Mensch zu sein, und ich frage mich, warum er Patrick und all die anderen offenbar in der Hand hat.

Gerade als ich nach unten gehen und etwas zu Mittag essen will, klopft es leise und zaghaft an der Tür.

Mir ist sofort klar, dass es nicht Patrick sein kann, und auch Mrs Calders Klopfen ist sehr viel energischer.

Ich öffne die Tür und sehe zu meiner Verblüffung Anise mit weit aufgerissenen Augen vor mir stehen. Ihr Gesicht ist noch bleicher als am Morgen, und sie knetet nervös die Hände.

»Oh, Gott sei Dank, dass Sie da sind«, keucht sie. »Bitte. Sie müssen mir helfen.«

»Was ist denn passiert?« Ich sehe mich um. »Wo ist Bertie?«

»Ich weiß es nicht.« Anises Augen füllen sich mit Tränen. »Er ist weggelaufen. In den Wald.«

Wir hasten die Treppe hinunter und nach draußen.

»Ich wusste nicht, was ich machen soll. Er ist einfach losgerannt.« Sie bricht in Tränen aus.

»Sie gehen rein und rufen die Polizei«, befehle ich. »Ich gehe in den Wald und suche ihn. Verstanden?«

Anise wendet sich zum Schloss um. »Wir müssen Patrick holen. Er kennt sich im Wald aus wie kein anderer.«

Ich beiße mir auf die Lippe. »Okay. Wenn Sie sicher sind, dass er uns helfen kann, dann holen Sie ihn.«

»Er ist vielleicht der Einzige, der uns helfen kann.«

»Gut.« Ich wende mich zum Wald um. »Ich gehe schon mal los und fange an zu suchen.«

50

Ich laufe den Waldweg entlang, spähe auf Bäume und hinter dichte Farne, aber weit und breit ist nichts von Bertie zu sehen.

»Bertie!«, rufe ich. »Wo bist du?«

Nach wenigen Minuten stehe ich vor dem Fluss – von dem Patrick mir eingebläut hat, ihn unter keinen Umständen zu überqueren.

Ich bleibe stehen und sehe zum Wald hinüber. Eigentlich kann Bertie nur in diese Richtung gelaufen sein. Er muss den Fluss überquert haben und in den gefährlichen Teil des Waldes gerannt sein, in dem sich die Wilderer herumtreiben.

Verdammt!

Ich muss ihn finden.

Das eiskalte Wasser spritzt an meinen Beinen hoch, als ich durch den Fluss wate. »Bertie!«, rufe ich noch einmal.

Ein Schuss hallt durch die Stille.

Gütiger Gott.

Ich laufe weiter, ducke mich unter herabhängenden Ästen durch, schlage Zweige beiseite.

Augenblicke später erkenne ich eine schwarze Gestalt auf einer schlanken Esche. Ich trete näher.

»Bertie?«

Ich blicke nach oben und sehe, dass er sich an einem der Äste festklammert; so hoch oben, dass mir allein vom Hinsehen die Knie weich werden. Er hat die Augen weit aufgerissen und zittert am ganzen Leib.

Der Wind rüttelt und zerrt an dem Ast, auf dem er sitzt.

»Bleib, wo du bist, Bertie!«, rufe ich. »Bleib genau da sitzen und rühr dich nicht vom Fleck. Ich hole Hilfe!«

Bertie schüttelt den Kopf. Prompt beginnt der Ast erneut zu wackeln.

»Okay. Warte.« Ich hebe die Hände. »Schon gut, ich bleibe hier. Okay? Ich warte hier, bis Hilfe eintrifft.«

Bertie nickt und verstärkt seinen Griff um den Ast.

»Da oben ist ein Vogelnest, stimmt's?«

Wieder nickt er.

»Keine Angst, wir holen dich gleich runter.«

Zum Glück scheinen ihn meine Worte zu beruhigen, denn er hört auf zu zittern.

»Wie wär's, wenn ich dir eine Geschichte erzähle? Ich glaube, mir fällt noch eine von *Just William* ein.«

Er nickt abermals, und ich lege los.

Gerade als ich schildere, wie William seinem Vater einen Streich spielt, registriere ich, dass jemand näher kommt, und drehe mich um.

51

Mit angehaltenem Atem sehe ich zu, wie Patrick auf die Lichtung tritt und sich geräuschlos und mit der Geschmeidigkeit eines Raubtiers nähert. Wieder kann ich nur über die Eleganz seiner Bewegungen staunen, über die Kraft, die seine muskelbepackten Arme und Beine ahnen lassen.

Er trägt eine grüne Militärjacke, eine schwarze Hose und Springerstiefel und hat sich ein Gewehr auf den Rücken geschnallt.

»Kannst du nicht mal eine einfache Anweisung befolgen?«, knurrt er. »Ich habe dir doch gesagt, du sollst nicht weiter als bis zum Fluss gehen.«

»Aber ich musste Bertie suchen.«

»Du hättest mich holen sollen. Geh jetzt zurück nach Hause. Auf der Stelle.«

Ich höre noch jemanden herannahen. Es ist Gregory, der Gärtner, mit einer Leiter auf der Schulter.

»Gütiger Himmel«, stößt er hervor, als er Bertie entdeckt. »Dann wollen wir dich mal da runterholen, Jungchen.« Er lehnt die Leiter gegen den Baumstamm.

»Ich bleibe hier«, sage ich zu Patrick. »Bertie braucht mich.«

»Geh zurück ins Schloss«, grollt er.

Ich schüttle den Kopf. »Bertie hatte solche Angst vorhin. Er hat am ganzen Leib gezittert. Ich muss hier sein, wenn ihr ihn herunterholt.«

»Zurück ins Schloss!«, bellt er. »Auf der Stelle. Sonst trage ich dich höchstpersönlich hinein. Hier draußen ist es zu gefährlich.«

Trotzig schiebe ich die Unterlippe vor. »Ich werde ihn nicht im Stich lassen.«

»O doch, das wirst du.« Patrick wirft Gregory sein Gewehr zu, das der Gärtner mit beiden Händen fängt. »Falls Sie Wilderer bemerken, geben Sie ein paar Warnschüsse ab, Gregory. Das sollte sie vertreiben. Und holen Sie den Jungen runter. Bei Ihnen ist er sicher. Ich muss Seraphina zurückbringen.«

»Nein!«, schreie ich. »Ich bin sein Kindermädchen und muss hierbleiben. Ich werde ihn nicht im Stich lassen.«

»Gregory ist doch bei ihm.«

»Ich werde aber nicht gehen. Oh!«

Patrick packt mich und schwingt mich so behände über seine Schulter, dass ich im ersten Moment gar nicht mitbekomme, was los ist.

»He!«, rufe ich, als die Welt plötzlich auf dem Kopf steht. »Lass mich sofort runter! Auf der Stelle!« Ich trommle auf seinen Rücken ein, aber er beachtet mich gar nicht, sondern schlägt den Weg zum Schloss ein.

»Lass mich runter!« Ich zapple hin und her, aber er hält mich wie in einem Schraubstock.

Ich bin außer mir vor Wut. »Für wen hältst du dich eigentlich, Patrick Mansfield?«, zetere ich, als er den Fluss überquert. Doch er gibt keine Antwort.

»Bleib sofort stehen! Ich will runter. Wohin bringst du mich? Patrick!«

»In dein Zimmer. Dort kannst du warten, bis wir Bertie von diesem Baum geholt haben. Ich werde nicht riskieren, dass du noch mal in diesem Wald herumläufst.«

»Das werde ich nicht«, verspreche ich, obwohl es eine Lüge ist.

»Ich glaube dir kein Wort.«

»Verdammt!«, rufe ich frustriert.

Patrick betritt das Schloss und trägt mich die Treppe hinauf zu meinem Zimmer, stößt die Tür auf, tritt zum Bett und lässt mich auf die weiche Matratze fallen. »Warte hier«, befiehlt er, während er das Zimmer verlässt. Sekunden später höre ich den Schlüssel im Schloss.

»Patrick!« Ich springe aus dem Bett und laufe zur Tür. »Du hast mich nicht gerade eingeschlossen, oder? Sag mir sofort, dass das nicht wahr ist!« Ich rüttle am Türknauf, doch die Tür ist tatsächlich abgeschlossen. »Mach die Tür auf, Patrick! Sofort!« Ich hämmere mit den Fäusten gegen das Holz. »Lass mich raus! Los!«

»Erst wenn Bertie in Sicherheit ist. Ich traue dir nicht über den Weg.«

Frechheit! Wie kann er es wagen! Mich wie ein Neandertaler herumzuschleppen!

»Das ist Freiheitsberaubung! So etwas ist verboten!«, zetere ich.

»Das ist unerlaubtes Betreten auch«, gibt er zurück. »Genau das, was du vorhin im Wald getan hast.«

In diesem Moment höre ich draußen ein Klappern. Ich trete ans Fenster und sehe Bertie und Gregory mit der Leiter auf der Schulter auf das Schloss zukommen. Bertie scheint putzmunter zu sein.

»Er ist schon hier!«, rufe ich. »Bertie ist hier, also kannst du mich rauslassen. Und dich entschuldigen.«

Ich höre den Schlüssel, dann geht die Tür auf.

Patrick steht vor mir, eine Hand lässig in die Hüfte gestemmt und mit einem Lächeln, das mich noch mehr auf die Palme bringt.

»Entschuldigen?«, fragt er mit verführerisch leiser Stimme. »Ich soll also sagen, dass es mir leidtut? Dass ich dir vermutlich das Leben gerettet habe?«

»Das hast du nicht getan«, widerspreche ich. »Sollten sich Wilderer da draußen herumgetrieben haben, waren sie meilenweit weg.«

»Falsch«, korrigiert Patrick. »Rein zufällig war Hawk Turner heute da. Und er schießt auf alles, was sich bewegt, völlig egal, was es ist. Hätte er dich gesehen, wärst du jetzt tot.«

»Aber du hattest kein Recht dazu. Es war meine Entscheidung.«

»Wieder falsch. Ich werde nicht zulassen, dass du dein Leben aufs Spiel setzt.«

»Trotzdem hättest du mich nicht einfach wegschleppen dürfen«, fahre ich ihn an. »Was glaubst du, wo wir hier leben? In der Steinzeit?«

»Vielleicht hätte ich dir ja mit dem Knüppel eins überziehen sollen. Dann müsste ich mir diesen Unsinn nicht anhören.«

»Unsinn?« Jetzt bin ich endgültig wütend. »Wage es nicht, mich jemals wieder so zu behandeln!«

»Ich tue, was nötig ist, um dich zu beschützen. Ob es dir nun gefällt oder nicht.«

»Ich brauche aber keinen Aufpasser«, schnauze ich ihn an. »Ich kann sehr gut auf mich selbst achtgeben. Das tue ich schon mein ganzes Leben lang.« Verärgert merke ich, dass mir Tränen in die Augen steigen. »Und werde es auch in Zukunft tun. Ich … ich muss jetzt zu Bertie.«

»Gregory bringt ihn zu Anise. Er kommt schon zurecht.«

»Nein, ich …«

Ich will mich an Patrick vorbeischieben, aber er nimmt meinen Arm.

»Bleib hier. Du bist viel zu aufgewühlt. Was du jetzt erst mal brauchst, ist ein bisschen Abstand.«

»Nein, Patrick. Ich kann nicht …«

»Kannst du ein einziges Mal den Mund halten?«

Bevor ich weiß, wie mir geschieht, küsst Patrick mich. Wütend. Er zieht mich an sich und presst brutal seine Lippen auf meinen Mund.

Mir ist klar, dass ich mich nach allem, was er getan hat, nicht davon beeindrucken lassen sollte. Aber mein Körper entzieht sich jeder Kontrolle. Voller Leidenschaft erwidere ich seinen Kuss, vergrabe die Hände in seinem dichten Haar.

Er hebt mich hoch und trägt mich zum Bett.

»Es wird höchste Zeit, dass jemand anders bestimmt, wo es langgeht, Seraphina.«

»Und das willst du übernehmen, ja?«, stoße ich atemlos hervor. »Aus welchem Jahrhundert stammst du eigentlich?«

»Ist doch völlig egal«, raunt er.

Ich öffne den Mund, um zu protestieren, als er sich vorbeugt und mich mit einem Ruck auf den Bauch rollt.

52

Oh!« Meine Stimme wird von dem dicken Kopfkissen gedämpft.

»In mir hast du deinen Meister gefunden«, sagt Patrick. Ich spüre seine Hand auf meinem Hinterteil. »Und je früher du das begreifst, umso besser.«

»Vielleicht ist es auch umgekehrt«, gebe ich zurück, spüre aber bereits, wie mein Widerstand unter seiner Berührung schwindet.

Patrick lacht. »Schon möglich. Aber das wird nicht lange so bleiben. Du wirst meine Anweisungen befolgen. Dafür werde ich sorgen, und wenn es das Letzte ist, was ich tue. Deine Sicherheit steht auf dem Spiel, verstehst du das denn nicht?«

»Heute ging das aber nicht.« Allein das Gewicht seiner Hand auf meinem Po zu spüren törnt mich an. »Das weißt du ganz genau.«

»Wir sind hier nicht in der Stadt. Eine falsche Bewegung, und du bist tot. Ich habe dir gesagt, du sollst dich von diesem Teil des Waldes fernhalten, egal, was passiert.«

»Aber ich konnte Bertie nicht im Stich lassen.«

»Du willst damit sagen, dass du es wieder tun würdest?«, stößt er wütend hervor.

Ich schlucke. »Ja«, flüstere ich.

»Dann hast du rein gar nichts dazugelernt.« Er drückt meine Pobacke zusammen. Ich stöhne leise. »Ab sofort wirst du tun, was ich dir sage, ist das klar?«

»Ich entscheide selbst, was ich tue, Patrick«, murmle ich. »Ich komme sehr gut allein zurecht.«

Der Anflug eines Lachens schwingt in Patricks Stimme mit. »Halt still.« Ich spüre, wie sich seine Handfläche von meinem Po löst, und werde unruhig. Ich sehne mich nach seiner Berührung, aber lieber sterbe ich, als es ihm zu gestehen.

Zack!

Seine Hand landet mitten auf meinem Hintern. Unwillkürlich stöhne ich ins Kissen.

Lieber Himmel, darauf war ich nicht gefasst.

Hätte ich es geahnt, hätte ich alles getan, um zu verhindern, dass er merkt, wie sehr mich seine Züchtigung anmacht. Dabei hat mich allein seine Nähe bereits erregt.

»Was soll das?«

Zack!

Wieder landet seine Hand auf meinem Hintern, und diesmal ist mein Schrei ein wenig lauter.

Reiß dich zusammen, Sera! Das geht doch nicht!

Patrick und ich, das geht nicht. Es geht nicht, dass er mich wie ein Neandertaler über die Schulter wirft und ins Haus schleppt. Und mir den Hintern zu versohlen geht ganz eindeutig nicht. Völlig ausgeschlossen. Trotzdem …

»Tu das nicht noch mal!«, stoße ich mühsam mit geschlossenen Augen hervor. Mein Mund ist staubtrocken.

»Nur, wenn du aufhörst, so zu tun, als würde es dir nicht gefallen.« Noch immer schwingt diese leise Belustigung in seiner Stimme mit. »Alles ist so, wie es sein soll. Ich befehle, du gehorchst. Und wenn nicht …«

Zack!

Diesmal ist der Hieb noch etwas fester.

Ich beiße ins Kissen, doch es ist zu spät. Ein gedämpftes »Hm« dringt aus meinem Mund.

O Gott. Er ist ein elender Sexist, trotzdem törnt es mich unglaublich an, was er sagt.

»Gehorchen war noch nie meine Stärke«, flüstere ich, während das scharfe Brennen auf meiner Pobacke allmählich nachlässt.

»Sag das noch mal.« Abrupt reißt er mir Leggings und Höschen herunter und legt die Hand auf meine nackte Haut. Besitzergreifend. Als wäre ich sein Eigentum.

Weg!, schreit mein Verstand, doch mein Körper hat andere Pläne.

Wieder stöhne ich auf und spüre die Feuchtigkeit zwischen meinen Beinen.

Halt endlich den Mund! Dieser Neandertaler darf nicht mitbekommen, wie sehr dich das anmacht.

»Gehorchen war noch nie meine Stärke«, wiederhole ich, lauter und überzeugter.

ZACK!

Diesmal landet seine Hand mit solcher Wucht auf meinem Hintern, dass die Matratze unter mir nachgibt.

»O Gott!«

Weitere Schläge landen auf meiner nackten Haut, eins, zwei, drei. Nach jedem einzelnen stöhne ich laut auf und verkralle die Finger in der Bettdecke. Mit einer Hand spreizt er meine Beine, dann spüre ich sein Gewicht auf mir.

»Patrick, bitte …«

Er muss sich inzwischen die Hose ausgezogen haben, denn ich spüre ihn, lang und hart, als er sich an meiner glühenden Hinterbacke reibt. Es ist beinahe unerträglich.

»Ich werde dich jetzt ficken«, knurrt er und schiebt sich zwischen meine Beine.

Ich höre ein Knistern, als er das Kondompäckchen aufreißt, dann dringt er, Zentimeter um Zentimeter, langsam in mich ein.

»O Gott!«, schreie ich wieder. Ich brauche ihn in mir. Jetzt sofort. »Mehr. Ich will mehr.«

Patrick schiebt sich weiter in mich hinein.

»Wirst du von jetzt an tun, was ich dir sage, Seraphina?« Er vergräbt die Finger in meinem Haar und zieht meinen Kopf nach hinten.

»O Patrick. Mehr. Bitte. Ich will mehr.«

Patrick schiebt sich vollständig in mich hinein, während er eine Hand unter meine Hüften schiebt und mich zu sich heranzieht.

Ein Lustschrei dringt aus meinem Mund, als er sich zu bewegen, mich zu reiten beginnt, hart, schnell und erbarmungslos.

»Gott. GOTT!« Ich klammere mich an meinem Kissen fest, während mein ganzer Körper von der Matratze gehoben wird.

Patricks Finger lösen sich von meinem Haar. Er schiebt seine Hand unter meinen Pulli, zieht meinen BH zur Seite und beginnt, im Rhythmus seiner Stöße meine Brüste zu kneten. Leise, animalische Laute dringen aus seiner Kehle.

Ich spüre die Nässe zwischen meinen Beinen und bin sicher, dass ich gleich kommen werde, als Patrick mich unvermittelt packt und umdreht, sodass ich ihm ins Gesicht sehen kann.

Glühende Leidenschaft flammt zwischen uns auf, als sich unsere Blicke begegnen. Ich sehe die Furchtlosigkeit in seinen Augen, so ursprünglich und animalisch, der Ausdruck eines Jägers, der seine Beute erlegt hat. Und ich versinke darin, rettungslos.

Patrick hebt meine Beine an und legt sie auf seine Brust, dann beginnt er sich erneut zu bewegen, diesmal aber mit einer Entschlossenheit und Leidenschaft, die mir den Atem rauben. Seine Finger tasten nach meiner Klitoris und liebkosen sie mit kreisenden Bewegungen.

»Patrick, o Gott. O Gott.«

Seine Kiefermuskeln mahlen, als er sich wieder und wieder in mir versenkt.

Ich lege die Finger um seinen Bizeps und klammere mich an ihm fest, als mich eine Woge der Lust erfasst. Dann packe ich seine Hüften und ziehe ihn so tief in mich hinein, wie ich nur kann.

Patrick stöhnt auf. Seine halb geschlossenen Lider flattern

kurz, und ein beinahe erschrockener Ausdruck erscheint in seinen Augen. Er umfasst mich fester und rammt sich mit neu gewonnener Kraft in mich hinein. Ich spüre ein Pulsieren, dann wird er weich.

Er schiebt meine Beine noch weiter auseinander, schlingt die Arme um mich und zieht mich an seine Brust.

Noch nie in meinem Leben war ich einem Menschen so nahe. Und er ist immer noch in mir. Es ist unglaublich. So unglaublich, dass ich fürchte, den Verstand zu verlieren.

Mag sein, dass wir nicht dafür bestimmt sind, zusammen zu sein. Aber in diesem Moment kann ich nichts anderes tun, als mich in Patrick Mansfields Arme sinken zu lassen und seinem Körper, seinen Augen, seiner Seele zu huldigen.

Großer Gott, in welchen Schlamassel habe ich mich da nur gebracht?

53

Vorsichtig legt er mich aufs Bett, ohne den Blick von mir zu lösen. Dann streicht er mir das Haar aus dem Gesicht und betrachtet mich. Es fühlt sich wunderbar an. Trotzdem …

»Wir können so nicht weitermachen«, sage ich leise.

»Wieso nicht?«

»Das weißt du ganz genau.«

»Weil ich dein Boss bin?«

»Genau.«

Patrick schüttelt den Kopf. »Nein, das ist kein Grund. Die Wahrheit ist, dass du Angst hast, Seraphina. Ich erkenne Angst, wenn ich sie sehe. Weil ich selbst schon oft genug Angst hatte.«

»Du?«

Patrick nickt.

»Wovor?«

»Davor, dass mir jemand zu sehr am Herzen liegt und ich diesen Menschen dann verliere.«

Ich denke einen Moment nach. »Der Tod deines Bruders muss sehr schwer für dich gewesen sein«, sage ich schließlich.

»Es war das Schlimmste, was ich je erlebt habe.«

»Es tut mir so leid«, flüstere ich. »Erzähl mir, wie er gestorben ist.«

»Es ist im Irak passiert. Er flog einen Hubschrauber, den wir angefordert hatten. Wir standen unter Beschuss, und ich habe um Verstärkung gebeten. Und Jamie war der Pilot. Wir wussten nicht, dass sich noch mehr feindliche Truppen in der Gegend aufhielten. Er wurde abgeschossen. Hätte ich nicht …«

Sein Blick verdüstert sich.

»Es war nicht deine Schuld. Im Krieg kommt es nun einmal zu Verlusten.«

»Aber ich war der kommandierende Offizier«, wirft Patrick ein. »Es war meine Aufgabe, für die Sicherheit meiner Männer zu sorgen.«

»Aber das geht eben nicht immer. Manchmal hat das Leben andere Pläne mit uns.«

»Ohne mich wäre Jamie nie zum Militär gegangen.« Patrick lacht freudlos auf. »Aber so dachte er, in die Fußstapfen seines großen Bruders treten zu müssen.«

»Ich wünschte, ich hätte ihn kennenlernen dürfen.«

»Du hättest ihn geliebt. Alle haben Jamie geliebt.«

»Wieso bist du aus der Armee ausgeschieden?«

»Es war der letzte Wunsch meiner Großmutter. Ich sollte zurückkommen und mich um die Hirsche kümmern, die dringend Schutz brauchen. Ich habe ihr versprochen, die Wilderer fernzuhalten.«

»Sehr edelmütig von dir.« Ich lächle.

Patrick lacht. »Mein Land zu beschützen war mir lieber. Aber versprochen ist versprochen. Ich liebe … äh … habe meine Großmutter sehr geliebt. Wir standen uns sehr nahe. Und ich liebe dieses Schloss. Wäre mein Vater nicht, könnte es etwas ganz Besonderes sein.«

Ich runzle die Stirn. »Wieso hat dein Vater so große Macht über Mansfield Castle?«

»Ihm gehört die Hälfte.«

»Und dir die andere?«

»So ist es.«

»Jeder von euch hat eine Hälfte geerbt. Ist das nicht recht ungewöhnlich?«, frage ich.

»Das ist es.«

»Hier scheint es eine ganze Menge Geheimnisse zu geben.«

»Mehr, als du ahnst.«

»Auch welche über dich?«

»Nein, über mich gibt es keine.« Er fährt sich mit der Hand durchs Haar. »Du bist diejenige, die nichts herauslassen will.«

»Ich?«

»Du empfindest wesentlich mehr, als du zugibst. Ich bin nicht der Einzige, dem es so geht.«

»Na gut«, räume ich ein. »Ich empfinde tatsächlich etwas … mehr. Aber es ist eben so verrückt. Wir kennen uns kaum. Ich weiß nicht mal, wo du aufgewachsen bist, wer deine Freunde sind. Gar nichts.«

»Was willst du denn wissen?«

»Na ja, als Erstes würde mich interessieren, ob du hier in der Gegend aufgewachsen bist.«

»Ja.«

»In diesem Schloss?«

»Ja, eine Zeit lang habe ich hier gewohnt. Aber dann kamen Jamie und ich aufs Internat.«

»Eure Eltern haben euch weggeschickt?«

»So ist es.«

»Und es hat euch nichts ausgemacht?«

»Ich war damals noch ein kleiner Junge. In diesem Alter überlegt man nicht, ob man die Entscheidungen seiner Eltern infrage stellen darf. Außerdem war ihre Ehe ziemlich schwierig. Nicht gerade das ideale Klima für zwei Jungs.«

»Warst du gern auf dem Internat?«, will ich wissen.

»Es war die Hölle. Einer der Hausvorsteher hat mich windelweich geprügelt, um an mir ein Exempel für die anderen Jungs zu statuieren.«

»Du wurdest geschlagen?«

»Bis ich fünfzehn war. Aber nachdem ich einmal angefangen hatte, mich zu wehren, hat der Hausvorsteher sich nicht getraut, die Hand noch einmal gegen mich zu erheben.«

»Und was ist mit deiner Schwester? Du kannst sie ja nicht allzu häufig gesehen haben.«

Patrick schüttelt den Kopf. »Nein, außerdem ist sie nur meine Halbschwester. Nicht dass ich sie deswegen weniger lieben würde, aber als sie zur Welt kam, waren Jamie und ich schon lange auf dem Internat.«

»Sie sagte, ihre Mutter sei gestorben.«

»Das ist die offizielle Variante. Aber niemand weiß etwas Genaues.«

»Wie bitte?«

»Nur mein Vater, aber er spricht nicht darüber. Aber genug von meiner Familie. Lass uns lieber über dich sprechen.«

»Nein. Ich will noch mehr über dich erfahren. Alles.«

»Ein andermal. Erzähl mir lieber etwas Interessantes über dich.«

»Über mich gibt es nichts Interessantes zu erzählen. Ich besitze kein Schloss, habe keine Goldmedaille geholt, bin keine erfolgreiche Geschäftsfrau, sondern nur … eine Aushilfe.«

Patrick lacht. »Und das macht dir ziemlich zu schaffen, stimmt's? Dass ich einen Adelstitel habe und Schlossbesitzer bin und du nur eine Dienstbotin.«

»Dienstbotin.« Nun muss ich lachen.

»Okay, okay, war nur ein Scherz.« Patrick drückt mich fester an sich. »Aber es stört dich. Mein Status, meine ich. Und dein eigener.«

»Natürlich stört es mich. Dich etwa nicht? Das Kindermädchen lässt sich nun mal nicht mit dem Lord ein. So läuft es im richtigen Leben nicht.«

»Wieso nicht?«

»Weil es nun einmal so ist.« Ich wende den Blick ab.

»Dann legen wir die Regeln eben neu fest.«

»Es kann einfach nicht funktionieren. Es tut keinem von uns beiden gut.«

»Sera …«

»Ich sollte jetzt gehen. Bertie braucht mich.«

Mich von Patrick zu trennen fällt mir unendlich schwer. Aber ich zwinge mich dazu, weil ich weiß, dass es das Beste ist. Völlig egal, was er sagt – ich bin nun mal ein realistischer Mensch. Und in der Realität gibt es für den Schlossherrn und die Dienstbotin kein Happy End.

Ausnahmsweise versucht Patrick nicht, mich zurückzuhalten. Ich glaube, er hat begriffen, dass ich meine Arbeit erledigen muss. Und dass ich ein wenig Abstand brauche.

54

Bertie sitzt neben Anise im großen Saal und spielt mit Gregory Dame. Als sie mich sieht, erscheint ein scheues Lächeln auf ihrem Gesicht. »Danke, Sera. Vielen, vielen Dank, dass Sie ihn gefunden haben.«

»Keine Ursache.« Ich setze mich neben Bertie auf die Bank. »Was spielt ihr denn?«

Bertie rückt näher und hält einen Stein hoch.

»Dame? Und du spielst Rot? Gewinnst du?«

Bertie nickt und lächelt.

»Mein Vater hat gerade angerufen, dass ich bald zurück ins College muss.«

»Ich dachte, Sie bleiben den ganzen Tag hier.«

Anise starrt auf die Tischplatte. »Mein Vater will nicht, dass ich so oft mit Bertie zusammen bin. Wenn es nach ihm geht, soll unsere gemeinsame Zeit möglichst kurz sein, und normalerweise findet er auch immer neue Gründe dafür. Diesmal ist es ein Aufsatz, den ich verhauen habe. Aber es ist schon in Ordnung. Bertie ist daran gewöhnt. Ich muss fast immer früher aufbrechen, wenn ich ihn besuche.«

Ich sehe Bertie an. »Wann kommen Sie das nächste Mal vorbei?«

»Keine Ahnung. Ich muss meinen Vater fragen.«

»*Sie* sind Berties Mutter«, sage ich zu ihr. »Eigentlich sollte es Ihre Entscheidung sein, wann und für wie lange Sie Ihren Sohn besuchen dürfen. Können Sie denn nicht mit Ihrem Dad reden?«

»Allerdings«, brummt Gregory.

Anise beißt sich auf die Lippe. »Vielleicht sollte ich das

tun, aber er ist mein Vater. Man hat mich dazu erzogen, ihm mit Respekt zu begegnen. Schlimm genug, dass ich so früh Mutter geworden bin. Ich kann froh sein, dass er mich nicht enterbt hat.« Sie steht auf. »Ich sollte jetzt lieber gehen.« Ungelenk tätschelt sie Berties Kopf. »Bis dann, Bertie. Wir sehen uns bald, okay?«

Bertie hält seinen Damestein so fest umklammert, dass seine Fingerknöchel weiß hervortreten. Er dreht sich nicht um, als Anise den Saal verlässt.

Der Ärmste. Kein Wunder, dass er jedes Mal einen Wutanfall bekommt, wenn er seine Mutter gesehen hat.

»Ist schon gut, Bertie«, flüstere ich und löse behutsam seine Finger um den Stein. »Ich werde mit deinem Großvater reden, okay? So kann es nicht weitergehen. Deine Mutter muss dich besuchen können, wann sie möchte.«

»Ich würde mich da lieber nicht einmischen«, meint Gregory.

»Wieso nicht?«

Der alte Mann schüttelt den Kopf. »Ganz schlechte Idee, Mädchen. Dirk Mansfield ist anders als der junge Patrick. Ein ganz schlimmer Finger. Wenn Sie dem krumm kommen, gibt's mächtig Ärger.«

»Das werde ich nicht. Ich bin sicher, er ist ein vernünftiger Mann. Und wenn ich ihm erkläre, dass Bertie regelmäßigen Kontakt zu seiner Mutter braucht …«

»Genau da irren Sie sich, Mädchen«, unterbricht Gregory mich. »Dirk Mansfield war noch nie vernünftig, sondern ist ein Wichtigtuer vor dem Herrn. Am besten, Sie halten sich von ihm fern.«

55

Mrs Calder kommt in den großen Saal gerauscht, als ich mit Bertie beim Abendessen sitze.

»Ich hoffe, Ihnen ist klar, dass morgen Berties letzter Tag im Schloss ist, Miss Harper.«

»Sein letzter Tag?«, wiederhole ich. »Aber nein, mir bleiben doch noch zwei Tage.«

»Irrtum«, widerspricht sie. »Die Arbeitswoche endet am Freitag. Was bedeutet, wenn Bertie bis morgen keine richtige Mahlzeit zu sich nimmt, habe ich das große Vergnügen, Sie zu verabschieden.«

Ich spüre Berties kleine Hand auf meinem Arm.

Mrs Calder lächelt boshaft. »Sie sind unpünktlich und ungehorsam, Miss Harper, und ich kann nicht behaupten, dass ich mit Ihnen zufrieden wäre. Stattdessen wird es mir ein Vergnügen sein, Sie vor die Tür zu setzen.« Mit einem finsteren Blick in meine Richtung marschiert sie davon.

Ich sehe in Berties trauriges Gesicht. »Ach, Bertie. Du brauchst doch noch Zeit. Mehr, als wir haben. Das tut mir so leid.«

Betrübt blickt Bertie auf seinen Teller.

Ich stütze den Kopf auf die Hände. »Ich wünschte, mir fiele eine Lösung ein, wie ich noch länger bleiben kann.«

Als ich Bertie später zu Bett bringe, nimmt er eines von seinen Horrorbüchern vom Nachttisch und schwenkt es hin und her.

»Daraus soll ich dir etwas vorlesen?«, frage ich.

Er nickt und hält mir das Buch hin.

»Ich glaube, davon bekommst du bloß Albträume.« Stirnrunzelnd überfliege ich den Text. Einige der Wörter sind mit Wellenlinien markiert.

Ich sehe sie mir genauer an.

Worte wie »verbrannt« und »wehgetan« – und »Mutter«.

»Wer hat diese Linien unter die Wörter gemacht, Bertie?«, frage ich.

Er nimmt mir das Buch aus der Hand, klappt es zu und legt es auf den Nachttisch zurück.

»Versuchst du vielleicht, mir damit etwas zu sagen?«

Bertie schweigt. Dann greift er nach *Just William* und hält es mir hin.

»Daraus soll ich dir also vorlesen?«

Er nickt.

»Gut«, sage ich, wenn auch mit einem etwas mulmigen Gefühl. Wieso hat Bertie mir diese Wörter gezeigt? Und wer hat die Linien darunter gemacht?

56

Auch am nächsten Morgen geht mir Berties Horrorbuch nicht aus dem Sinn.

Ich ziehe mich an und gehe in sein Zimmer.

Er ist schon wach und sitzt in seinem Bett, die Decke bis zum Kinn hochgezogen.

»Morgen, kleiner Mann.« Ich setze mich auf die Bettkante. »Ich wollte dich etwas fragen.« Ich greife nach dem Horrorbuch. »Hast du diese Wörter unterstrichen?«

Bertie nickt.

»Wirklich?« Ich reiße die Augen auf. »Warum?«

Bertie wendet den Blick von mir ab.

»Ist es … Willst du uns damit irgendwas sagen?«

Aber Bertie antwortet nicht, stattdessen steht er auf und zieht sich an.

Ein lautes Klopfen an der Tür lässt mich herumfahren.

Mrs Calder steht in der Tür, wie immer ganz in Schwarz.

»Sie sind noch hier?« Sie lächelt geziert. »Ich dachte, Sie hätten bereits gepackt und wären schon fort. Man muss die Dinge ja nicht endlos in die Länge ziehen.«

»Ich bleibe bei Bertie, solange es die Zeit erlaubt«, erwidere ich. »Wir haben noch den ganzen Tag, und für mich zählt jede einzelne Minute, die ich mit ihm verbringen kann.«

Mrs Calder runzelt die Stirn. »Dirk Mansfield kommt heute wieder her. Was bedeutet, dass Bertie sich nicht im Haus herumtreiben kann. Aber diesmal ist das gesamte Schloss tabu. Sie werden den Tag im Küchengarten verbringen.«

»Den ganzen Tag?« Ungläubig schüttle ich den Kopf. »Aber es ist eiskalt draußen, Mrs Calder. Sehen Sie doch nur, wie dicht der Schnee fällt.« Ich zeige auf die dicken Flocken, die vor dem Fenster durch die Luft wirbeln.

Mrs Calder schürzt die Lippen. »Damit werden Sie sich abfinden müssen. Dirk bringt ein paar Geschäftsleute mit, für die das Schloss möglicherweise ein interessantes Projekt sein könnte. Jedenfalls möchte er nicht, dass hier ein kleiner Junge herumläuft. Oder ein Kindermädchen. Ich werde genau darauf achten, dass Sie im Garten bleiben. Außerdem ist mir zu Ohren gekommen, dass Bertie gestern in den Wald gelaufen ist. Derartiges wird heute mit Sicherheit nicht passieren.«

»Aber das ist ein richtiger Schneesturm.« Ich zeige abermals auf die umherwirbelnden Schneeflocken. »Bertie wird frieren.«

»Ein paar dicke Sachen können da Wunder wirken.«

»Tja, Bertie«, sage ich, als sie sein Zimmer wieder verlassen hat. »Sieht so aus, als sollten wir dir besser was Warmes anziehen.«

Ich trete an seinen Schrank und streiche mit dem Zeigefinger über seine Sachen. »Dann wollen wir dich mal richtig schön einpacken.«

Als Bertie angezogen ist, gehen wir in den Küchengarten hinunter.

Draußen ist es schneidend kalt und tief verschneit. Nach ein paar Minuten sehen wir aus wie Schneemänner und schlottern bereits.

»Ich weiß«, sage ich mit klappernden Zähnen. »Lass uns ein Iglu bauen und uns reinsetzen – da können wir uns aufwärmen.«

Ich nehme den Spaten, der an einer Mauer lehnt, und schaufle Schnee auf einen Haufen. »Daraus können wir prima Eisklötze pressen.«

Damit verbringen wir fast den ganzen Morgen, aber am Ende kann sich unser Iglu sehen lassen. Unsere Gesichter glühen vor Anstrengung. Doch als ich den letzten Eisklumpen einsetze, merke ich, dass Bertie mit den Gedanken ganz woanders ist.

»Bertie?«

Er hat einen Stock in der Hand und malt wieder irgendetwas in den Schnee – so wie an dem Tag, an dem ich ihn zum ersten Mal gesehen habe.

Er ist so versunken, dass er mich wahrscheinlich gar nicht gehört hat.

Ich spähe über seine Schulter. »Was malst du denn da?«, frage ich.

Bertie blickt stirnrunzelnd in den Schnee und macht weiter.

»Wieder irgendwelche Symbole?«

Doch als ich genauer hinsehe, erkenne ich, dass es sich diesmal nicht um Symbole handelt. Bertie malt Strichmännchen in den Schnee.

Drei.

Zwei Frauen mit Dreiecken als Röcken und ein kleineres Strichmännchen, das nur halb so groß ist.

Ich beuge mich zu ihm. »Wen hast du denn da gezeichnet, Bertie?«

Statt einer Antwort hockt er sich hin und betrachtet die Figuren.

»Ich verstehe es nicht, Bertie. Sind das Leute, die du kennst?«

Schweigen.

Der Wind pfeift, und plötzlich fahre ich herum, als ich die Hintertür ins Schloss fallen höre.

»Oh!« Ich rappele mich auf. »Mrs Calder, was machen Sie denn hier?«

Sie hat also tatsächlich ein Auge auf uns.

Mrs Calder runzelt die Stirn und zieht ihren schwarzen Mantel enger um sich. »Ich wollte mich nur vergewissern, was Sie hier so treiben. Sieht fast aus, als würden Sie irgendein satanisches Ritual vollziehen.« Sie lacht, aber sie klingt ziemlich nervös.

Was ist eigentlich Ihr Problem?, würde ich sie am liebsten fragen, aber natürlich beiße ich mir auf die Unterlippe. Es ist ja nicht das erste Mal, dass sie sieht, wie Bertie irgendwas in den Schnee malt.

Und dann geht mir ein Licht auf.

Es passt ihr nicht, dass *ich* etwas davon mitbekomme.

Mrs Calder tritt zu Bertie und verwischt seine Strichmännchen mit ihrem schwarzen Schuh. »Schluss jetzt mit dem Unfug, Bertie. Es wird Zeit, dass du etwas Nützliches lernst. Schreiben. Rechnen. Was soll der Blödsinn?«

Missmutig sieht Bertie sie an.

»Das war kein Blödsinn«, erwidere ich, ohne ihrem Blick auszuweichen. »Bertie hat ein Bild von etwas gemalt.«

»Unsinn«, gibt Mrs Calder zurück. »Das alberne Gekrakel hat doch nichts zu bedeuten.«

»Das habe ich auch nicht behauptet«, sage ich, ohne sie aus den Augen zu lassen.

Ja, Mrs Calder ist sichtlich nervös.

»Kommen Sie jetzt zum Mittagessen herein.« Mrs Calder wirft noch einen Blick auf die Spuren, die sie mit ihrem Schuh hinterlassen hat. »Wir wollen Bertie doch nicht hungern lassen.«

Seit wann schert es sie, ob Bertie Hunger hat? An meinem ersten Tag hier hat er nicht mal Frühstück von ihr bekommen.

»Lass uns gehen, Bertie.« Ich ziehe ihn zu mir und klopfe ihm den Schnee von Schultern. »Wir ziehen dir erst mal was anderes an, und dann gibt's etwas Leckeres zum Mittagessen.«

»Nein«, sagt Mrs Calder. »Sie beide gehen direkt in den großen Saal. Dirk ist immer noch im Haus. Sie gehen in den Saal und bleiben dann auch dort.«

»Okay«, erwidere ich zögernd. »Komm, Bertie. Dann behelfen wir uns eben erst mal mit ein paar Servietten.«

57

Der große Saal ist still und leer; nur das Scheppern von Pfannen und das Klirren von Tellern dringen von der Durchreiche zu uns herüber.

»Hallo, Vicky«, rufe ich, während ich meine Schaffelljacke ausziehe und Bertie aus seiner Wachsjacke mit dem Pelzkragen helfe.

»Oh, hallo. Ihr seid aber früh dran.«

»Ich weiß. Mrs Calder hat uns reingeschickt.«

»Sekunde, ich kümmere mich sofort um das Essen für den Kleinen. Und was magst du heute, Süße? Ich habe hausgemachte Lasagne oder Hühnchenpastete zur Auswahl.«

»Lasagne bitte.«

Wieder sticht mir ein Teller mit fertig zubereitetem Essen ins Auge. Aber außer uns ist keiner hier. Ich frage mich, für wen das Essen bestimmt ist.

Eine Minute später kommt Vicky mit einem Glas Milch und einem Teller Lakritze aus der Küche.

»Oh, Vicky, das ist aber nicht nötig«, sage ich lächelnd. »Du hast doch so schon genug zu tun.«

»Ach was, keine Ursache. Bitte sehr.«

Bertie sieht sie finster an.

»Er hat schlechte Laune«, erkläre ich. »Er hat etwas in den Schnee gemalt, aber Mrs Calder hat alles zertreten.«

»Warum macht sie denn so was?«

Ich zucke die Achseln. »Keine Ahnung. Sonst schien es sie nie zu stören, wenn er etwas in den Schnee gemalt hat. Aber anscheinend passte es ihr nicht, dass ich ihm diesmal zugeschaut habe.«

»Hm. Und was genau hat er gemalt?«

»Strichmännchen. Zwei Frauen und ein Kind, wenn ich es richtig erkannt habe.«

»Oh.« Vicky sieht mich nachdenklich an. »Seltsam.«

»Finde ich auch. Ich verstehe es nicht ganz. Und ich verstehe auch nicht, was Mrs Calder so schlimm daran findet, dass ich die Strichmännchen gesehen habe.«

»Das Schloss hat viele Geheimnisse«, sagt Vicky. »Komm doch heute Nachmittag ins Dorf – ich habe frei. Wir könnten zusammen was trinken und in Ruhe reden.«

»Ich muss mich um Bertie kümmern. Mrs Calder hat uns in den Küchengarten verbannt.«

»Was Mrs Calder nicht weiß, macht sie nicht …«

»Normalerweise schon«, unterbreche ich sie. »Aber Mrs Calder lässt uns heute nicht aus den Augen. Anscheinend darf Mansfield senior auf keinen Fall gestört werden.«

»Der ist schon wieder weg. Ich habe gesehen, wie er abgefahren ist.«

»Was?«

»Ja, ich glaube schon.«

Hinter mir höre ich ein Plätschern, und als ich mich umdrehe, sehe ich, wie Bertie sich seine Milch über den Pulli kippt.

Sein Wollpullover ist klatschnass, ebenso seine Cordhose.

»Bertie? Warum hast du das gemacht?« Ich nehme ihm das Glas weg.

Natürlich antwortet er nicht.

»Ich hole ein paar Papiertücher, Süßer«, sagt Vicky und eilt in die Küche.

Als sie zurückkommt, tupfe ich Bertie mit den Küchentüchern ab, aber es bringt nichts – seine Sachen sind komplett durchweicht.

Plötzlich muss ich wieder an Mrs Calder denken – daran, dass sie Bertie verboten hat, den Rest des Schlosses zu betreten, und das macht mich wütend. Solange Bertie hier wohnt, ist es sein Zuhause. Wie kann sie sich bloß aufführen, als wäre er ein Störenfried? Aber jetzt braucht Bertie erst einmal frische Sachen. Und sein Großvater hat das Schloss ja offenbar wieder verlassen.

»Komm, Bertie. Wir gehen in dein Zimmer und ziehen dich um. Wenn wir Mrs Calder über den Weg laufen, nehme ich die Schuld auf mich. Aber wir können nicht wieder hinaus in den Schneesturm, wenn du klatschnass bist. Das muss sogar Mrs Calder einsehen.«

Ich gehe mit Bertie den Korridor zum Westflügel entlang. Doch als wir die Wendeltreppe erklommen haben, höre ich plötzlich Männerstimmen.

Ich halte Bertie zurück.

»Warte«, flüstere ich.

Patricks Stimme. Er spricht leise und scheint stocksauer zu sein.

»Es wird Zeit, dass du aufhörst, die Familie zu erpressen.«

Ein Lachen dringt an meine Ohren.

»Versuchst du immer noch, das Familienoberhaupt zu spielen, Patrick?«

Patricks gedämpfte Stimme klingt kalt.

»Ich bin das Familienoberhaupt. Der einzige echte Mann hier. Dass du versuchst, einer alten Frau das Geld aus der Tasche zu ziehen, und deiner Tochter bei jeder Gelegenheit Ärger machst, finde ich jedenfalls nicht besonders männlich.«

»Immer noch der alte Armee-Sturkopf, Patrick? Aber du bist nicht mehr bei diesem Verein.«

»Lass meine Schwester in Frieden leben«, bellt Patrick.

Ein weiteres Lachen. *»Schlecht gelebt hat deine Schwester ganz bestimmt nie.«*

»Sie hat dich nie auch nur um einen Penny gebeten!«

»Ich habe jetzt keine Zeit für diesen Quatsch, Patrick.«

Die andere Stimme – das muss Berties Großvater sein.

Und dann zucke ich zusammen, als plötzlich jemand die Treppe heruntereilt.

Ich ziehe Bertie eng an mich, doch es ist zu spät, um sich noch wegschleichen zu können. Wer auch immer gerade die Treppe herunterkommt, läuft geradewegs auf uns zu.

Ich halte den Atem an und ziehe Bertie mit mir an die kalte Steinmauer. Am liebsten würde ich in ihr verschwinden, aber natürlich ist das unmöglich.

Die Schritte kommen näher und näher, bis ein Schatten auf die Stufen fällt und Patrick auf einmal vor uns steht.

Er richtet den Blick kurz auf Bertie, dann wieder auf mich. »Wusste ich doch, dass du es bist«, sagt er.

Die blonden Haare hängen ihm in die Stirn; heute ist er sorgfältig rasiert, sodass die kleine Narbe auf seiner Wange leuchtend weiß schimmert.

Sein hochgewachsener, durchtrainierter Körper scheint den gesamten Treppenaufgang einzunehmen, und seine Kiefermuskeln mahlen.

»Was hast du hier zu suchen?«, fragt er mit gedämpfter Stimme. »Hast du nicht mitbekommen, dass mein Vater hier ist? Ihr kommt jetzt mit, alle beide!«

Mit einer schwungvollen Bewegung nimmt er Bertie huckepack, ehe er meine Hand ergreift und mich hinter sich die Treppe hinunterzieht. Er bewegt sich lautlos und schnell – so schnell, dass ich kaum Schritt halten kann.

Wir gehen einen Korridor entlang und um ein paar Ecken, und plötzlich erspähe ich Berties Zimmer. Doch Patrick bleibt nicht stehen. Er zerrt uns weiter mit sich – Richtung Westturm.

58

Patrick zieht einen Schlüssel hervor und schließt die Tür zum Westturm auf. Sekunden später folge ich ihm eine Wendeltreppe hinauf und auf das Zimmer zu, in dem ich mich neulich versteckt habe; das Zimmer, in dem ich die *Just-William*-Geschichten gefunden habe.

»Hier herein.« Patrick schiebt mich hinein und knipst das Licht an.

Jetzt kann ich die Einrichtung besser erkennen – das Bett ist mit feinen Schnitzereien in Blumen- und Schwertform verziert, die Bettwäsche mit großen, farbenfrohen Kreisen bedruckt, und an den Wänden hängen gerahmte Kunstdrucke.

Einige der Bilder erkenne ich – sie sind von ziemlich berühmten Malern.

Patrick schließt die Tür hinter uns und setzt Bertie ab, ehe er sich wieder auf mich konzentriert.

»Wieso zum Teufel läufst du mit Bertie im Schloss herum? Hat Agnes nicht gesagt, dass mein Vater hier ist?«

»Ja, aber Bertie hat sich mit Milch bekleckert. Ich wollte ihm frische Sachen anziehen.«

Patrick wirft einen Blick auf Berties feuchten Pullover.

»Was wäre denn so schlimm daran, deinem Vater zu begegnen?«, frage ich.

»Berties Gegenwart ist ihm peinlich. Er spielt gern den perfekten Vater. Und dass Anise bei Berties Geburt so jung war … Nun ja, sagen wir einfach, dass man damit im Country Club keine Pluspunkte macht.«

»Aber warum machen alle, was dein Vater sagt?«

»Erpressung.«

Ich runzle die Stirn. *»Erpressung?«*

Patrick fährt sich mit der Hand durch die Haare. »Das hat alles mit dem guten Namen unserer Familie zu tun. Ich erzähle dir irgendwann einmal davon.«

»Wie wär's mit jetzt gleich?«

Patrick lacht. »Und du willst nicht neugierig sein?«

»Das habe ich nie behauptet.«

»Sagen wir einfach, dass mein Vater ein paar Geheimnisse hat. Und deshalb kann er hier tun und lassen, was er will, auch wenn es mir nicht in den Kram passt.«

Er geht in die Hocke und sieht Bertie an. »Entschuldige den Huckepack-Ritt, Kleiner.« Patrick streckt ihm die Hand hin. »Verzeihst du deinem Onkel?«

Bertie ergreift seine Hand und schüttelt sie.

»Das ist ein schönes Zimmer.« Ich trete vor eins der farbenfrohen Bilder. »Ich wünschte, ich hätte deinen Bruder kennenlernen dürfen.«

»Ich auch«, erwidert Patrick. Seine dichten Augenbrauen ziehen sich zusammen, ehe er unvermittelt zur Tür sieht. »Warte hier, bis ich mich davon überzeugt habe, dass mein Vater sich verzogen hat. Und dann geh mit Bertie ins Dorf, damit mein Vater ihn nicht zu Gesicht bekommt.«

»Aber Mrs Calder wollte unbedingt, dass wir im Garten bleiben.«

»Kein Problem. Sie ist mit Margaret weggefahren.« Er

blickt mich an. »Ich wünschte, ich könnte hier bei dir bleiben. Das weißt du doch hoffentlich, oder?«

»Ich …«

Doch bevor ich antworten kann, hat er das Zimmer bereits verlassen.

59

Nachdem ich Bertie frische Sachen angezogen habe, beschließe ich, auf Patrick zu hören, und gehe mit dem Kleinen ins Dorf. Falls Patricks Vater immer noch im Schloss herumschleicht, ist es vielleicht am besten, wenn wir uns erst mal verdünnisieren.

Der Schnee knirscht unter unseren Füßen, als wir die lange Auffahrt zur Straße hinuntergehen und dann weitermarschieren bis einem hübschen Dorf mit einer Kirche, einer Bäckerei, einem Pub und grauen Cottages.

Offenbar hat alles geschlossen, und weit und breit ist keine Menschenseele in Sicht.

»Tja, die Camden High Street ist das nicht gerade«, sage ich zu Bertie. »In London kommt man kaum vorwärts vor lauter Leuten. Hier können wir wahrscheinlich froh sein, wenn uns überhaupt jemand über den Weg läuft.«

Es schneit nach wie vor unablässig, und das Dorf sieht wie das Motiv für eine Weihnachtskarte aus.

»Wir sollten uns ein warmes Plätzchen suchen«, sage ich zu Bertie, während wir zur Kirche und zum Dorfplatz zurückmarschieren.

Ich drücke die Türklinke der Bäckerei hinunter, aber sie hat geschlossen.

»Hoffen wir mal, dass der Pub geöffnet hat.«

Und wir haben Glück. Mit Bertie an der Hand betrete ich den Pub.

Besonders viel macht er nicht her – kaum mehr als ein auf Hochglanz polierter Tresen mit Messingzapfhähnen und ein paar Eichentischen.

Als ich Bertie gerade den Schnee von seiner Wollmütze, dem Mantel und den Handschuhen klopfe, dringt eine vertraute Stimme an meine Ohren.

»Süße! Jetzt bist du ja doch hier!«

Vicky eilt durch den Pub auf mich zu. Sie trägt dicke Wintersachen und einen langen roten Schal, den sie sich mehrmals um den Hals gewickelt hat.

»Vicky!« Es tut gut, nach dem Schneesturm in ein freundliches Gesicht zu blicken. »Das hatte ich ganz vergessen. Heute ist ja dein freier Nachmittag, stimmt's?«

Vicky nickt. »Genau. Und Gregory hat auch frei. Setz dich doch zu uns.«

Sie zeigt in die Ecke, und Gregory winkt fröhlich von einem der wackligen Tische herüber.

»Einverstanden, Bertie?«

Bertie nickt.

»Komm, wir trinken erst mal was.« Vicky schiebt mich zum Tisch und bedeutet mir, Platz zu nehmen. »Hier, Bertie«, sagt sie und zieht einen Stuhl für ihn zurück. »Setz dich hin. Mal sehen, ob der Barkeeper ein Glas Milch für dich auftreiben kann. Und du, Süße?«

Ich lächle. »Ach, einfach eine Cola oder so.«

»Nichts Stärkeres?« Sie zwinkert mir zu. »Mrs Calder wird nie davon erfahren.«

»Nicht, solange ich auf Bertie aufpassen muss.«

»Kein Problem. Ich hol dir einen Dandelion & Burdock. Das trinken alle hier.«

»Danke«, sage ich, während mir ein alter Geigenkasten auf dem Stuhl neben Gregory ins Auge sticht. »Ist das Ihre?«, frage ich.

»Und ob«, antwortet Gregory mit breitem Lächeln. Heute trägt er eine Schiebermütze und eine kurze Hose mit Kniestrümpfen. »Möchte der junge Herr vielleicht mal eine Kostprobe geben?«

Gregory hat den Satz noch nicht zu Ende gesprochen, als Bertie von seinem Stuhl rutscht und die Verschlüsse des Geigenkastens aufschnappen lässt.

Ich bin ziemlich beeindruckt, wie behutsam der Junge die Geige herausnimmt und an sein Schlüsselbein setzt.

Er macht ein paar schwingende Bewegungen mit dem Bogen, und auch wenn er keine Vanessa Williams ist, kann ich erkennen, dass er Talent hat. Gar keine Frage, er liebt das Instrument.

Nach ein paar Minuten reicht er Gregory die Geige zurück.

»Soll ich auch mal spielen, Kleiner?«, fragt Gregory.

Bertie nickt.

Gregory legt sich die Geige unters Kinn und spielt ein flottes Volkslied; behände lässt er den Bogen tanzen und wiegt sich im Rhythmus der Musik.

Die Männer an der Bar beginnen mitzuklatschen, und ein älteres Paar in der anderen Ecke fängt an zu tanzen.

Ich ertappe mich dabei, dass ich ebenfalls mitklatsche und im Takt mit dem Fuß auf den Boden stampfe.

»Sing ruhig mit, wenn du Lust hast, Mädchen«, ruft Gregory mir zu, steht auf und hüpft von einem Fuß auf den anderen, während er die Fiedel spielt.

»Bin dabei!« Ich kenne den Text nicht, also denke ich mir einfach etwas aus.

Im Nu ist der ganze Pub auf den Beinen, und Vicky fasst Bertie an den Händen und zieht ihn von seinem Stuhl.

Mein Herz schlägt höher, als ich sehe, wie er sich lächelnd von ihr herumwirbeln lässt.

Bald darauf ist eine richtige Party im Gange, und es kommt mir so vor, als hätte sich das ganze Dorf angeschlossen.

Als es draußen dunkel wird, fällt mir ein, dass bald Abendessenszeit ist.

»Wir müssen los«, sage ich zu Gregory, als er eine kurze Pause einlegt und seinen Geigenbogen mit Kolophonium einreibt.

»Du musst ins Schloss zurück?«, fragt Vicky.

»Ja«, antworte ich. »Bertie braucht sein Abendessen.«

»Ich komme mit.« Vicky wirft einen Blick auf ihre Uhr. »Meine Abendschicht beginnt auch gleich.«

Wir winken Gregory zum Abschied zu, der weiter auf seiner Geige spielt, während wir nach draußen treten.

Es hat aufgehört zu schneien, und im Dorf ist es totenstill, als wir den Weg zurück zum Schloss antreten.

»Wie kam es, dass du plötzlich doch im Pub aufgetaucht bist?«, will Vicky wissen.

»Es war Patricks Idee. Damit wir seinem Vater nicht über den Weg laufen. Hast du ihn mal kennengelernt?«

»Kennengelernt? Na ja, wir sind uns ein paarmal begegnet. Er lässt ziemlich gern den Macker raushängen – mischt sich ein, wie der Speiseplan auszusehen hat, und solche Dinge. Aber er hat durchaus Charme. Ein Playboy der alten Schule, wenn du mich fragst.«

»Hm.« Ich halte Bertie fest an der Hand, damit er nicht

stolpert. »Um ein Haar wären wir ihm heute über den Weg gelaufen.«

»Oje.«

»Aber Patrick hat uns versteckt. Im früheren Zimmer seines Bruders.«

»Ach, Jamie«, sagt Vicky. »Schrecklich, dass er so jung sterben musste.«

»Patrick hat mir erzählt, wie er ums Leben gekommen ist.«

Vicky nickt. »Er gibt sich die Schuld daran. Was völlig unnötig ist. Es war ein Unfall. Patrick hat alles getan, was in seiner Macht stand. Er hat ja sogar noch versucht, ihn aus dem brennenden Hubschrauber zu holen – die anderen mussten ihn zurückhalten, sonst wäre er zusammen mit seinem Bruder verbrannt. Tja, aber sein Vater sagt natürlich, er hätte nicht genug unternommen.« Vicky seufzt. »Er und Mrs Calder, die alte Hexe – ohne die beiden würde es im Schloss ganz anders laufen.«

»Da du gerade von Mrs Calder sprichst. Hat sie Patricks Vater vielleicht irgendwie in der Hand? Patricks Mutter hat so was erwähnt.«

60

Tatsächlich?« Vicky runzelt die Stirn. »Davon weiß ich nichts. Ich weiß nur, dass zwischen Mrs Calder und Dirk Mansfield so eine Art blindes Vertrauen herrscht. Sie hat vollkommen freie Hand, was das Schloss angeht.«

»Hm.« Ich überlege einen Moment. »Und was hält Patrick von Mrs Calder?«

»Er kann sie nicht ausstehen. So wie wir alle. Insbesondere, weil sie dauernd ihre Tochter vor ihm herumscharwenzeln lässt, um ihn zu mehr zu bewegen – einer Verlobung, zum Beispiel.«

»Mrs Calder hat mir erzählt, Patrick wäre schon vergeben. Dass nur der Hochzeitstermin fehlen würde.«

Vicky lacht. »Ach, ja? Pures Wunschdenken. Er interessiert sich nicht die Bohne für Margaret.«

»Das weiß ich inzwischen auch«, gebe ich zu. »Patrick hat es mir gesagt.«

»Patrick hat es dir erzählt?« Vicky bleibt stehen. »Wieso sollte Patrick … Seraphina Harper, gibt es da irgendwas, das ich wissen sollte?«

Ich erröte. »Nein. Ich meine, nichts Besonderes.«

»Nichts Besonderes?« Vicky grinst. »Los, raus mit der Sprache. Was läuft zwischen euch?«

»Na ja … nicht viel.«

»Patrick hat sich verändert, seit du hier bist. Er wirkt irgendwie nachdenklich. So als würde ihm irgendwas oder *irgendwer* nicht aus dem Sinn gehen …«

Ich beiße mir auf die Unterlippe. »Na gut, ein paar Kleinigkeiten sind passiert, das ist wahr.«

»Und zwar welche?«

Wir gehen weiter.

»Ach, nichts Besonderes. Wir hatten bloß eine kleine Affäre, aber das tut uns beiden nicht gut.«

»Eine Affäre?«, wiederholt Vicky. »Patrick hat keine Affären! O nein. Er ist ein anständiger Mann. Wenn zwischen dir und ihm etwas läuft, dann muss er sich schwer in dich verliebt haben.«

Ich schüttle den Kopf. »Ich bin bloß die Nanny. Und er ist mein Boss.«

»Wir leben im 21. Jahrhundert. Wen kümmert denn so was?«

Plötzlich habe ich einen Kloß in der Kehle. »Aber wir kommen aus verschiedenen Welten.«

»Ja, und?«

»Ich versuche bloß, das Ganze realistisch zu sehen.«

»Ha!«, spottet Vicky. »Realistisch? Du brauchst nicht realistisch zu sein, Seraphina. Du siehst toll aus, bist eine tolle Frau.« Sie blickt mich an. »Und wie stehst *du* zu Patrick?«

Was für eine Frage!

Plötzlich fällt mir ein, dass Bertie ja noch da ist, und ich halte ihn besonders fest an der Hand, als wir in die Auffahrt zum Schloss abbiegen.

»Ich … ich verdränge meine Gefühle, so gut es geht«, gebe ich zu.

»Und was sagt dein Herz?«

»Dass ich tief in der Tinte sitze.«

Vicky lacht. »Weil du ein Kindermädchen bist und er ein Lord? Du glaubst doch nicht im Ernst, dass das eine Rolle spielt.«

»Es spielt sehr wohl eine Rolle. Lords und Nannys passen einfach nicht zusammen.«

»Dann setz doch mal ein Zeichen. Folge deinem Herzen. Es weiß, was richtig für dich ist.«

»Ich wüsste nicht, wie das mit Patrick funktionieren sollte. Egal. Wenn ich unseren Kleinen hier nicht dazu bringe, etwas zu essen, kann ich sowieso meine Sachen packen und nach London zurückfahren. Und damit wäre die Sache ohnehin gelaufen.«

»Denk positiv, Süße«, sagt Vicky. »Man weiß nie, wie der Tag zu Ende geht.«

61

Als wir das Schloss erreichen, bin ich völlig in meinen Gedanken versunken.

Es hat wieder zu schneien begonnen, und Vicky, Bertie und ich sind mit frischen Flocken bedeckt.

Wage ich mir überhaupt vorzustellen, dass zwischen Patrick und mir mehr als eine flüchtige Romanze sein könnte?

Nein. Damit tue ich mir nur selbst weh. Aber die Wahrheit ist, dass ich für Patrick weit mehr als nur körperliche Anziehung empfinde.

Keine Ahnung, warum.

Es ist schwer zu erklären. Irgendwie ist es, als würde er mein wahres Selbst erkennen. Auch wenn er so gut wie nichts über mich weiß, habe ich das Gefühl, er kann direkt in meine Seele sehen. In seiner Gegenwart bin ich so schüchtern, weil ich mir jedes Mal splitternackt vorkomme.

Aber auch ich kann hinter seine Fassade sehen. Und ich sehe mehr als den Jäger und den Armeeoffizier – einen Mann, der alles tun würde, um die Menschen zu beschützen, die er liebt.

Ich frage mich, wie ernst es mit den anderen Frauen in seinem Leben war.

Während ich Bertie frische Sachen anziehe, spüre ich, wie sehr ich mich nach Patricks Anwesenheit sehne. Aber er ist nicht da. Das weiß ich genau. Wäre er da, würde ich es spüren.

Nicht dass es eine Rolle spielen würde. Bald fahre ich sowieso nach Hause zurück.

»Was für ein schöner Tag, Bertie«, sage ich, während ich ihn im großen Saal auf die Bank setze. »Wirklich toll, wie du Geige gespielt hast.«

Bertie rutscht unruhig auf der Bank herum.

»Keine Sorge«, versichere ich ihm. »Ich erzähle es niemandem. Aber es ist eine Schande, dass es in diesem Schloss Leute gibt, die Gregorys Musik für nicht gut genug halten. Musik hat doch nichts mit Prestige zu tun, sondern sollte einfach nur Freude bereiten.«

Das Klappern von Geschirr dringt an meine Ohren. »Abendessen ist fertig!«, ruft Vicky.

Ich hole Bertie seine Lakritze und seine Milch; für mich gibt es Rindereintopf, dazu irisches Soda Bread und frische Butter.

»Genau das Richtige nach einem Tag im Schnee, was?«, sage ich.

Er wirft einen Blick auf meinen Eintopf und schlürft seine Milch.

Ich seufze. »Tja, das ist heute wohl unser letzter Abend.«

Einen Augenblick lang essen wir schweigend; ich löffle meinen Eintopf, während Bertie seine Lakritzstäbchen mampft.

Dann deutet er auf eins der großen Ölgemälde an der Wand. Mein Blick folgt seinem ausgestreckten Finger.

»Was ist denn, Bertie?«, frage ich. Dann sehe ich, auf welches Bild er zeigt: das mit den beiden Jungen auf ihren Pferden.

Sie sehen wie Brüder aus.

Ich stehe auf und nehme das Gemälde genauer in Augenschein.

Unter dem Bild steht: »Patrick und Jamie«.

Patrick …

Der größere Junge hat einen wilden Blick, sieht aber richtig süß aus. Er sitzt auf einem weißen Pferd, während der Jüngere – vermutlich Jamie – ein braunes Pony reitet.

»Warum willst du, dass ich mir das anschaue?«, frage ich Bertie. Doch dann dämmert es mir, und ich erröte ein wenig. »Wegen der Dinge, über die ich vorhin mit Vicky gesprochen habe?«

Wieder nickt Bertie. Er zeigt erst auf mich, dann auf Patrick auf dem Gemälde. Dann verschränkt er die Finger ineinander.

»Oh, nein, nein. Wir sind nicht … nein. Vicky und ich haben nur so dahergeredet. Aber so wie es aussieht, bin ich morgen sowieso nicht mehr hier. Und das heißt, dass ich Patrick nie wiedersehen werde.«

Bertie blickt auf den Tisch. Und dann tut er etwas, womit ich ganz und gar nicht gerechnet habe. Er greift nach meinem Löffel und schiebt sich einen großen Bissen von meinem Rindereintopf in den Mund.

62

Ungläubig starre ich ihn an, als er zu kauen beginnt.

Ich spüre, wie mir die Kinnlade herunterfällt. Doch dann breitet sich ein strahlendes Lächeln auf meinem Gesicht aus. »Bertie«, platze ich heraus. »Du hast ja etwas von dem Eintopf gegessen!«

Er schluckt den Rest herunter, ehe er den Löffel vorsichtig wieder in meinen Teller legt.

»Bertie! Du lieber Himmel! Das ist ja Wahnsinn!«

Ich laufe zu ihm, schlinge die Arme um ihn und drücke ihn fest an meine Brust.

Dann setze ich mich wieder zu ihm. »Möchtest du noch mehr?«, frage ich.

Bertie nickt.

Er nimmt noch einen kleinen Löffel, und ich klatsche begeistert in die Hände, während er kaut und alles herunterschluckt.

»Brot?«, frage ich und halte ihm ein Stück hin.

Bertie nimmt es, pflückt ein kleines Stück davon ab und steckt es sich in den Mund.

»Was ist denn hier los?«, ruft Vicky aus der Küche.

»Bertie!«, rufe ich. »Er isst deinen Eintopf.«

»Was?«, kreischt Vicky und kommt aus der Küche gelaufen. »Ich fasse es nicht! Das muss Mrs Calder sehen!«

Sie rennt aus dem Speisesaal.

Ich schiebe Bertie meinen Teller hin und sehe wie eine stolze Mutter zu, wie er sich über den Eintopf hermacht.

Nur allzu gern wüsste ich, was der Grund seines plötzlichen Sinneswandels ist, doch dann gelange ich zu dem Schluss, dass es letztlich keine Rolle spielt. Nach dem kalten Tag stärkt sich Bertie mit einer warmen Mahlzeit, und ich könnte nicht glücklicher sein.

Hinter mir höre ich energische Schritte, und schon kommt Mrs Calder, gefolgt von Vicky, in den Saal gerauscht.

»Was soll der Unfug?«, zischt sie. »Bertie isst Eintopf? Er hat noch nie in seinem Leben Eintopf gegessen!«

»Überzeugen Sie sich selbst«, sage ich und lehne mich zurück, damit sie sehen kann, wie Bertie den letzten Löffel mit Rindfleisch und Kartoffeln isst.

Mit offenem Mund steht Mrs Calder da.

Ausnahmsweise hat es ihr die Sprache verschlagen.

»Scheint so, als würde Seraphina doch noch länger bei uns bleiben, Mrs Calder«, meint Vicky. »Und Bertie auch. Am besten geben Sie Mr Mansfield gleich Bescheid, dass er dem Internat doch absagen kann.«

Mrs Calder schließt den Mund und öffnet ihn wieder. »Nun ja, wie auch immer. Aber ein paar Häppchen machen noch keinen Sommer. Nur weil er einmal …«

»Er hat mehr gegessen als in der gesamten Zeit, die er hier ist«, fällt Vicky ihr ins Wort.

»Wie … wie haben Sie ihn dazu gebracht?«, stammelt Mrs Calder.

Ich zucke die Achseln. »Mit Liebe und Geduld, nehme ich an. Tja, da habe ich wohl echt Glück gehabt, dass Bertie ausgerechnet heute beschlossen hat, damit anzufangen – na ja, eigentlich haben wir *beide* Glück gehabt.«

Abrupt schließt Mrs Calder den Mund, und ihre Lippen werden weiß vor Wut. »Na schön, diese eine Schlacht haben Sie gewonnen, Seraphina Harper. Trotzdem sind Sie immer noch eine Fremde in diesem Schloss. Und ich werde einen Weg finden, Sie wieder loszuwerden. Verlassen Sie sich darauf.«

Und damit knallt sie die Tür hinter sich zu.

Vicky krümmt sich vor Lachen.

»*Verlassen Sie sich darauf*«, äfft sie die Haushälterin nach und nimmt mich in den Arm. »Du hast es geschafft, Süße! Du hast Bertie dazu bewogen, endlich etwas Richtiges zu essen. Tja, jetzt wirst du uns wohl noch ein Weilchen erhalten bleiben. Also, ich freu mich riesig. Und Patrick bestimmt auch.«

»Da bin ich mir nicht so sicher«, sage ich.

»Ich schon«, erwidert Vicky.

63

Als ich Bertie schließlich ins Bett bringe, drücke ich ihn ganz besonders fest an mich.

»Ich bin so froh, dass du endlich etwas gegessen hast, Bertie. Und ich freue mich wahnsinnig, dass ich noch länger bei dir bleiben kann.«

Und bei Patrick, sagt eine innere Stimme, die mir so gar nicht in den Kram passt. Also ignoriere ich sie.

Berties Wangen haben eine gesunde Farbe angenommen; er sieht zufrieden und auch ein bisschen schläfrig aus.

Eine anständige Mahlzeit mit Fleisch und Gemüse muss eine echte Wohltat sein, wenn man sich so lange nur von Lakritze ernährt hat.

»Ich würde so gern wissen, warum du vorher nichts gegessen hast«, sage ich.

Bertie kramt zwischen den Büchern auf seinem Nachttisch herum und fördert eins zutage, das besonders gruselig aussieht – auf dem Cover ist ein Totenschädel im Schnee abgebildet.

Er blättert darin herum, bis er ein paar Seiten findet, auf denen Dutzende von Wörtern mit blauem Kugelschreiber unterstrichen sind.

»Noch mehr davon«, murmle ich und sehe genauer hin. Während ich lese, setzt mein Herz einen Moment lang aus.

Gift.

Folter.

Hunger.

Böse.

»Hast du die Wörter unterstrichen, Bertie?«

Bertie nickt.

Plötzlich fühlt sich mein Mund staubtrocken an. »Hat … hat jemand versucht, dir etwas ins Essen zu geben? Wolltest du deshalb nichts mehr essen?«

Bertie weicht meinem Blick aus.

»Ich wünschte, du könntest es mir sagen«, flüstere ich. »Es ist wirklich wichtig, Bertie. Wenn jemand versucht hat, dir wehzutun, muss ich das wissen. Ich kann dich beschützen. Großes Ehrenwort.«

Bertie schüttelt entschlossen den Kopf. Dann verkriecht er sich unter der Bettdecke.

»Hey, alles okay mit dir?«

Ich spüre, wie er unter der Decke nickt.

»Soll ich lieber gehen?«

Wieder ein Nicken.

»Na gut. Okay, Bertie, ich lasse dich jetzt allein. Ich glaube, du kannst jetzt eine Mütze Schlaf brauchen.« Ich runzle die Stirn. »Ich wünschte … ach, egal. Es war ein langer Tag. Schlaf gut, Bertie. Wir sehen uns morgen früh, okay?«

Die Decke bewegt sich, als er abermals nickt, und dann verlasse ich das Zimmer.

64

Auf dem Weg zu meinem eigenen Zimmer schlägt mir das Herz bis zum Hals.

O Gott.

Noch immer sehe ich die unterstrichenen Wörter vor mir.

Gift.

Folter.

Weiß Bertie überhaupt, was diese Worte bedeuten?

Was um Himmels willen ist mit Bertie passiert, bevor er hierherkam?

Allein der Gedanke, dass Kindern schlimme Dinge zustoßen können, ist schier unerträglich. Aber solche Dinge passieren. Jeden Tag sogar. Manchmal, wenn ich im Bett darüber nachdenke, kann ich die ganze Nacht nicht schlafen.

Ich muss mit jemandem reden. Es ist wichtig. Sehr wichtig. Ich muss mir dringend überlegen, wie ich weiter vorgehen soll.

Vicky. Sprich mit Vicky.

Ja, sie scheint eine Menge über die Mansfields zu wissen. Womöglich kann sie mir sagen, wo Bertie war, bevor er hierher ins Schloss gekommen ist.

Ich laufe zum großen Saal, doch in der Küche brennt kein Licht mehr. Offenbar ist Vicky schon nach Hause gegangen.

Wer käme sonst noch infrage?

Gregory? Nein, er ist wahrscheinlich immer noch im Pub.

Patrick?

Kann ich Patrick tatsächlich aufsuchen nach all dem, was zwischen uns passiert ist? Nachdem ich ihm immer wieder aus dem Weg gegangen bin, ihm wieder und wieder gesagt habe, dass er mich in Ruhe lassen soll?

Doch am Ende gebe ich mir einen Ruck. Ich habe keine Wahl. Ich *muss* mit jemandem über das reden, was Bertie mir gerade gezeigt hat. Und so peinlich es sein mag, ausgerechnet Patrick um Hilfe zu bitten, wüsste ich nicht, an wen ich mich in diesem eiskalten Schloss sonst wenden sollte.

Der Westflügel liegt verlassen da, während ich durch die Gänge schleiche und vorsichtig in verschiedene Zimmer spähe.

»Patrick?«, rufe ich. Aber ich kann ihn nirgendwo finden. Er ist nicht im Herrenzimmer. Und auch nicht in dem Salon, wo ich seine Mutter kennengelernt habe.

Doch dann fällt mir der Südflügel wieder ein, wo ich ihn vor ein paar Tagen im Fitnessraum gesehen habe.

Ich eile nach unten, nehme meinen ganzen Mut zusammen und pfeife auf meine Würde. Nach all den Malen, die ich ihn zurückgewiesen habe, muss ich eine Menge Stolz herunterschlucken. Aber was soll's? Hier geht es nicht um mich, sondern um Bertie.

Im Fitnessraum brennt Licht, und ich höre, dass dort jemand trainiert.

Vorsichtig linse ich hinein: Patrick macht mit freiem Oberkörper Klimmzüge an einer Eisenstange – umwerfend sexy sieht er aus.

Seine Muskeln spannen und wölben sich, während er sich an der Stange hochzieht, und seine Brust ist hart wie ein Fels. Er trägt eine graue Jogginghose, und seine nackten Beine baumeln über dem Boden.

Scheinbar mühelos führt er einen Klimmzug nach dem anderen aus.

Einen Moment lang stehe ich ratlos da, als Patrick den Kopf wendet und mich im Türrahmen stehen sieht.

Er deutet ein Lächeln an und lässt die Eisenstange los.

»Mal wieder hier, Seraphina?« Er greift nach einem Handtuch, wischt sich das Gesicht damit ab und wirft es auf die Gymnastikmatte.

Ich erröte. »Ich … wieder?«

»Du warst doch schon mal hier unten.«

O Gott. Wie peinlich.

»Du hast mich gesehen?«, frage ich kleinlaut.

»Gehört«, erwidert Patrick.

»Dir entgeht ja offenbar nichts. Von dir möchte ich nicht gejagt werden. Da hätte ich wohl keine Chance.«

»Nicht die geringste.« Patricks Stimme wird tiefer, während er auf mich zutritt. »Aber du bist doch nicht bloß auf ein Schwätzchen hergekommen. Was ist los?«

Inzwischen steht er direkt vor mir, und seine Schönheit verschlägt mir beinahe den Atem – sein muskulöser Körper, die gefährlichen blaugrünen Augen.

Das Adlertattoo auf seinem Schlüsselbein sticht mir ins Auge; einen Moment lang bleibt mein Blick daran hängen.

Patrick folgt meinem Blick. »Das war für meinen Bruder«, sagt er leise, während er mit den Fingern über die Tätowierung streicht. »Er war im Adler-Regiment. Deshalb dachte ich, das passt.«

»Es ist wunderschön«, murmle ich.

»Magst du Raubvögel?«, fragt Patrick.

»Diesen schon.«

Patrick lächelt. »Und wie kann ich Ihnen heute behilflich sein, Miss Harper? Wieder irgendein Junge, der vom Baum geholt werden muss?«

»Nicht ganz, aber es geht um Bertie.«

Patrick runzelt die Stirn. »Ist alles in Ordnung?«

Ich schüttle den Kopf und spüre, wie mir Tränen in die Augen schießen. Ich will etwas sagen, aber ich bringe keinen Ton heraus. Wie soll ich in Worte fassen, was mir im Kopf herumgeht? Es ist alles so schrecklich.

»Schon gut.« Patrick nimmt mich in die Arme und drückt mich an seine Brust. »Ist ja gut.«

Ich schüttle den Kopf an seinem Brustkorb. Es ist mir unendlich peinlich, dass ich mich nicht in der Gewalt habe.

Patrick hebt mein Kinn an, sodass ich geradewegs in seine Augen sehe. »Los, raus mit der Sprache«, befiehlt er. »Jetzt sofort. Was ist passiert?«

»Ich ... ich weiß es nicht genau«, stammle ich und spüre, wie mir das Blut in die Lippen schießt. »Aber Bertie ... Er hat mir so seltsame Sachen gezeigt. In einem der Horrorbücher, die auf seinem Nachttisch liegen. Er hat darin eine ganze Reihe von Wörtern unterstrichen – zum Beispiel ›Gift‹ und ›Hunger‹. Und als ich ihn gefragt habe ...«

Patrick runzelt die Stirn. »Gift?«

Ich nicke. »Ich habe keine Ahnung, was er mir damit genau sagen wollte. Er hat genickt, als ich ihn gefragt habe, ob er die Wörter selbst unterstrichen hätte. Aber auf die Frage, ob ihm jemand etwas ins Essen getan hätte, hat er den Kopf geschüttelt. Ich ... ich habe das Gefühl, dass ihm etwas Schlimmes passiert ist und er es mir auch sagen will. Aber er hat zu große Angst. Er will, dass ich es selbst herausfinde.«

»Ich muss telefonieren«, sagt Patrick und richtet den Blick wieder auf mich. »Komm mit.«

»Vielleicht ... vielleicht ist es besser, wenn ich jetzt gehe.« Ich ringe mir ein Lächeln ab, wische mir die Augen und die Nase trocken.

»In diesem Zustand werde ich dich ganz bestimmt nicht allein lassen. Du kommst mit, ob du willst oder nicht.«

»Patrick ...«

»Keine Widerworte. Oder möchtest du lieber wieder getragen werden?«

»Wag es nicht, mich ...«

»Dann komm.« Patrick ergreift meine Hand.

Die Wärme seiner Haut lässt Schmetterlinge in meinem Bauch aufflattern.

»Na gut.«

»Prima. Endlich lernst du zu gehorchen.«

»Für Bertie tue ich alles. Wo gehen wir hin?«

»In mein Schlafzimmer.«

65

Dein Schlafzimmer?«, platze ich heraus. »O nein, Patrick. Unter keinen Umständen.«

Aber Patrick schenkt mir keine Beachtung und führt mich zum Westflügel zurück.

Immer noch hält er meine Hand. Ganz fest.

»Ich muss erst mal in Ruhe telefonieren.« Er legt ein derartiges Tempo vor, dass ich mehrmals um ein Haar stolpere, während ich mit ihm Schritt zu halten versuche.

»Geht das nicht auch woanders?«

»Nein. Das Schloss hat überall Augen und Ohren. Hast du das immer noch nicht begriffen?«

»Patrick. Warte … nein, Patrick«, protestiere ich, während er mich hinter sich herzerrt. Doch ehe ich michs versehe, öffnet er eine schwere Eichentür und zieht mich in das Zimmer.

Er schlägt die Tür hinter uns zu; halb benommen sehe ich mich um.

O Gott. Ich bin in Patrick Mansfields Schlafzimmer.

Wie um alles in der Welt bin ich hier gelandet? Es ist ein wunderschönes Zimmer; vor den großen Fenstern hängen rote Samtvorhänge. Das riesige Doppelbett ist mit burgunderfarbener Bettwäsche bezogen, und das Kopfende ist aus Rosenholz, glaube ich. Es sieht antik aus, so wie auch alle anderen Möbel.

Alles ist sauber und ordentlich – das genaue Gegenteil meines Zimmers. Unter in Reih und Glied hängenden Kampfjacken stehen blitzblank polierte Stiefel. Auf einem Regal reihen sich Bücher mit Kriegserinnerungen fein säuberlich aneinander.

An einer Wand hängt eine Dartscheibe, in deren Bull's Eye drei sorgfältig platzierte Pfeile stecken.

Mein Blick fällt auf ein gerahmtes Foto von Patrick und seinem Bruder; sie tragen Armeeklamotten und haben die Arme umeinandergelegt.

Der Raum ist groß, und ich entdecke eine Tür, die in einen begehbaren Wandschrank führt. Darin befindet sich ein ganzes Arsenal von Gewehren in allen möglichen Größen.

»Setz dich«, sagt Patrick und weist auf einen grünen Ledersessel. Er sieht ein bisschen abgewetzt, aber gemütlich aus.

»Du spielst Darts?«, frage ich.

»Wann immer ich nicht auf der Jagd bin.« Er tritt vor seine Kommode, nimmt ein silbernes Samsung heraus und blickt stirnrunzelnd aufs Display.

»Wen rufst du an?«, frage ich.

»Jemanden, der Dinge herausfinden kann. Sollte irgendjemand versucht haben, Bertie etwas anzutun, bringe ich ihn eigenhändig um.«

Ruhelos geht er im Raum auf und ab.

»Hallo«, bellt Patrick. »Simon? Kannst du jemanden für mich überprüfen? Gut. Ja, leg sofort los.«

Er legt auf und beginnt, eine Nachricht zu schreiben.

»Wen lässt du denn überprüfen?«, frage ich.

»Alle, mit denen Bertie längeren Kontakt hatte, bevor er hierhergekommen ist«, erwidert Patrick. »Meinen Vater eingeschlossen.«

66

Du hast keine Ahnung, wie dankbar ich dir bin«, sage ich, während Patrick das Smartphone wieder in seiner Kommode verstaut. »Aufrichtig. Ich bin froh, dass du der Sache nachgehst. Es ist wichtig. Und was immer auch mit Bertie geschehen sein mag – wenigstens weiß ich, dass er hier in Sicherheit ist.«

Nachdenklich geht Patrick auf und ab. »Wie gesagt, sollte sich irgendjemand an meinem Neffen vergriffen haben, lege ich das Schwein höchstpersönlich um.«

»Ich bin froh, dass ich zu dir gekommen bin. Um ein Haar hätte ich es nicht getan … na ja, wegen allem, was zwischen uns passiert ist.«

Patrick hält inne. »Ich bin auch froh darüber.«

Ich stoße einen Seufzer aus. »Mir fällt ein Stein vom Herzen. Gut, dass ich mich dir anvertraut habe.«

»Ja, ich freue mich auch.« Er wirft mir ein angedeutetes Lächeln zu. »Du bist ja immer noch da. Wird es nicht Zeit, dass du mal wieder die Flucht ergreifst?«

Ich muss ebenfalls lächeln. »Ja, ich sollte jetzt wohl gehen«, sage ich und stehe auf.

Wow. Nun, da ich Patrick endlich mein Herz ausgeschüttet habe, bin ich unglaublich erleichtert. Zum ersten Mal seit Tagen entspanne ich mich ein bisschen.

»Wo willst du hin?«

»Zurück in mein Zimmer. Ich find es irgendwie seltsam, hier zu sein. Du nicht auch?«

»Ich kann daran überhaupt nichts Seltsames finden«, erwidert Patrick. »Für mich ist es das Natürlichste auf der Welt.«

»Ach ja? Dass sich die Nanny im Schlafzimmer des Bosses aufhält?«

Patricks Miene verfinstert sich. »Wann hörst du endlich mit diesem Unsinn auf? Für mich warst du noch nie das Kindermädchen. Sondern nur … ein Mädchen, das mir keine Sekunde des Tages aus dem Kopf geht.«

»Patrick, du musst damit aufhören. Es würde mir nur sehr, sehr wehtun, wenn du mich abservierst, und das ist nicht fair.«

»Dich abservieren?« Patrick runzelt die Stirn. »Glaubst du wirklich, ich wäre zu so etwas fähig?«

»Am Ende schon.« Ich schlucke. »Selbst wenn du wirklich ernst meinen solltest, was du gerade gesagt hast, wirst du mich irgendwann als das sehen, was ich wirklich bin – ein armes Mädchen aus London, das nicht hierhergehört.«

»Fühlst du dich immer noch als Fremde hier?«

Ich überlege. »Vielleicht etwas weniger als vorher.«

»Glaub mir, dieses Schloss ist wie gemacht für dich. Ganz abgesehen davon, dass ich noch nie ein Mädchen getroffen habe, das besser zu mir passen würde als du.«

»Patrick, bitte. Nicht jetzt. Ich halte das einfach nicht aus.«

Er kommt einen Schritt näher auf mich zu. »Dann gib dich endlich geschlagen.«

»Nein, Patrick. Bitte. Ich kann nicht …«

»Was kannst du nicht?«

»Ich darf mich nicht in dich verlieben«, stoße ich hervor.

»Wovor hast du Angst?«

»Dass … dass ich den Schmerz nicht ertragen kann, wenn es schiefgeht.«

»Wer sagt denn, dass es schiefgehen muss?«

»Ich.«

»Das werde ich nicht zulassen. Glaube mir.«

Ich schüttle den Kopf. »Wie soll es denn nicht schiefgehen?«, frage ich mit tränenerstickter Stimme. »Warum kann ich nicht dasselbe für irgendeinen Typen vom Camden Market empfinden? Warum musst ausgerechnet du es sein?«

»Du hast Angst.« Patrick nimmt meine Hände und sieht mich eindringlich an.

»Ja«, gebe ich zu.

»Und wovor genau?«

Ich starre auf das Distelmuster des Teppichs. »Vor ... ich weiß nicht. Vor allem.«

»Vor mir?«

»Vor dir ganz besonders. Ich habe Angst, dass du mich so sehr verletzen könntest, dass ich nie wieder darüber hinwegkomme.«

»Ich würde dich niemals verletzen, Seraphina.«

»Aber du würdest vielleicht ...«

»Nein. Nein, das würde ich nicht.« Sanft hebt er mein Kinn an, und wieder bin ich völlig hin und weg von ihm.

»Bleib heute Nacht bei mir.«

Ich sehe zu Boden. »Du weißt, dass das nicht geht.«

Patrick zieht mich an sich. »Hast du es immer noch nicht verstanden? Ich bin kein Mann, der sich mit einem *Nein* abspeisen lässt. Vor allem nicht, weil ich genau weiß, dass dein Herz *Ja* sagt.«

»Bitte, Patrick ...«

»Schlaf heute Nacht bei mir.«

Ich sehe auf in seine blaugrünen Augen, und plötzlich spüre ich, dass wir zusammengehören. Selbst wenn unsere Beziehung keine Zukunft hat, kann ich mich nicht länger gegen ihn wehren. Jedenfalls nicht in diesem Moment.

Patricks Blick bohrt sich in meine Augen, während er mich eng an sich zieht. Unwillkürlich stöhne ich auf, als sich seine Finger in meinen Rücken graben.

Meine Hand gleitet über seine Schulter, und dann küsst er mich so heftig, so leidenschaftlich, dass meine Knie weich werden.

Ich erwidere seinen Kuss, fahre mit meiner Hand durch sein Haar, packe fester zu, ziehe ihn zu mir – ja, ich will ihn, will jede Faser seines Körpers spüren.

Ein heiseres Stöhnen dringt aus seiner Kehle, während seine Hände unter mein T-Shirt gleiten. Einen Augenblick lang löst er seine Lippen von meinen, um mir das T-Shirt über den Kopf zu ziehen und zur Seite zu schleudern.

Dann zieht er mich wieder an seine nackte Brust, öffnet meinen BH mit einer Hand, streift ihn mir über die Arme und lässt ihn zu Boden fallen.

Er wirbelt mich herum, legt die Hände um meine Brüste und presst seine Lippen so nachdrücklich auf meinen Nacken, dass mir unwillkürlich ein heiseres Keuchen entweicht. Während er meinen Nacken liebkost, knetet und streichelt er meine Brüste.

Seine Berührungen sind vollendet, einfach perfekt. Er hat alles unter Kontrolle. Er weiß genau, wie er mich anfassen muss, weiß genau, welche Lust er mir bereitet.

Ich stöhne auf, und ein Schauder überläuft mich, während seine Lippen über meinen Nacken wandern.

Dann hebt Patrick mich auf seine starken Arme und wirft mich grob aufs Bett.

67

O*h!*

Mit einer routinierten Bewegung streift Patrick mir die Leggings ab und dreht mich auf den Bauch; das Gesicht in den Laken vergraben, versuche ich, wieder zu Atem zu kommen.

»Geh auf die Knie und dreh dich um.«

Ich zögere.

»Soll das ein Befehl sein?«, frage ich.

»Ja.« Er zieht mich auf die Knie und dreht mich zu sich herum. Ein Grübchen erscheint in seiner Wange, als er mich angrinst.

Unvermittelt blicke ich auf seinen Schritt und keuche unwillkürlich, als ich die schiere Größe dessen sehe, was sich gegen seine Hose presst.

Seine Finger gleiten durch mein Haar; dann packt er fester zu und hält meinen Kopf still.

O Gott. Nach all der Anspannung wegen Bertie sehne ich mich nach nichts mehr als danach, meinen Gefühlen freien Lauf zu lassen.

Ich zerre an der Kordel seiner Jogginghose, will ihn befreien, ihn in seiner ganzen Pracht vor mir sehen. Als ich die Kordel schließlich löse, höre ich, wie sich sein Atem beschleunigt.

»Sera«, flüstert er, während ich ihn durch den weichen Stoff hindurch streichle.

Ich lasse meine Hand auf und ab gleiten. Ich will ihn spüren.

Als ich aufsehe, hat er die Augen geschlossen, und auf seinen Zügen spiegelt sich angespannte Erwartung.

»Was jetzt?«, raune ich schwer atmend, während ich ihn weiter liebkose.

Er hält die Augen geschlossen, doch nun spielt ein leises Lächeln um seine Lippen.

»Ach, soll ich es dir befehlen? Hol meinen Schwanz raus und nimm ihn in den Mund.«

»Du bist der Boss.«

»Keine Späßchen«, zischt Patrick, als ich die Jogginghose über seine Hüften streife.

»Warum nicht?«, frage ich, greife in seine Boxershorts und befreie seinen Schwanz.

Wow. Mir treten fast die Augen aus den Höhlen, so groß ist er. Ich meine, Wahnsinn. Und nicht nur riesig, sondern auch noch absolut perfekt. Glatt, makellos geformt und hart wie Eis.

»Im Augenblick bin ich nicht dein Boss«, erwidert Patrick.

»Doch, das bist du«, flüstere ich, nehme ihn in die Hand und liebkose ihn mit langsamen, rhythmischen Bewegungen. »Das ist ja das Problem.«

»*O Gott*«, stöhnt Patrick, den Kopf in den Nacken gelegt, die Augen immer noch geschlossen. »Ich würde mich nie … Ich sehe mich nicht als deinen Boss, Seraphina. Darum geht es hier gar nicht – ich bin kein abgefuckter Machtfreak.«

»Worum dann? Sonst bist du doch immer so scharf darauf, mir zu zeigen, wo mein Platz ist.«

Abrupt öffnet Patrick die Augen und packt mein Handgelenk. »Weil es mit mir eben so läuft. Und genau deshalb passt du auch so gut zu mir.«

»Wirklich?«, murmle ich. Es törnt mich unglaublich an, wie seine Finger mein Handgelenk umschließen. »Und wie kommst du auf diese Idee?«

»Weil ich dich besser kenne als du dich selbst«, erwidert Patrick. Er drückt mich aufs Bett, zwingt meine Arme über meinen Kopf.

Ich winde mich unter seinem Gewicht.

»Ich will dich wieder anfassen.«

»Vergiss es. Jetzt bin ich dran.«

Patrick hält meine Handgelenke fest und schiebt seine freie Hand zwischen meine Schenkel.

»Großer Gott«, stöhne ich, während seine Finger in mich hinein- und wieder herausgleiten.

Und dann verschärft er das Tempo, stößt tiefer und fester zu, mit köstlicher Heftigkeit, sodass ich laut stöhne und mich unter ihm aufbäume.

Doch das ist alles, was ich tun kann, weil er meine Arme nach wie vor mit der anderen Hand festhält, während mein Verlangen immer stärker wird.

Patrick stößt seine Finger ganz tief in mich und presst die Hand fest zwischen meine Beine, bis ich einen unterdrückten Lustschrei ausstoße.

Dann lässt er mich los.

»Du bleibst genau so liegen«, befiehlt er. »Beweg dich keinen Zentimeter.«

»Und was, wenn ich es doch mache?«, frage ich, während ich das warme Gefühl zwischen meinen Schenkeln auskoste.

»Dann werde ich dich mir unterwerfen.«

»Das macht mir keine Angst, Patrick Mansfield.«

Ich drehe mich leicht nach links.

»Du forderst es heraus, Seraphina Harper.«

»Ach ja?« Ich rekele mich auf dem Laken.

»Und wie.«

Er tritt zu einer an der Wand befestigten Schiene, an der alle möglichen Ausrüstungsgegenstände hängen, nimmt einen langen braunen Gürtel mit Hirschkopfschnalle, lässt das Leder durch die Finger gleiten und zieht ihn dann so straff, dass es schnalzt. »Aber ich werde dir schon Gehorsam beibringen.«

»Viel Glück«, gebe ich zurück. »Bei dem Versuch haben sich schon ganz andere die Zähne ausgebissen.«

Patrick wirft sich den Gürtel über die Schulter und tritt ans Bett. Dann packt er mich an den Handgelenken und zerrt mich ans Kopfende.

»Oh«, platze ich heraus, als er den Gürtel erst um meine Handgelenke und dann um eine Holzspeiche am Kopfende des Betts schlingt und das Leder mit einem scharfen Schnappen festzieht, das mich unwillkürlich die Beine zusammenpressen lässt.

Ich winde mich, strample, zerre an der Lederfessel.

»Das wolltest du also die ganze Zeit, Patrick?«, frage ich, während er mich von allen Seiten begutachtet. »Mich endlich gefesselt und wehrlos zu sehen?«

»Es geht nicht darum, dass du wehrlos bist«, knurrt er. »Sondern darum, dass ich dich beherrsche. Und dass es dich antörnt. Auch wenn du es nicht zugeben willst.«

Ich lache. »Ich kann alles Mögliche zugeben.«

»Dann gib zu, dass dich das hier heiß macht.«

»Okay. Ich geb's zu. Aber gibst du auch zu, dass wir keine Zukunft haben? Dass es mit dem Boss und der Nanny nichts werden kann?«

»Nicht schon wieder die Boss-Leier. Ich finde das nicht lustig.«

»Ich schon. So hatte ich mir meinen neuen Job eigentlich nicht vorgestellt – ich, nackt und gefesselt im Schlafzimmer von meinem Boss.«

»Ich habe dir doch gesagt, dass ich das Wort nicht mehr hören will.«

»Boss?«, frage ich unschuldig.

»Du hast es so gewollt.« Patrick macht kehrt und kommt kurz darauf mit einem weißen Taschentuch zurück.

Er tritt ans Bett, knebelt mich und knotet das Taschentuch hinter meinem Kopf fest zusammen.

»Mmph!« Empört winde ich mich hin und her.

Patrick lacht. »Ich hätte dich gleich knebeln sollen. Das hätte mir eine Menge Kopfschmerzen erspart.«

Ich werfe ihm einen finsteren Blick zu, doch das Taschentuch zwischen meinen Zähnen erregt mich nur noch mehr.

Dieser verdammte Neandertaler! Elender Macho! Und trotzdem sehne ich mich so sehr danach, ihn zwischen meinen Beinen zu spüren. Warum lässt mich mein Körper nur derart im Stich?

Patrick beugt sich über mich, streicht mir sanft über die Wange. »Wenn es dir nicht gefällt, binde ich dich sofort wieder los. Es ist nur ein Spiel.«

Ich merke, wie sich meine Augen zu Schlitzen verengen.

O Gott!

Der Mistkerl. Es ist so unglaublich sexy. Und er weiß genau, wie sehr mich das alles anmacht.

68

Nicke einfach, wenn ich dich losmachen soll«, sagt er.

Ich verpasse ihm einen saftigen Tritt gegen den Oberschenkel, um ihm zu verstehen zu geben, was ich von seinem Vorschlag halte.

»Es wird Zeit, dass dir jemand Manieren beibringt, junge Dame.« Sein Lächeln bringt mich schier auf die Palme.

Heftig zerre ich an dem Lederriemen, der sich prompt noch enger um meine Handgelenke zieht, und gleichzeitig wird mir immer heißer zwischen den Schenkeln.

Patrick schiebt eine Hand unter meine Knie und hebt meine Beine an, sodass sich mein Hinterteil von der Matratze löst. Dann holt er mit der anderen Hand aus und lässt sie auf meine Pobacke niedersausen.

»*Oh*«, stoße ich heiser hervor, noch bevor seine Hand mich überhaupt berührt.

Mein ganzer Körper erschauert in freudiger Erwartung, und ich spüre, wie ich feucht werde.

Doch gerade, als ich das Klatschen, das Brennen auf meiner Haut erwarte, hält Patrick unvermittelt inne – nur Zentimeter vorher bremst er den Schlag abrupt ab.

»*O Gott*«, stöhne ich in das Taschentuch.

Patrick lächelt und massiert mit kräftigen Bewegungen meine Pobacken. Dann holt er erneut aus, und diesmal bremst er den Schlag nicht vorher ab.

Zack!

»Ah«, schreie ich in den Knebel und strample wild mit den Beinen.

Er verpasst mir noch drei feste Schläge, ehe seine Hand zwischen meine Beine gleitet und seine Finger mich erkunden.

Ich halte es nicht mehr aus.

Ich höre, wie er ein Kondompäckchen aufreißt, und registriere, wie er mit der Hüfte meine Schenkel auseinanderdrückt. Er legt meine Füße auf seine Schultern, streckt die Hand aus und lockert den Knebel.

»Ich will meinen Namen von dir hören, wenn du kommst«, flüstert er mit tiefer, kehliger Stimme.

Und ehe ich widersprechen kann, ist er in mir, stößt hart und rhythmisch zu, während das Bett sich mit uns zu bewegen beginnt.

»O Gott«, presse ich hervor, während ich vergeblich meine Handgelenke zu befreien versuche. »O Gott, Patrick, o Gott.«

Er stößt mich härter, tiefer und tiefer, spreizt meine Beine weiter und weiter auseinander. Die Finger seiner einen Hand vergraben sich in meinem Haar, mit der anderen knetet er meine Brüste.

Bei jedem Stoß stöhnt er laut auf. Er hat die Augen geschlossen, und seine Züge sind verzerrt vor Lust und Zärtlichkeit.

»Jetzt gehörst du mir. Sag es. Sag mir, dass du mir gehörst. Ich will hören, wie du es sagst.«

»Ich gehöre dir«, bricht es aus mir heraus. Ich bin vollkommen eins mit ihm. »Ich gehöre dir, ich gehöre dir, ich gehöre dir.«

Patrick rammt sich so heftig in mich hinein, dass das Bett zu wackeln anfängt.

Ich bäume mich auf, recke mich ihm entgegen.

Als er seine Finger zu Hilfe nimmt und mich zwischen den Beinen zu streicheln beginnt, kann ich nicht mehr an mich halten.

Patrick ist gnadenlos. Er massiert mich weiter, während er sich immer wieder in mich hineinbohrt.

»O Gott, ich komme!«

Meine Füße, die nach wie vor auf seinen Schultern liegen, wippen im Rhythmus seiner Bewegungen. Ich glühe vor Lust, und mein ganzer Körper ist wie elektrisiert.

»O Patrick«, stöhne ich, als sich der Höhepunkt ankündigt. »Ich gehöre dir. Ja, ich gehöre dir.«

Die Welt um mich herum explodiert, und ich zerre wild an dem Ledergürtel, will die Arme um Patrick schlingen, ihn eng an mich pressen. Aber natürlich geht das nicht.

Patrick legt sich mit seinem ganzen Gewicht auf mich und stößt noch einige Male zu, bevor er ebenfalls kommt. Stöhnend krallt er die Finger in meine Pobacken und ergießt sich in mich.

Er streift meine Füße von seinen Schultern, zieht mich eng an sich und streckt die Hand nach dem Ledergürtel aus, um die Fessel zu lösen.

Kaum hat er mich befreit, schlinge ich die Arme und Beine um seinen muskulösen Rücken und spüre das wunderbare Gewicht seines Körpers, der mich in die Kissen drückt.

69

Er riecht so herrlich.

O Gott. Könnte man seinen Duft in Flakons abfüllen, würde ich ihn den ganzen Tag mit mir herumtragen. Er ist wie die Berge draußen, wie der Bach, so kühl, klar und winterlich wie frisch gefallener Schnee.

Patricks Lippen sind an meinem Ohr. »Du schläfst heute Nacht hier. Das ist dir doch klar, oder?«

»Hier?«, murmle ich. »In deinem Schlafzimmer?«

»Ja.«

»Aber …«

»Kein Aber.« Patrick streicht über meine Lippen. »Du willst doch nicht, dass ich dich noch mal kneble.«

Ich lache und wehre seine Finger ab. »Sehr witzig.«

»Glaub bloß nicht, ich würde es nicht tun. Vor allem weil ich ja jetzt weiß, wie sehr du darauf stehst.«

Ich ziehe eine Augenbraue hoch. »Wer sagt das?«

»Ich habe dich nicht nicken sehen.«

»Vielleicht hast du nicht genau genug hingesehen.«

Patrick beugt sich über mich und sieht mich an. Sein Blick ist sanfter, weniger wachsam und durchdringend als sonst. »Glaub mir, ich habe dich sehr genau beobachtet. Vom ersten Moment an, seit du hier aufgetaucht bist.«

»Seit meiner Ankunft?«

Patrick nickt.

Plötzlich kommt mir ein Gedanke. »Warst du das am Fenster?«, frage ich. »Als ich hier angekommen bin?«

Patrick runzelt die Stirn. »Du hast jemanden am Fenster gesehen?«

»Ich dachte es. Vielleicht habe ich es mir aber auch nur eingebildet.«

»Wo? An welchem Fenster?«

»Gleich über dem Haupteingang, in dem Turm links davon.«

Abermals zieht Patrick die Stirn in Falten. »Du meinst den Westturm.«

»Den Westturm?« Jetzt runzle ich ebenfalls die Stirn. »Hm, ja, aber ich dachte, der Westturm sei verschlossen.«

»Sollte er eigentlich auch sein.« Patrick lächelt.

»Also warst du es?«

»Nein«, erwidert Patrick. »Als ich dich zum ersten Mal gesehen habe, hattest du dich verirrt und dir den Fuß vertreten, wenn ich mich recht erinnere. Ach ja, und gesungen hast du. Und seitdem habe ich dich im Auge behalten.«

»Im Auge behalten? Oder gestalkt?«

»Beides, wenn du so willst«, räumt Patrick ein. »Zu deinem Schutz.«

»Wer sagt denn, dass ich einen Beschützer brauche?«

»Ich sage das.« Dieser durchdringende Ausdruck tritt wieder in seine Augen, während er mir ein paar Strähnen aus der Stirn streicht. »Jedenfalls bleibst du heute Nacht bei mir. Das ist ein Befehl. Ich kann dich jetzt nicht gehen lassen.«

»Tja, wenn der Boss das sagt, muss ich ja wohl …«

Patrick verpasst mir einen spielerischen Klaps auf den Po. »Wie oft soll ich es dir noch sagen? Das B-Wort will ich nicht mehr hören.«

Ein Grinsen schleicht sich auf mein Gesicht. »Wie soll ich es mir denn verkneifen, wenn ich dich damit so schön ärgern kann?«

»Ach, du ärgerst mich also gern?«

»Aber hallo!«

»Und warum, wenn ich fragen darf?«

»Weil ich dir damit zeigen kann, dass ich keine Angst vor dir habe.«

Patrick küsst mich auf den Mund. »Und ich mag es, dass du dich nicht einschüchtern lässt.«

Plötzlich habe ich einen Kloß in der Kehle. »Patrick, ist das alles nur ein großes Spiel für dich?«

Patrick zuckt mit seinen breiten Schultern. »Keineswegs. Wir beide sind füreinander bestimmt. Daran führt kein Weg vorbei, Seraphina. Und wenn du noch einmal vor mir fliehen solltest, werde ich dich finden.«

Ich lache. »Und du behauptest, du bist kein Stalker.«

»Man kann nur jemanden stalken, der nicht behelligt werden will. Willst du mir etwa erzählen, du wärst in der Lage, alldem hier einfach den Rücken zu kehren und mich im Stich zu lassen? Würdest du es über dich bringen, nach London zurückzugehen und so zu tun, als wäre das zwischen uns nur eine unbedeutende Affäre? Als würde ich dir nichts bedeuten?«

»Ich habe darüber nachgedacht, ob ich nicht lieber meine Sachen packen soll.« Ich beiße mir auf die Unterlippe. »Und gäbe es Bertie nicht, hätte ich es vielleicht auch gemacht.«

»Ich hätte dich aufgespürt, verlass dich drauf. Lass endlich los, Seraphina. Es wird Zeit, dass du die Waffen streckst.«

»Dass ich die Waffen strecke? Geht es vielleicht auch ein bisschen romantischer?«

»Wenn du nach Romantik suchst, bist du bei mir an der falschen Adresse«, gibt Patrick zurück. »Aber wenn dir etwas an wahrer Zuneigung liegt, an Hingabe und …«

»Im Ernst, Patrick. Was hätten wir für eine Zukunft? Du bist ein Lord. Und ich ein Niemand. Was für ein Leben würden wir zusammen führen? Ich komme nicht aus deiner Welt. Ich verstehe sie nicht, ebenso wenig wie du meine Welt begreifst.«

»Was gibt es an meiner Welt zu verstehen?«

»Eine ganze Menge. Ich bitte dich, Patrick. Wir sind grundverschieden.«

»Und uns doch so ähnlich. Wenn du mehr über meine Welt wissen willst, kann ich es dir beibringen. Und ich würde auch gern mehr über deine Welt erfahren.«

»Genau davor graut mir.«

»Warum?«

Ich wende mich ab. »Weil du mich vielleicht nicht mehr willst, wenn du mehr über meine Welt herausfindest.«

»Was denn zum Beispiel?« Er legt die Finger um mein Kinn und zwingt mich, ihn anzusehen.

»Na ja.« Ich schlucke. »Meine Familie ist eine einzige Katastrophe. Ich habe mich aus dem Staub gemacht, sobald es möglich war, und meiner kleinen Schwester ersetze ich quasi die Eltern. Nicht dass es mir etwas ausmachen würde, überhaupt nicht. Ich kümmere mich schon mein ganzes Leben lang um sie, und ich tue es wirklich gern.«

»Ich weiß Bescheid über deine Schwester«, sagt Patrick. »Sie heißt Wila und geht auf die Prince-Regent-Ballettakademie. Sie wohnt bei dir, seit du sechzehn bist, und du hast die Stelle hier angenommen, um ihre Schulgebühren bezahlen zu können.«

Einen Moment lang bleibt mir der Mund offen stehen. »Woher … woher weißt du das?«

Patrick stößt ein trockenes Lachen aus. »War dir nicht klar, dass ich mich eingehend über dich informieren würde? Ein guter Jäger weiß alles über seine Beute.«

»Seine *Beute*?« Ich versuche, mich aus seinen Armen zu winden. »Bin ich nichts weiter für dich? Irgendein Mädchen, das in deine Falle tappt? Das man ein bisschen umgarnt, bis es mit einem ins Bett steigt? Wie viele andere Frauen hast du auf diese Weise schon *erlegt*?«

»Keine.«

»Ach, bisher gab es also noch nie eine Frau für dich?« Meine Stimme trieft vor Sarkasmus. »Seltsam. Dafür scheinst du dich ja ziemlich gut auszukennen.«

Mir ist bewusst, wie gemein ich bin, aber die Eifersucht hat mich mit einem Mal im Würgegriff und lässt mich nicht mehr los.

70

Du bist die erste Frau, nach der ich so *verrückt* bin«, sagt Patrick. »Ich muss ununterbrochen an dich denken. Ich beobachte dich pausenlos, verfolge alles, was du tust. Ich bin davon besessen, dich zu beschützen. Und deshalb habe ich versucht, möglichst viel über dich in Erfahrung zu bringen.«

Ich halte inne. »Wie hast du all das über mich herausgefunden?«

»Das war einfach. Als Erstes habe ich einen meiner Leute das Wählerverzeichnis checken lassen. Wir haben herausgefunden, wann du wo gelebt hast. Und als wir die Namen hatten, war es nicht besonders schwierig, mehr über deine Familie herauszukriegen.«

»Und was hast du noch herausgefunden?« Meine Stimme hallt schrill in meinen Ohren wider. »Weißt du, dass ich eine verrückte, total chaotische Mutter habe, die ständig bloß Schulden hat und sich von einem Gelegenheitsjob zum nächsten hangelt? Und einen ständig bekifften Stiefvater, den ich nicht ausstehen kann?«

»Das eine oder andere ist mir durchaus zu Ohren gekommen«, erwidert Patrick leise.

»Aber das ist noch lange nicht alles.« Ich bin kurz davor, in Tränen auszubrechen. »Mein Bruder wandert alle naslang ins Gefängnis. Und ich habe keine richtige Ausbildung, keinen Abschluss, und wenn der Job hier gelaufen ist, habe ich keine ernsthaften Aussichten auf etwas Neues. Ich bin ein Niemand, Patrick. Und wenn du bereits so viel über mich weißt, wieso um alles in der Welt hast du mich nicht längst in die Wüste geschickt?«

»Du bist kein Niemand«, widerspricht Patrick streng. »So was will ich nie wieder hören, Seraphina. Deine Familie, deine Ausbildung und all das sind mir völlig egal. Das Einzige, was für mich zählt, bist du. Ich will dich, und zwar mit Haut und Haar – selbst das von dir, was nicht perfekt ist.«

Ich merke, wie ich trotz der Tränen in meinen Augen lächeln muss. »Was? Ich bin nicht perfekt? Wie kannst du so etwas sagen?«

»Du bist alles andere als perfekt.« Patrick lächelt ebenfalls, wenn auch nur halbherzig. »Du machst nicht, was man dir sagt, du willst nicht hören, du widersetzt dich mir ständig – und trotzdem liebe ich dich über alles.«

Ein ersticktes Seufzen dringt aus meiner Kehle. Ich lasse mich in die Kissen zurücksinken und spüre, wie Patrick die Arme um mich schlingt.

»Patrick ...«

»Lass los, Seraphina. Lass einfach zu, dass ich an deiner Seite stehe und dich beschütze. Ich werde dich nicht im Stich lassen, mein Wort darauf. Was auch immer ich über dich herausfinden könnte – nichts auf der Welt würde dich in meinen Augen weniger wunderbar erscheinen lassen.«

Mit Tränen in den Augen sehe ich ihn an.

»Warum fällt es mir nur so schwer, dir zu glauben?«

»Weil du Angst hast.«

»Ja«, gebe ich zu. »Ein Mann wie du weiß bestimmt, wie sich Angst anfühlt.«

»Nur zu genau.«

»Wovor fürchtest du dich, Patrick Mansfield?«

»Davor, dass du mich verlassen könntest.«

»O Patrick. Und was sollen wir jetzt machen?«

»Erst mal zusammen einschlafen, hier in diesem Bett.

Morgen früh hast du wieder einen klaren Kopf, wirst endlich begreifen, dass ich der Mann deines Lebens bin, und dich mir öffnen.«

»Das ist ein bisschen viel verlangt nach nur einer Nacht.«

»Möglich. Aber tief in deinem Innern weißt du längst, dass ich recht habe. Wir sind füreinander bestimmt, Seraphina.«

Er zieht mich eng an sich, sodass sich unsere Nasen beinahe berühren; dann streckt er die Hand aus, nimmt die Decke vom Boden und wirft sie über uns.

Ich spüre seinen harten, durchtrainierten Körper neben mir, fühle mich sicher, warm und beschützt. Es ist ein wunderbares Gefühl. Hier bei ihm zu sein – es fühlt sich richtig an, auch wenn mir eine innere Stimme sagt, dass nicht sein kann, was nicht sein darf.

Ich schmiege meine Wange an Patricks Brust.

Ja, er hat recht, denke ich. Ich verschließe mich ihm nach wie vor. Ich habe immer noch Angst, obwohl ich im tiefsten Innern ganz genau weiß, dass alles stimmt, was er mir gesagt hat. Aber das heißt noch lange nicht, dass es am Ende auch funktioniert.

71

Als ich am nächsten Morgen aufwache, fühlt sich die Welt ganz anders an.

Ich sehe die Dinge einfach nicht so, wie Patrick es gern hätte. Doch während ich in seinen Armen liege und seine geschlossenen Lider betrachte, spüre ich eine ungewohnte Wärme in mir. Und plötzlich bin ich mir nicht mehr so sicher – vielleicht, ganz vielleicht haben wir ja doch …

Bist du verrückt?, meldet sich eine leise Stimme in meinem Kopf.

Ja, vielleicht bin ich verrückt. Aber die Welt ist eben ein verrückter Ort.

Ich spüre, wie Patrick die Arme fester um mich schlingt, dann schlägt er die Augen auf.

»Du bist ja schon wach«, murmelt er und streicht mir sanft über die Wange. »So war das eigentlich nicht gedacht.«

»Was?«

»Dass du vor mir aufwachst.«

»Warum nicht?«

»Einfach so.«

»Wachst du immer vor den Frauen auf, mit denen du die Nacht verbracht hast?« Die Worte wollen mir fast im Hals stecken bleiben.

»Immer.«

Igitt. Ich stelle mir Patrick nur höchst ungern mit anderen Frauen vor.

Oje. Ich stecke in der Patsche. Aber das wusste ich im Grunde schon, seit ich Patrick zum ersten Mal gesehen habe – ohne Hemd, mit glitzernden Schneeflocken auf seiner Haut.

»Was waren das für Frauen?«, höre ich mich fragen.

Ich versuche, so unschuldig wie möglich zu klingen, als wäre es mir völlig egal. Aber Patrick fällt nicht darauf herein.

»Bist du eifersüchtig?« Seine wohlgeformten Lippen verziehen sich zu einem Lächeln.

»Nein«, lüge ich.

»Von wegen.« Patrick drückt mich fest an seine Brust. »Du bist eifersüchtig, Seraphina Harper. Und das macht mich glücklich. Weil du damit nämlich zugibst, dass ich dir etwas bedeute. Aber andere Frauen spielen keine Rolle für mich. Haben sie noch nie getan.«

»Andere Frauen spielen keine Rolle für dich?«

»Nicht so wie du.«

Ich schüttle den Kopf. »Du willst mir ernsthaft erzählen, in deinem ganzen Leben hätte dir keine Frau je etwas bedeutet?«

Patrick zuckt mit den Schultern. »Nicht ernsthaft.«

»Aber du musst doch ein paar Beziehungen gehabt haben.«

»Ich habe sie nie ernst genommen.« Er zwinkert aufreizend, und ich schnappe mir ein Kissen und ziehe es ihm über den Kopf. »Du arroganter Mistkerl!«

Sanft ergreift Patrick mein Handgelenk. »Aber ein Mistkerl, der die Wahrheit sagt.«

Ich lasse das Kissen fallen. »Du hast also unzählige arme Frauen nach Strich und Faden belogen?«

»Ganz im Gegenteil. Ich bin zu allen stets ehrlich gewesen. Was Frauen gern glauben wollen, steht auf einem anderen Blatt.«

»Und Margaret Calder?« Plötzlich will ich es unbedingt wissen. »Warst du mit ihr zusammen?«

»Nein.« Patrick stützt sich auf den Ellbogen. »Da können sie und ihre Mutter noch so oft das Gegenteil erzählen.«

»Also keine Hochzeit ganz in Weiß?«

»Das will ich nicht hoffen.«

»Ich verstehe es trotzdem nicht, Patrick. Jemand wie Margaret Calder … Sie kennt deine Welt. Sie ist gebildet, weiß sich auszudrücken, kennt sich mit Algebra aus. Wieso interessierst du dich für jemanden wie mich, wenn du so eine Klassefrau haben kannst?«

Patrick lacht. »Glaubst du, mir wäre es wichtig, dass sich eine Frau mit Algebra auskennt?«

Ich erröte. »Ich weiß nicht, warum ich das gesagt habe. Ich weiß nicht mal genau, was Algebra ist. Aber du hast meine Frage nicht beantwortet: Warum ich?«

»Weil du es eben bist.«

Ich muss lachen. »Ich bitte dich, Patrick. Ich habe nicht mal einen Schulabschluss. Wie kommst du auf die Idee, wir würden gut zueinander passen? Du hast die Schule doch bestimmt mit Auszeichnung abgeschlossen.«

»Das wurde auch von mir erwartet.« Patrick mustert mich forschend. »Aber das heißt noch lange nicht, dass es für mich irgendeine Bedeutung hat.«

»Was bedeutet dir denn etwas?«

»Du. Meine Mutter. Meine Schwester. Bertie. Das Schloss.«

Plötzlich habe ich einen Kloß im Hals. »Patrick …«

»Akzeptiere es einfach, Seraphina. Es ist die Wahrheit.« Er lässt sich auf das Kissen zurücksinken. »Was bedeutet dir denn etwas? Wen liebst du?«

Dich, liegt mir auf der Zunge. Aber ich bringe es nicht über die Lippen. Dafür ist es zu früh. Ich bin noch nicht bereit. Außerdem glaube ich genau zu wissen, was passiert, sobald ich die drei Worte ausspreche – dass Patrick erkennen wird, was ich in Wahrheit bin.

Ein armes Mädchen aus Camden.

»Ich liebe meine kleine Schwester«, antworte ich also. »Es ist mir wichtig, dass sie die Ballettakademie zu Ende bringt. Sie hat Talent. Ich könnte es nicht ertragen, dass es verkümmert, nur weil das Geld für die Ausbildung fehlt. Und mein Bruder liegt mir auch am Herzen, aber mit ihm ist es nicht so einfach, weil er sich selbst irgendwie egal ist. Und das tut mir weh.«

»Und wie stehst du zu deinen Eltern?«, fragt Patrick.

»Natürlich liebe ich meine Eltern, auch wenn meine Mutter es mir manchmal echt schwer macht. Sie hat eine ganze Reihe von Fehlentscheidungen getroffen. Entscheidungen, die nicht gut für Wila waren. Aber deswegen ist sie kein schlechter Mensch oder so. Sie hat einfach nicht die nötige Reife für eine Mutter.«

»Ich würde deine Familie gern kennenlernen«, sagt Patrick.

Ich lache wieder, doch dann geht mir auf, dass er es ernst meint. »Hör auf, Patrick. Meine Familie ist eine Katastrophe. Wila nicht, aber wir anderen schon – ich eingeschlossen.«

»Deine Familie ist Teil deines Lebens. Ich würde sie wirklich gern kennenlernen.«

Er meint es tatsächlich ernst.

»Irgendwann vielleicht.« *Eines Tages in hundert Jahren …*

Ich werfe einen Blick auf meine Uhr. »Schon fast sechs. Bertie wird bestimmt gleich wach.«

Patrick lacht. »Ich bin dir zu nahe gekommen, stimmt's? Und jetzt ergreifst du die Flucht. Vergiss deinen gläsernen Schuh nicht, Cinderella.«

72

Ich …«

»Geh schon. Ich werde dich nicht von der Arbeit abhalten. Jedenfalls nicht, wenn du heute Nacht wieder zu mir zurückkommst.«

Ich steige aus dem Bett und suche meine Sachen zusammen. »Ich brauche frische Unterwäsche«, sage ich leise.

»Unsinn«, gibt Patrick zurück. »Du riechst wunderbar.«

»Ich möchte einfach etwas Frisches anhaben.«

»Ich hätte da etwas für dich.«

Stirnrunzelnd drehe ich mich zu ihm um. *»So?«*

Patrick schwingt sich aus dem Bett und geht zu seiner Kommode.

Ach, wie schön er ist. So schön wie eine griechische Statue. Breite Schultern, perfekt modellierte Muskeln und glatte hellbraune Haut. Und wie groß er ist!

»Hier.« Patrick nimmt ein Paar Boxershorts aus der Kommode und wirft sie mir zu. »Versuch's mal damit.«

Beim Anblick der karierten Unterhose in meiner Hand muss ich lachen. »Mit Schottenmuster? Hast du mit jemandem gewettet?«

»Keineswegs. Das ist meine Lieblingsunterhose.«

»Wieso das?«

»Mein Bruder hat sie mir geschenkt, bevor ich in den Irak gegangen bin. Sie sollte mich an zu Hause erinnern. Vielleicht bewirkt sie ja dasselbe auch bei dir.«

»Oh.« Ich spüre, wie mein Lächeln verfliegt.

»Jetzt zieh sie schon an.« Patrick tritt auf mich zu. »Sie steht dir bestimmt gut.« Er lässt eine Strähne meines roten Haars zwischen seinen Fingern hindurchgleiten.

Nun muss ich doch wieder lachen. »Na schön. Immer noch besser als das getragene Höschen von gestern.«

Ich ziehe die Boxershorts an und schlüpfe in meine Leggings.

Dann bücke ich mich, um meinen Slip aufzuheben, doch Patrick kommt mir zuvor.

»Darum kümmere ich mich«, sagt er.

Ich ziehe eine Braue hoch.

»Zur Erinnerung an die Nacht, in der du dich mir beinahe geschenkt hättest.«

»Beinahe? Was soll ich denn noch tun?«

»Ganz einfach. Sag, dass du mir gehören willst. Für immer.«

Ich schüttle den Kopf. »Ich kann mir nicht vorstellen, wie das funktionieren sollte, Patrick.«

»Dann streng dich an.« Er klingt fast aufgebracht, ehe er den Blick von mir abwendet. »Na los, geh schon. Bertie wartet auf dich. Am besten gehst du erst mal in dich. Ich kann dich nicht zu etwas zwingen, das du nicht willst. Aber du musst dich mir öffnen, sonst hat alles keinen Sinn.«

»Ich weiß, es ist kompliziert«, gebe ich zu. »Hab Geduld mit mir, Patrick. Ich versuche ja, über meinen Schatten zu springen. Aber im Moment steht so viel auf dem Spiel.«

»Komm heute Nacht wieder zu mir. Das ist ein Befehl.«

»Ich …«

»Heute Nacht«, wiederholt er.

»Gib mir Zeit, Patrick. Ich muss nachdenken.«

»Du hattest schon jede Menge Zeit.«

»Aber nicht genug.«

73

Diesmal fällt es mir noch schwerer als sonst, Patrick zu verlassen. Es ist, als wäre mein Herz ein klein wenig mit seinem zusammengewachsen, und es schmerzt, mich von ihm lösen zu müssen. Aber jetzt muss ich mich um Bertie kümmern, das hat oberste Priorität.

Auf dem Korridor beschleicht mich ein seltsames Gefühl –

so, als würde ich von jemandem beobachtet. Und nicht von Patrick, sondern von jemand anderem. Als ich mich umsehe, glaube ich aus dem Augenwinkel einen Schatten wahrzunehmen. Aber vielleicht täusche ich mich auch.

Nein, da ist nichts.

Wahrscheinlich sehe ich bloß Gespenster.

Tausend Dinge gehen mir durch den Kopf, während ich zu Berties Zimmer eile.

Ich brauche Zeit, aber es fällt mir mit jedem Mal schwerer, von Patrick getrennt zu sein. Ein Gefühl der Leere ergreift Besitz von mir, und in den Korridoren scheint es kälter und kälter zu werden, je weiter ich mich von seinem Zimmer entferne.

Schlagartig wird mir klar, dass es zwischen uns beiden um so viel mehr als um Sex geht. Gefühle wie für Patrick habe ich noch nie in meinem Leben empfunden. Und die Vorstellung, nach London zu gehen und ihn nie wiederzusehen …

Okay – ich will gar nicht leugnen, wie sehr er mich körperlich anzieht. Aber wer würde sich nicht von Patrick Mansfield angezogen fühlen? Er ist ein Bild von einem Mann mit dem Körper eines Modellathleten und einem Brustkorb, mit dem man Güterzüge aufhalten könnte. Aber es geht um mehr.

Ich weiß nicht, warum. Ich kann es nicht erklären. In Wahrheit kenne ich ihn ja kaum. Und doch ist er mir so vertraut.

In diesem Moment geht mir auf, dass Sharon recht hat. Es macht mir Angst, dass er ein richtiger Mann ist, kein Junge, der bloß gern einer wäre. Ich bin es nicht gewohnt, dass mich jemand beschützen will.

Schließlich stehe ich vor Berties Zimmertür, immer noch in meinen Gedanken versunken. Doch als ich die Tür öffne, trifft mich fast der Schlag.

Bertie ist nicht da. Schon wieder.

Stirnrunzelnd blicke ich auf das akkurat gemachte Bett und die ordentlichen Bücherstapel auf dem Nachttisch.

»Bertie?«, rufe ich, aber niemand antwortet.

Die Tür zum Badezimmer steht offen, doch auch dort ist keine Spur von ihm zu entdecken.

Meine Kehle schnürt sich zusammen.

Ich mache auf dem Absatz kehrt und laufe los.

»Bertie!«, rufe ich immer wieder, während ich den Korridor hinunterrenne. »Bertie!«

Als ich den großen Saal erreiche, bin ich kurz davor, in Panik auszubrechen. Alle möglichen Schreckensszenarios wirbeln durch meinen Kopf. Bertie ist wieder in den Wald gegangen und hat sich verletzt … Bertie hat sich auf eigene Faust ins Dorf aufgemacht und …

Ich bin drauf und dran, zu Patrick zurückzulaufen und ihn um Hilfe anzuflehen, als ich am großen Saal vorbeikomme. Und da sitzt Bertie, vor sich ein Schälchen Cornflakes.

»Bertie!« Ich stürze zu ihm. »Gott sei Dank! Du warst nicht in deinem Zimmer. Ich habe mir solche Sorgen gemacht.«

Aus der Küche dringt das Klappern von Geschirr, und Vicky ruft: »Sera? Alles in Ordnung, Süße?«

»Ich habe mir nur Sorgen um Bertie gemacht.« Ich versuche, wieder zu Atem zu kommen. »Aber alles ist okay. Gott sei Dank ist er ja hier.«

»Und er isst!« Vickys rosiges Gesicht erscheint in der Durchreiche. »Sieh nur.« Sie zeigt auf das Schälchen mit den Cornflakes, und jetzt bemerke ich auch den Löffel in Berties Hand.

»Wow!« Ich setze mich zu Bertie. »Das ist ja toll. Du bist selbst hier heruntergekommen, weil du Hunger hattest?«

Bertie nickt.

»Magst du vielleicht noch etwas anderes probieren, wenn du mit den Cornflakes fertig bist? Vielleicht ein paar Eier oder so?«

Wieder nickt Bertie, und ich strahle ihn an.

Ich sehe zur Durchreiche. »Vicky? Kannst du noch ein paar hart gekochte Eier und Toast machen?«

74

Mit wachsender Freude sehe ich zu, wie Bertie ein hart gekochtes Ei und Toast verputzt, dann noch einen Toast und zu guter Letzt einen Teller mit Würstchen, Sauce und Tomaten.

Anscheinend hat er eine Menge nachzuholen.

»Toll gemacht«, lobe ich ihn, als er aufgegessen hat. »Wie wär's, wenn wir einen kleinen Spaziergang machen? Damit das Frühstück nicht so schwer im Magen liegt.«

Mit einem Nicken legt er Messer und Gabel beiseite, gibt einen kleinen Rülpser von sich, und dann macht er etwas, was er in meiner Gegenwart noch nie gemacht hat.

Er kichert.

Es ist ein wundervoller, heller Laut, und ein spitzbübisches Lächeln erhellt seine sonst so missmutigen Züge.

Ich stütze das Kinn in die Hände. Bertie feixt.

»Wollen wir los? Ausnahmsweise schneit es gerade nicht. Komm, wir …«

Ich halte mitten im Satz inne, als Bertie unvermittelt die Augen aufreißt und über meine Schulter blickt.

Als ich mich umdrehe, sehe ich Agnes Calder, die gerade den großen Saal betritt.

Wie gewohnt ist ihr Haar straff zurückgekämmt, sodass ihre fahle Haut wirkt, als würde sie jede Sekunde zerreißen. Sie hat die Arme vor der Brust verschränkt, und ihre Augen blitzen ungehalten, während sie auf mich zumarschiert kommt.

»Seraphina, ich muss mit Ihnen sprechen.«

»Auch Ihnen einen wunderschönen guten Morgen, Mrs Calder.«

Mrs Calders Augen verengen sich zu Schlitzen. »Nicht jeder kann sich mit Nettigkeiten aufhalten. Manche Menschen müssen arbeiten.«

»So wie ich auch.«

Mrs Calder wirft einen kurzen Blick auf Bertie. »Auf einen Fünfjährigen aufzupassen kann man wohl kaum als harte Arbeit bezeichnen.«

»Sie vielleicht nicht«, erwidere ich lächelnd. »Aber ich nehme meinen Job sehr ernst.«

»Wie auch immer.« Mrs Calders Arme schließen sich noch fester um ihre Brust. »Ich wollte mit Ihnen reden.« Sie versucht, sich ein Lächeln abzuringen, bringt aber nur eine runzelige Grimasse zustande.

»Okay«, sage ich vorsichtig, während ich mich frage, was jetzt wohl kommen mag. Mrs Calder lächeln zu sehen ist eine äußerst seltsame Erfahrung.

»Sie haben Ihre Sache gut gemacht, aber …« Wieder versucht sie sich an einem Lächeln. »Sie sind hier sicher nicht glücklich. Ich meine, Sie kommen schließlich aus London und müssen sich doch zu Tode langweilen.«

Sie deutet auf meine Klamotten – ich trage ausgefranste Jeans-Shorts und Strumpfhose, dazu einen roten Sweater mit Kreuzen, die ich selbst daraufgenäht habe.

»Sie haben bestimmt keine Lust, hier draußen am Ende

der Welt festzusitzen. Ganz ehrlich, diese Einöde hat einer jungen Frau wie Ihnen doch nichts zu bieten, außerdem müssen Sie schreckliches Heimweh nach Ihrer Familie haben.«

Unwillkürlich beiße ich mir auf die Unterlippe, weil ich plötzlich an Wila denken muss. Sie fehlt mir unendlich. Aber sie wird eben erwachsen und kriegt das alles auch allein hin. Sie braucht mich nicht mehr so sehr wie früher. Ein bisschen bedaure ich das sogar, doch Bertie ist auf meine Hilfe weit mehr angewiesen. Er braucht mich wirklich, und ich will ihn jetzt nicht allein lassen.

»Ich bleibe hier bei Bertie.« Ich lege den Arm um seine Schultern.

»Ich glaube nicht, dass das für Bertie förderlich ist«, erwidert Mrs Calder.

»Ich schon.«

»Ich habe bereits mit Dirk gesprochen. Er ist der Meinung, dass der junge Herr eine Luftveränderung braucht.«

»Wo soll er denn nun schon wieder hin?« Hart und kalt kommen die Worte über meine Lippen.

»Zurück zu seinem Großvater. Er wird wieder bei Dirk wohnen. Wir müssen nur noch Berties Mutter davon überzeugen.«

Das Herz schlägt mir plötzlich bis zum Hals. »Sie wollen ihn von hier fortschicken? Ausgerechnet jetzt, da er langsam Fortschritte macht? Er kann seinen Großvater nicht leiden. Es ist doch offensichtlich, dass …«

»Ob der Junge hier im Schloss bleibt oder nicht, haben Sie nicht zu bestimmen.«

»Aber Dirk Mansfield genauso wenig.« Ich stehe auf und stemme die Hände in die Hüften. »Das kann allein Berties Mutter entscheiden.«

»Anise wird es schon einsehen. Im Augenblick hat sie sich seltsamerweise darauf versteift, dass der Junge so lange hierbleiben soll, wie Sie hier sind. Aber sie wird einlenken, wenn Sie das Schloss verlassen haben.«

»Ich habe es Ihnen doch schon gesagt – ich bleibe hier.«

»Aber wären Sie woanders nicht sehr viel *glücklicher*?«, gibt Mrs Calder zurück. »Ich wäre bereit, Ihnen ein exzellentes Empfehlungsschreiben auszustellen und obendrein einen äußerst großzügigen Bonus zu zahlen, wenn Sie sich bereit erklären abzureisen. Genug Geld, um Sie problemlos für ein Jahr über die Runden zu bringen.«

Mit offenem Mund starre ich sie an.

»Sie wollen mir ein Jahresgehalt als Abfindung zahlen?«

»Ganz genau. Wenn Sie das Schloss morgen verlassen.«

Großer Gott. Das wäre genug, um Wilas Schulgebühren bis zum Ende ihrer Ausbildung bezahlen zu können. Keine Geldsorgen, kein Knausern, kein Sparen mehr.

Ich denke an London, die pulsierende Stadt, in der immer etwas los ist. An die Pubs, die Märkte und meine Freundinnen. An mein altes Leben.

Ein Kloß bildet sich in meiner Kehle.

»Nein«, sage ich trotz allem. »Ich werde Bertie nicht im Stich lassen. Um keinen Preis der Welt.«

Von Patrick gar nicht zu reden …

Bertie dreht sich um, und plötzlich spüre ich, wie sich seine kleine Hand in meine schiebt. Er sieht zu mir auf und lächelt, und ich lächle zurück.

Mrs Calders Lippen scheinen noch schmaler zu werden. »Hat diese Entscheidung etwas mit Patrick Mansfield zu tun?«

Mein Mund öffnet sich, aber ich schließe ihn sofort wieder. »Wie kommen Sie denn darauf?«

»Welchen Einfluss Sie auch immer auf ihn haben mögen, es wird sowieso nicht von Dauer sein, verlassen Sie sich drauf.«

»Es geht hier nicht um Patrick. Sondern um Bertie.«

»Na schön.« Mrs Calders Stimme klingt so schneidend, als hätte sie mit Säure gegurgelt. »Wenn Sie es unbedingt so haben wollen, von mir aus. Ich habe Ihnen die Karotte angeboten, Miss Harper. Aber wenn Sie lieber den Stock spüren wollen …« Und mit diesen Worten marschiert sie abrupt aus dem Saal.

»Tja.« Ich nehme Bertie in den Arm. »Sieht so aus, als hätte ich Mrs Calder wieder mal auf die Palme gebracht. Aber das gelingt mir ja sowieso fast jeden Tag.« Ich seufze. »Ich lasse dich nicht allein, Bertie. Großes Ehrenwort. Und ich kümmere mich darum, dass deine Mum nicht auf deinen Großvater hört. Ich werde dafür sorgen, dass du hier im Schloss bleiben darfst – und wenn es das Letzte ist, was ich tue.«

75

Nachdem ich Bertie warm eingepackt habe, machen wir uns auf den Weg zum Wald. Unsere Schuhe knirschen auf den vereisten Wegen.

Berties Wangen haben eine richtig gesunde Farbe, was wahrscheinlich seinem reichhaltigen Frühstück zu verdanken ist. Es ist eine wahre Freude, ihn so gesund und munter zu sehen.

Wir verbringen einen wundervollen Morgen, kämpfen mit Stöcken, beobachten Vögel, lauschen in die Natur und versuchen herauszufinden, welches Geräusch von welchem Tier stammen mag.

Den Fluss überqueren wir natürlich nicht, und ich achte genau darauf, Bertie vom gefährlichen Teil des Waldes fernzuhalten. Aber es gibt ja noch jede Menge andere Pfade zu erkunden, und wir kriegen auch so genug zu sehen.

»Diese Wälder sind riesig«, sage ich zu Bertie, als allmählich Mittag wird. »Hier würde ich mich wahrscheinlich selbst dann noch verlaufen, wenn ich mein ganzes Leben hier verbringen würde.«

»Würdest du denn dein ganzes Leben hier verbringen wollen, Seraphina Harper?«, ertönt plötzlich eine tiefe, sonore Stimme hinter mir, und das Herz schlägt mir bis zum Hals.

Als ich mich umdrehe, steht Patrick vor mir. Ein Armeepullover spannt sich über seiner herrlich breiten Brust, und über seiner Schulter hängt ein Gewehr.

Augenblicklich bekomme ich eine Gänsehaut, und bei der Erinnerung an letzte Nacht wird mir heiß und kalt zugleich.

Patrick geht in die Hocke und blickt Bertie in die großen Augen. »Na, Kleiner, wie geht's? Ich habe gehört, du hättest dir heute Morgen ordentlich den Bauch vollgeschlagen.«

»Woher weißt du das?«, frage ich.

»Von Mrs Calder.« Patrick lächelt mich an. »Wenn auch nur widerstrebend.« Er richtet den Blick wieder auf Bertie. »Du wünschst dir genauso sehr wie ich, dass Seraphina bleibt, stimmt's?«

Bertie strahlt und nickt.

Ich erröte. »Ich bin froh, dass Bertie endlich Appetit hat. Er sieht schon viel besser aus. Viel gesünder.«

»Ja.« Patrick erhebt sich.

Unsere Blicke begegnen sich.

»Mrs Calder hat mir erzählt, dass Sie dir ein Angebot gemacht hat«, sagt Patrick mit einem angedeuteten Lächeln. »Aber du hast es abgelehnt.«

»Ja.«

»Sie hält das für nicht sehr klug.«

»Ich weiß. Aber ich lasse Bertie nicht im Stich.«

»Gibt es vielleicht noch einen anderen Grund, weshalb du bleiben willst?« Patrick zieht eine Braue nach oben.

Ich erröte. »Vielleicht.«

»Du fährst also nicht zurück nach London?«

»Die Stadt fehlt mir, aber im Moment werde ich hier gebraucht.«

»Das freut mich zu hören«, sagt Patrick. »Wir sehen uns heute Abend, Seraphina. Das ist ein Befehl.«

Er verschwindet zwischen den Bäumen, und ich spüre, wie sich die Röte auf meinem Gesicht weiter ausbreitet.

Was stellt dieser Mann nur mit mir an? Ein paar wohlgewählte Worte, und schon kriege ich weiche Knie. Nun ja, vielleicht werde ich ihn heute Abend sehen.

Ach, wem will ich hier einen Bären aufbinden?

Natürlich sehe ich ihn heute Abend.

Plötzlich beginnt Bertie, Äste und Zweige aufzusammeln und auf einen Haufen zu legen.

»Bertie?« Ich knie mich neben ihn. »Alles in Ordnung?«

Doch Bertie schenkt mir keine Beachtung. Stattdessen klaubt er weiter Zweige vom Boden und fängt an, sie zu Figuren zusammenzulegen – zu denselben Strichmännchen, die er in den Schnee gemalt hat. Zwei Frauen mit Dreiecken als Röcken und einen kleinen Jungen. Diesmal aber fügt er noch eine weitere Figur hinzu – einen großen Mann, der etwas in der Hand hält, das wie ein Gehstock aussieht. Dann deutet Bertie zum Schloss hinüber.

Ich zeige auf den großen Mann. »Wer ist das, Bertie?«

Bertie deutet auf den Stock, den die Figur in der Hand hält.

»Ist das … ist das dein Großvater?«

Bertie nickt.

»Was bedeuten diese Figuren?« Dann kommt mir ein Gedanke. »Haben sie etwas mit den Wörtern zu tun, die du in deinen Büchern unterstrichen hast?«

Bertie nickt, und plötzlich ist mir, als würde sich eine kalte Hand um mein Herz legen.

»O Bertie. Ich muss herausfinden, was du mir sagen willst. Es ist wichtig, oder?«

Wieder nickt er.

»Komm.« Ich ergreife seine Hand. »Lass uns zurückgehen. Ich muss mir unbedingt noch mal ansehen, was du in den Büchern unterstrichen hast.«

76

Während des gesamten Rückwegs wollen mir die seltsamen Figuren nicht aus dem Kopf gehen. Ich bin derart mit meinen Gedanken beschäftigt, dass ich Mrs Calder nicht bemerke, die wie eine schwarze Riesenspinne vor dem Eingang lauert.

»Wo sind Sie mit dem Jungen gewesen?«, herrscht sie mich an.

»Nur ein bisschen im Garten«, antworte ich leichthin.

»Ich habe Ihnen doch gesagt, dass Bertie das Haus nicht verlassen soll«, schnauzt sie mich an.

»Tatsächlich? Und damit war auch der Garten gemeint? Nun ja, jetzt sind wir ja wieder da.«

Ich will an ihr vorbei, doch sie versperrt mir den Weg.

»Wenn Sie mich bitte vorbeilassen würden«, sage ich so höflich wie möglich.

»Ich habe nach Ihnen gesucht. Es gibt Neuigkeiten.«

»Was denn?« Unwillkürlich straffe ich die Schultern und schließe meine Hand fester um Berties Finger.

»Dirk hat mit Anise gesprochen. Sie stimmt ihm zu, dass der Junge hier nicht ewig bleiben kann. Bertie wird das Schloss morgen verlassen und wieder bei seinem Großvater leben.«

Ich spüre, wie Bertie sich an mich klammert.

»Das geht nicht.« Ich schüttle den Kopf. »Das können Sie nicht machen.«

»Es ist bereits beschlossene Sache. Und Sie können nichts dagegen unternehmen.«

Wieder kommen mir die seltsamen Figuren auf dem Waldboden in den Sinn, und ich beiße mir auf die Unterlippe.

Womöglich doch. Dieses Schloss birgt eine Menge Geheimnisse, da bin ich mir ganz sicher. Und wenn ich schnell genug dahinterkomme, was hier läuft, kann ich vielleicht doch erreichen, dass Bertie hierbleiben kann.

»Vielleicht können wir später darüber reden«, sage ich und trete mit Bertie im Schlepptau an ihr vorbei. »Wir gehen jetzt in sein Zimmer. Ich hatte den Eindruck, dass er ein Computerspiel machen will.«

Mrs Calder runzelt die Stirn. »Ach ja?«

Ich spüre ihren Blick im Rücken, als ich mit Bertie zur Treppe gehe. »Komm, Bertie«, sage ich so laut, dass Mrs Calder es auch ganz bestimmt mitbekommt. »Wir spielen ein bisschen auf der Xbox.«

Kaum sind wir in Berties Zimmer, eile ich zu den Büchern auf seinem Nachttisch.

Ich setze mich auf die Bettkante, ziehe Bertie auf meinen Schoß und fange an zu blättern, bis ich die unterstrichenen Wörter gefunden habe. Eiskalt läuft es mir über den Rücken.

Gift.

Folter.

Mutter.

Mein Blick bleibt am letzten Wort hängen.

Was hat dieses völlig harmlose Wort mit den anderen zu tun? Es passt überhaupt nicht in die Reihe.

Und dann fallen mir noch zwei andere Wörter ins Auge, die mir vorher nicht aufgefallen sind.

Zuhause.

Geheimnis.

»Wo hast du diese Bücher her, Bertie?«, frage ich, während ich weiterblättere.

Bertie springt von meinem Schoß und ergreift meine Hand.

»Ich soll mit dir kommen?«, frage ich.

Bertie nickt und zerrt mich aus dem Zimmer und den Korridor hinunter.

Der Weg führt um jede Menge Ecken und schließlich nach unten, bis wir uns in dem Salon befinden, in dem ich Daphne, Patricks Mutter, kennengelernt habe.

Ich sehe mich um und frage mich, wieso Bertie mich ausgerechnet hierher geführt hat.

Im selben Moment läuft er zum Kamin mit dem großen Ölgemälde von Dirk Mansfield darüber und zeigt mit dem ausgestreckten Finger auf seinen Großvater.

77

»Du hast die Bücher von deinem Großvater?«, frage ich.

Bertie nickt.

»Hat er sie dir gegeben?«

Bertie schüttelt den Kopf.

»Hast du sie gefunden, als du bei ihm warst?«

Bertie nickt.

»Und die Wörter hast du unterstrichen, als du bei deinem Großvater gewohnt hast?«

Wieder ein Nicken.

Mein Herzschlag hallt in meinen Ohren wider. Abermals kommen mir die Figuren in den Sinn, die Bertie im Wald aus Ästen zusammengelegt hat. Die Frauen mit den Dreiecksröcken …

»Hat all das irgendetwas mit deiner Mutter zu tun?«

Bertie runzelt die Stirn und zuckt die Achseln. Aus einer Kristallschale auf dem Tisch fischt er eine Streichholzschachtel und kippt sie auf dem Boden aus.

Und dann legt er sie zu Figuren zusammen.

Die erste Figur trägt wieder einmal einen Dreiecksrock. Darüber platziert er eine größere, ebenfalls weibliche Figur. Und neben dieser wiederum den alten Mann – die Figur mit dem Gehstock.

Er sieht mich an und zeigt auf die größere der beiden Frauenfiguren.

Ich runzle die Stirn. »Eine junge Frau. Und eine ältere. Und dein Großvater.«

Bertie nickt und deutet auf die kleinere weibliche Figur.

Dann richtet er den Zeigefinger auf ein anderes Gemälde an der Wand – ein Bild von Anise, auf dem sie jung, blass und verängstigt aussieht.

»Die kleinere Frau ist deine Mutter?«, frage ich.

Bertie nickt mehrmals hintereinander.

»Und wer ist die ältere Frau?«

Bertie sieht mich traurig an. Aber er zeigt auf kein weiteres Gemälde.

»Hm, lass mich raten … Wenn sie größer als Anise ist … Ist sie vielleicht ihre Mutter?«

Wieder nickt Bertie nachdrücklich. Und ich zerbreche mir erneut den Kopf über die Wörter, die er mit Kugelschreiber markiert hat.

»In dem Buch hast du ein paar wirklich beängstigende Wörter unterstrichen, Bertie. Ist dir irgendetwas zugestoßen? Als du bei deinem Großvater warst?«

Abermals nickt er.

»Wir müssen Patrick finden.« Ich ergreife Berties Hand. »Jetzt sofort.« Als ich aus dem Fenster sehe, fällt mein Blick auf die Wälder, die sich meilenweit um das Anwesen erstrecken.

Mist!

»Patrick ist noch im Wald, auf der Jagd nach Wilderern. Wir können da jetzt nicht hin, vielleicht schießen sie sogar. Ich fürchte, wir müssen warten, bis er zurückkommt. Lass uns erst mal zu Mittag essen. Und dann …«

Ein Schauder überläuft mich. Ich drehe mich um.

In der Tür steht Mrs Calder.

78

Hatten Sie nicht gesagt, Sie wollten ein Computerspiel spielen?«

»Ich … Ja, das hatten wir auch vor, aber dann konnten wir das Spiel nicht finden«, stammle ich, während ich mit dem Fuß Berties Streichholzfiguren wegwische.

Hat sie gehört, worüber wir geredet haben? Hat sie gesehen, wie Bertie auf das Gemälde gezeigt hat?

Du lieber Himmel. Ich hoffe nicht.

»Ich hatte ganz vergessen, Ihnen zu sagen, dass er heute Nachmittag Unterricht hat«, erklärt sie. »Bei meiner Tochter. Gleich nach dem Mittagessen. Ihre Dienste werden bis zum Abend also nicht mehr benötigt.«

Ich schlucke. Die Vorstellung, Bertie aus den Augen lassen zu müssen, behagt mir ganz und gar nicht. »Bertie fühlt sich gerade nicht gut«, sage ich.

Ich sehe ihn eindringlich an, versuche, ihm zu verstehen zu geben, dass er, bitte, bitte, bitte, mitspielen soll.

»Ihm ist übel«, fahre ich fort. »Ich glaube, sein Körper hat sich noch nicht richtig an die Mahlzeiten gewöhnt.«

»Unsinn«, erwidert Mrs Calder. »Der Junge sieht aus wie das blühende Leben.«

»Da irren Sie sich. Ihm ist wirklich speiübel.«

Bertie nickt mit ernster Miene.

»Ein bisschen Unterricht wird ihm trotzdem nicht schaden«, sagt Mrs Calder. »Das hilft ihm, sich schon mal auf morgen vorzubereiten. Bringen Sie ihn hinunter zum Essen. Anschließend wird Margaret ihn abholen.«

»Gut«, antworte ich zögernd. Einen Teufel werde ich tun,

denke ich. Bertie wird auch den Nachmittag über bei mir bleiben. Wir verziehen uns einfach irgendwohin, wo Mrs Calder ihn nicht finden kann, und zwar so lange, bis ich herausbekommen habe, was er mir verraten will. »Lass uns gehen, Bertie.«

»Ich werde Sie begleiten«, sagt Mrs Calder.

Scheiße.

»Danke, nett von Ihnen.« Ich zwinge ein Lächeln auf meine Lippen, damit sie nicht misstrauisch wird. »Komm, Bertie. Gehen wir erst mal was essen.«

Während Mrs Calder uns zum großen Saal begleitet, denke ich fieberhaft nach. Ich darf Bertie nicht aus den Augen lassen. Der Unterricht bei Margaret darf auf keinen Fall stattfinden. Ich muss Patrick finden. Er wird uns helfen. Aber wie kann ich mich auf die Suche nach ihm machen, ohne Mrs Calders Argwohn zu erregen?

Es gelingt mir beim besten Willen nicht, still zu sitzen. Nervös tigere ich zwischen unserem Tisch und der Durchreiche hin und her, kaue an den Fingernägeln, den Blick unentwegt auf Bertie gerichtet.

Er hat die Horrorbücher aus dem Haus seines Großvaters. Was wiederum bedeutet – ja, was hat das alles zu bedeuten?

Ich bin mir ziemlich sicher zu wissen, was hier los ist. Im Haus seines Großvaters ist irgendetwas passiert. Irgendetwas Schlimmes.

Mrs Calder steht in der Tür und beobachtet uns.

Ich erschrecke fast zu Tode, als plötzlich ein lautes Klappern aus der Küche dringt. Dann sehe ich Vicky hinter der Durchreiche.

»Oh! Vicky! Du bist es nur.«

»Wen hast du denn erwartet?«

»Niemand. Nicht so wichtig.«

»Alles in Ordnung mit dir?« Vicky beugt sich in die Durchreiche. »Du siehst völlig fertig aus. Kann ich etwas für dich tun?«

Ich kaue an einem Fingernagel. »Nein, ich glaube nicht. Aber …« Ich senke die Stimme. »Weißt du irgendwas über Berties Aufenthalt bei seinem Großvater?«

Vicky runzelt die Stirn. »Was genau meinst du?«

»Egal, was. Wie lange er dort gelebt hat, wer außer ihm noch dort war …«

»Soweit ich weiß, war er mehrere Monate bei seinem Großvater.«

»Oh.« Ich kaue noch nachdrücklicher an meinem Fingernagel.

»Ist wirklich alles in Ordnung, Süße?«, hakt Vicky nach. »Irgendwas stimmt doch nicht. Du siehst aus, als hättest du ein Gespenst gesehen.«

»Ich … Lass uns später reden.«

Sie stellt einen Teller in die Durchreiche. »Hier. Fischstäbchen und Pommes für Bertie. Ich dachte, das könnte ihm vielleicht schmecken.«

»Danke.« Ich nehme den Teller, ohne einen Blick darauf zu werfen. »Ich bring es ihm.«

»Und du? Was würdest du gern essen?«

»Ähm, ich habe keinen Hunger.«

»Das ist der Beweis, dass etwas nicht stimmt«, erwidert Vicky. »Dass du keinen Appetit hast, ist bis jetzt kein einziges Mal vorgekommen.«

»Ich kriege jetzt nichts runter. Entschuldige, mir geht gerade bloß so viel durch den Kopf. Lass uns …« Wieder senke ich die Stimme. »Lass uns später reden, okay? Unter vier Augen.«

Vicky nickt. »Okay, Süße«, flüstert sie. »Alles klar.«

79

Bertie hat seine Fischstäbchen kaum angerührt, als Margaret Calder den Saal betritt.

Ihre Miene ist so kalt und hart wie die ihrer Mutter, und ihr schwarzer Bubikopf lässt sie noch spitzer und wütender wirken als sonst.

Sie trägt einen taillierten schwarzen Hosenanzug mit breit geschnittenen Schultern. Ihre Lippen sind blutrot geschminkt.

»Ich bin hier, um Bertie abzuholen. Zum Unterricht.« Ihre hohen Absätze klappern auf dem Steinfußboden.

»Er hat noch nicht aufgegessen«, sage ich.

»Meine Mutter hat erwähnt … Also, ich konnte es gar nicht glauben.« Ich sehe, wie sie schluckt. »Er isst also tatsächlich. Hat er … Spricht er auch wieder?« Irgendwie scheint sie sich nicht wohl in ihrer Haut zu fühlen. Als wäre ihr der Hosenanzug urplötzlich zu eng geworden.

»Nein. Bislang nicht. Stimmt etwas nicht?«

»Alles bestens«, wiegelt sie eine Spur zu schnell ab. »Meine Mutter meinte, Bertie darf seinen Unterricht auf keinen Fall versäumen. Komm, Bertie.«

Mrs Calder steht mit verschränkten Armen in der Tür und beobachtet uns nach wie vor.

Bertie rührt sich nicht vom Fleck.

»Und zwar auf der Stelle, Bertie«, zischt Margaret. »Es sei denn, du möchtest noch heute Nachmittag wieder zu deinem Großvater.«

Ich werfe ihr einen finsteren Blick zu. »Hören Sie auf, ihm zu drohen!«

»Das war keine Drohung«, erwidert Margaret. »Sondern ein Versprechen.«

»Es wäre besser, den Unterricht heute ausfallen zu lassen«, wende ich ein. »Er fühlt sich nicht wohl.«

»Ein bisschen Lernen hat noch niemandem geschadet«, gibt Margaret zurück.

»*Bitte.* In seinem Zustand möchte ich ihn wirklich nicht allein lassen.«

»Als ob mich Ihre Meinung interessieren würde.« Margaret senkt die Stimme. »Ich habe gehört, was zwischen Ihnen und Patrick gelaufen ist.«

»Was?« Mir schießt das Blut ins Gesicht.

»Meine Mutter hat gesehen, wie Sie sein Schlafzimmer verlassen haben.« Margaret beugt sich näher zu mir. »Lassen Sie ihn in Ruhe. Halten Sie sich an Ihresgleichen.«

Ihre Worte tun mir weh, doch im Augenblick gilt meine ganze Sorge Bertie.

»Es ist besser, wenn Bertie bei mir bleibt«, sage ich leise.

»Vergessen Sie's«, meint Margaret. »Du kommst jetzt mit, Bertie, oder du kannst deine Sachen packen und gleich zu deinem Großvater fahren.«

Mit traurigen Augen blickt Bertie mich an.

»Wie lange soll der Unterricht denn dauern?«, frage ich, obwohl mir beinahe die Stimme versagt.

»Nur eine Stunde, danach können Sie Bertie für den Rest des Nachmittags wieder in Ihre Obhut nehmen.«

»Und warum benötigt er denn ausgerechnet jetzt so dringend Unterricht?«

»Bildung ist das A und O, Miss Harper. Das verstehen Sie vermutlich nicht, aber in *kultivierteren* Kreisen ist Bildung unverzichtbar.«

»Geh mit ihr, Bertie«, sage ich, wohl wissend, dass Margaret ihre Drohung umgehend wahr machen wird, wenn er Widerstand leistet. »Es ist ja nur für eine Stunde. Und dann bist du wieder bei mir.« Ich drücke seine kleine Hand und beuge mich näher zu ihm. »Ich finde heraus, was hier los ist, Bertie«, flüstere ich. »Das verspreche ich dir.«

Ich richte mich wieder auf und sehe Margaret an. »Wo findet der Unterricht statt?«

Ihre Augen verengen sich zu Schlitzen. »Inwiefern spielt das eine Rolle für Sie?«

»Ich würde einfach nur gern wissen, wo er ist«, erwidere ich.

Margaret stößt einen genervten Seufzer aus. »Im Arbeitszimmer im Westflügel. Sie können ihn dann abholen, wenn wir fertig sind.«

Ich nicke, während ich spüre, wie sich ein Kloß in meiner Kehle bildet. »Na gut«, krächze ich, während Bertie zögernd aufsteht. »Wir sehen uns gleich, Bertie, okay?«

Am liebsten würde ich ihn schnappen und vor Margaret in Sicherheit bringen. Leider sitzt sie im Moment am längeren Hebel, aber eine Stunde ist ja keine Ewigkeit.

Als die beiden den Saal verlassen, tritt Mrs Calder auf mich zu. »Ich würde gern kurz mit Ihnen reden, Seraphina. In meinem Büro. Und zwar jetzt sofort.«

80

Ich trotte hinter Mrs Calder her, als hätte ich Bleigewichte an den Füßen. Du lieber Gott – sie ist so ziemlich die Allerletzte, mit der ich jetzt reden möchte. Was in aller Welt will sie von mir?

Mrs Calder öffnet die Eichentür zu ihrem Büro, und ich trete hinter ihr ein. Um ein Haar schlägt sie mir die Tür ins Gesicht.

Sie nimmt hinter ihrem Schreibtisch Platz und setzt die Brille auf. Vor ihr liegen Papierstapel. Sie nimmt einen Federhalter zur Hand.

»Schließen Sie die Tür, Miss Harper, und setzen Sie sich.«

»Danke.« Ich komme mir vor wie im Büro meiner früheren Schuldirektorin. Und ich muss es ja wissen; schließlich musste ich oft genug dort antanzen.

Wieder mal zu spät gekommen, Seraphina?

Ich musste meiner kleinen Schwester beim Anziehen helfen, Miss.

Ich habe nie ein Sterbenswörtchen darüber verloren, was bei uns zu Hause los war. Dass sich meine Mum fast jeden Abend volllaufen ließ und uns die halbe Nacht wach hielt. Und ich am nächsten Morgen Klarschiff machen musste, während sie völlig verkatert und stöhnend auf dem Sofa hing.

Ich setze mich. »Weshalb wollten Sie mich sprechen?«

»Ich habe vorhin gehört, wie Sie mit Bertie im Salon gesprochen haben«, sagt Mrs Calder. »Tee?«

»Äh … ja, gern.« Merkwürdig. Es ist fast so, als hätte sie urplötzlich beschlossen, nett zu mir zu sein. Was zum Teufel will sie von mir?

Mrs Calder steht auf und tritt zu einem Tischchen, auf dem eine Teekanne, zwei Tassen und ein kleiner Wasserkocher stehen. Sie schenkt Tee ein und reicht mir die eine Tasse.

»Danke.« Ich starre in die braune Brühe. Für gewöhnlich nehme ich Zucker und Milch, doch irgendetwas sagt mir, dass solche Dinge in Mrs Calders Büro bestimmt nicht zu finden sind. »Worum geht es?«, hake ich nochmals nach.

Ich trinke einen kleinen Schluck. Der Tee ist lauwarm, und ich verziehe unwillkürlich das Gesicht, weil er so bitter schmeckt.

Mrs Calder geht zum Fenster. »In diesem Schloss gibt es eine Menge Geheimnisse. Und Geheimnisse lässt man am besten ruhen.«

Ich schlucke. »Mrs Calder, ich weiß nicht genau, was Sie gehört haben, aber Bertie und ich haben nur ein bisschen herumgealbert.«

»Hm.« Mrs Calder zieht eine Augenbraue hoch. »Ich glaube Ihnen nicht. Sie sollten aufhören, den Mansfields hinterherzuschnüffeln und Ihre Nase in Dinge zu stecken, die Sie nichts angehen.«

Von wegen, denke ich. *Ich muss meine Nase noch in viel, viel mehr Dinge stecken.*

»Ich habe nirgendwo herumgeschnüffelt«, lüge ich. »Bertie und ich hatten bloß ein bisschen Spaß zusammen, das war alles. Sie haben offenbar etwas falsch verstanden.«

Ich nippe noch einmal an meinem Tee, um den bitteren Geschmack des ersten Schlucks fortzuspülen, aber es funktioniert nicht. Das ist ja widerlich. Plötzlich fühlt sich meine Zunge ganz pelzig an.

»Nun«, sagt Mrs Calder. »Sehen Sie es, wie Sie wollen, aber von manchen Dingen sollte man besser die Finger lassen – Patrick Mansfield eingeschlossen.«

Um ein Haar bleibt mir der Mund offen stehen.

»O ja. Glauben Sie ernsthaft, ich hätte nicht bemerkt, was hier vor sich geht? Es ist beschämend, absolut beschämend.« Sie mustert mich mit kaltem Blick. »Meine Tochter ist die Richtige für Patrick. Sie stehen ihrem Glück im Wege.«

Ich stehe auf, aber irgendwie bin ich ein bisschen wackelig

auf den Beinen. Ich strecke die Hand nach dem Tisch aus, um mich festzuhalten, und spüre ein dumpfes Hämmern in meinem Kopf.

»Und deshalb haben Sie mich hierhergebeten. Um mit mir über Patrick zu reden?« Meine Stimme klingt ganz seltsam, so, als befände ich mich unter Wasser.

Jetzt muss ich mich auch noch mit der anderen Hand am Tisch festhalten. Ich schwanke.

Was um alles in der Welt ist mit mir los?

Mein Magen fühlt sich an, als würde jemand mit einem heißen Riesenlöffel darin herumrühren.

Mrs Calder steht immer noch am Fenster; ein eigentümliches Lächeln spielt um ihre Lippen.

»Mrs Calder«, sage ich, doch bevor ich weitersprechen kann, beginnt sich alles um mich herum zu drehen.

Ich greife mir an die pochende Schläfe, doch im selben Moment geben meine Beine unter mir nach, als ich das Gleichgewicht verliere.

Und dann wird mir schwarz vor den Augen.

81

Als ich wieder zu mir komme, bewegt sich mein Körper hin und her.

Was zum Teufel …

Es fühlt sich an, als würde ich getragen.

Moment.

Ich *werde* von jemandem getragen.

Ja. Ich spüre Hände, unter den Schultern und an meinen Beinen.

Mein eigener Atem schlägt mir heiß ins Gesicht, und ich spüre irgendetwas Raues auf meiner Nase, meinen Wangen, meinen Lippen.

Ich zittere, und meine Hände sind eiskalt.

Und als ich blinzle und die Augen öffne, ist es dunkel. Fast. Durch winzige Quadrate dringt Licht an meine Augen.

O Gott, was ist passiert? Mein Gesicht ist mit irgendetwas verhüllt. Ist das ein Albtraum? Kann es sein, dass ich nur träume?

Doch dann werde ich plötzlich fallen gelassen wie eine Teppichrolle und schlage hart auf unebenem Boden auf.

Anscheinend hat mir jemand einen Sack oder etwas Ähnliches über den Kopf gezogen.

»Sie wacht auf«, höre ich eine Stimme sagen.

Die Stimme gehört Agnes Calder.

»Gut«, sagt eine andere Stimme.

Margaret Calder.

»Dann kann sie ja endlich der Wahrheit ins Auge sehen.«

Jemand fummelt grob an meinem Kopf herum; urplötzlich sticht mir grelles Tageslicht in die Augen, als der Sack herabgerissen wird.

Meine Augen tränen, doch dann kann ich allmählich die verschwommenen Gesichter von den beiden erkennen.

Ich will etwas sagen, aber meine Kehle fühlt sich an, als hätte jemand einen Haufen Baumwolle hineingestopft. Nur ein ersticktes Krächzen dringt aus meinem Mund.

»Den Sack müssen wir schleunigst entsorgen«, sagt Mrs Calder. »Wir dürfen keine Spuren hinterlassen.«

»Ist die Sedierung stark genug?«

»Auf jeden Fall. Ihr Bewegungsapparat ist lahmgelegt. Zumindest für eine Weile.«

»Was ist mit dem Zeug, das du ihr in den Tee getan hast? Ist die Wirkung inzwischen verflogen?«

»Definitiv.«

Ich spüre, wie sich meine Augen weiten. Galle steigt in meiner Kehle auf.

Mrs Calder hat mir etwas in den Tee getan?

Ich schlucke, schmecke etwas Bitteres auf der Zunge. Ich versuche zu husten, mich zu räuspern, aber es ist fast unmöglich. Mein ganzer Körper fühlt sich kraftlos und schlaff an, und meine Muskeln reagieren nicht.

»Wo … wo ist Bertie?«, bringe ich mühsam hervor.

Mrs Calder lacht. »Glauben Sie mir, Bertie dürfte Ihre geringste Sorge sein.«

»Wo ist er?«, krächze ich.

Unbehagliches Schweigen macht sich breit, während Mutter und Tochter einen Blick wechseln.

»Er wird schon wieder auftauchen«, sagt Margaret dann.

»Auftauchen? Was zum Teufel soll das heißen?«

»Er ist weggelaufen.«

Mir wird übel. Die Vorstellung, dass Bertie jetzt irgendwo mutterseelenallein herumstromert, macht mich ganz krank vor Sorge. Es gibt tausend Dinge, die ihm da draußen zustoßen könnten.

»Ich muss mich sofort auf die Suche nach ihm machen«, presse ich hervor.

Margaret lacht. »Obwohl Sie sich nicht mal auf den Beinen halten könnten? Mal ganz abgesehen davon, dass Sie diesen Wald ohnehin nicht lebend verlassen werden.«

Was?

Ich versuche, mich zu bewegen, mich aufzurappeln, doch es geht nicht. Es ist, als würden mich schwere Gewichte am

Boden festhalten; wie sehr ich mich auch anstrenge, es will mir einfach nicht gelingen, auf die Beine zu kommen.

»Was … was haben Sie mit mir gemacht?« Immer noch kann ich mich kaum artikulieren.

»Wir haben Sie ruhiggestellt«, erklärt Margaret. »Damit Sie uns nicht abhauen können. Jedenfalls werden wir Sie im Wald zurücklassen, und dann wird Hawk Turner Sie abknallen. Das Sedativum wird sich längst nicht mehr in Ihrem Blutkreislauf befinden, wenn jemand Ihre Leiche findet. Und alle werden denken, dass sich das dumme, unbelehrbare Mädchen aus London im Wald verirrt hat und versehentlich jemandem vor die Flinte gelaufen ist.«

»Patrick wird mich finden«, sage ich, während ich mich abermals aufzurappeln versuche. Aber es hat keinen Zweck.

Mrs Calder lacht. »Und wie? Er ist nach London.«

»London?«

»Mutter hat ihm gesagt, dass Sie nach London gefahren sind«, erklärt Margaret. »Weil Sie Heimweh hatten. Und dass Sie Bertie mitgenommen haben. Tja, und er hat sich natürlich sofort auf die Suche nach Ihnen gemacht. Und wenn er zurückkommt, werden Sie bereits tot sein. Und ich an seiner Seite, um ihn zu trösten. Dann ist endlich wieder alles im Lot. Patrick und ich werden ein wunderbares Leben führen.«

Ich schüttle den Kopf. »Er will Sie nicht, Margaret. Na schön, vielleicht will er mich am Ende auch nicht. Ich weiß es nicht. Aber er hat mir selbst gesagt, dass er keinerlei Interesse an Ihnen hat.«

Margarets Nasenflügel beben, und sie geht in die Hocke, um mir aus nächster Nähe in die Augen zu sehen.

»Wenn eine wie Sie ihn haben kann, dann ja wohl ich erst recht.«

»Ich würde nicht darauf setzen.«

Margaret runzelt die Stirn und sieht ihre Mutter an. »Wieso kann irgendeine dahergelaufene Schlampe ihn haben und ich nicht?«

»Geduld, Liebling«, entgegnet Mrs Calder. »Du musst Geduld haben.«

»Das sagst du immer«, gibt Margaret zurück. »Geduld, Geduld, Geduld. Ich bin vierunddreißig, Mutter. Du hast versprochen, dass ich einen von Dirk Mansfields Söhnen kriege, wenn ich tue, was Dirk will. Du hast es mir *versprochen*. Und ich warte seit einundzwanzig Jahren darauf!«

»Was wollte Dirk Mansfield denn?«, frage ich.

Mrs Calder wirft Margaret einen warnenden Blick zu.

»Ist doch egal, ob sie es weiß«, sagt Margaret. »Sie ist sowieso bald tot.«

Ich sehe von Margaret zu Mrs Calder.

Was Dirk Mansfield will … seit einundzwanzig Jahren …

Schlagartig kommt mir das große Geheimnis um Anises Mutter in den Sinn.

Anise ist einundzwanzig.

Und Bertie hat versucht, mir etwas über die Mutter seiner Mutter mitzuteilen. Dass sie etwas mit dem Schloss zu tun hat. Und niemand davon wissen darf …

82

Mühsam gelingt es mir, den Blick wieder auf Margaret zu richten. »Sind Sie Anises Mutter?«

Mrs Calders Augen weiten sich. Sie kniet neben mir nieder und verpasst mir eine schallende Ohrfeige.

Ich beiße die Zähne zusammen. Sie hat so fest zugeschlagen, dass mir die Ohren klingeln.

Aber ich lasse mich nicht beirren. »Es stimmt, nicht wahr? Margaret ist Anises Mutter.«

»Wer hat Ihnen das verraten?«, zischt Mrs Calder.

»Bertie«, antworte ich, während ich wieder Margaret ansehe. »Er weiß es, stimmt's? Dass Sie Anises Mutter sind.«

»Der kleine Mistkerl hat gelauscht«, sagt Margaret. »Bei einem Gespräch, das er nicht mitbekommen sollte. Während er bei seinem Großvater war. Aber niemand darf davon wissen. Und deshalb musste Dirk etwas unternehmen, um ihn zum Schweigen zu bringen.«

»Mit Zuckerbrot und Peitsche lernt es sich immer noch am besten.« Ein Grinsen flackert über Mrs Calders Züge. »Wenn Bertie den Mund hielt, hat er zu essen bekommen. Wenn nicht, hat Dirk ihn geschlagen und hungern lassen. Außerdem hat er gedroht, ihm Gift ins Essen zu mischen. Tja, und aus irgendeinem Grund hat Bertie dann nur noch auf Lakritze und Milch vertraut – warum, weiß wohl nur er selbst.«

»Wieso ist all das eigentlich ein so großes Geheimnis?«, frage ich. Und dann kapiere ich es so langsam. Anise ist einundzwanzig – was wiederum bedeutet, dass Margaret sehr jung war, als Dirk mit ihr geschlafen hat. Sehr, sehr jung. Ungefähr dreizehn.

Ich blicke Mrs Calder an. »Geschah das mit Ihrem Einverständnis? Wussten Sie, dass Dirk Mansfield Sex mit Ihrer minderjährigen Tochter hatte?«

»Ich habe die Treffen arrangiert«, antwortet Mrs Calder. »In einem Hotel in der Nähe. Ich habe es für das Wohl unserer Familie getan.«

»Das ist ja grauenhaft, Margaret«, platze ich heraus. »Sie wurden missbraucht, und Sie waren viel zu jung, um all das überhaupt zu verstehen. Sie können immer noch zur Polizei gehen und …«

Ein Schatten scheint sich über Margarets Augen zu legen. »Ich war mit allem einverstanden«, sagt sie. »Es war eine geschäftliche Vereinbarung.«

»Eine Investition in unsere Zukunft.« Mrs Calder verschränkt die Arme vor der Brust. »Als Margarets Vater starb, waren wir arm wie die Kirchenmäuse. Wir hatten nichts, keine Hoffnung, keine Perspektive, gar nichts. Und nun kann ich den Rest meines Lebens in einem Schloss verbringen.«

»Und ich kriege Patrick«, fügt Margaret hinzu. »Endlich. Nachdem wir Sie beseitigt haben.«

Mrs Calder sieht auf ihre Uhr. »Wir sollten gehen. Nicht dass wir Hawk noch selbst vor die Flinte laufen.«

»Ja«, bestätigt Margaret.

»Moment!«, schreie ich. »Bitte! Das können Sie nicht tun! Sie wollen nicht ernsthaft einen Mord auf Ihr Gewissen laden.«

Mrs Calder wirft einen Blick über die Schulter und lacht. »Gewissen? Der Mensch ist des Menschen Wolf. Fressen oder gefressen werden, das ist die Parole. Aber Sie werden nicht lange leiden. Dafür sollten Sie uns dankbar sein.«

»Was, wenn Sie geschnappt werden? Das ist es doch nicht wert.«

»Das wird nicht passieren«, erwidert Margaret. »Mutter und ich haben alles genau geplant. Sie werden beseitigt, und Bertie kommt zurück zu seinem Großvater.«

O Gott.

»Nein!«, schreie ich, und wenigstens funktionieren meine

Stimmbänder allmählich wieder. »Nein, bitte! Dirk hat ihn gefoltert!«

»Damit er lernt, den Mund zu halten«, erwidert Mrs Calder. »Kein Grund, sich aufzuregen. Das Bürschchen hätte eben nicht lauschen sollen. Das hat er sich selbst eingebrockt. Und jetzt wird es Zeit, dass er zu seinem Großvater zurückkehrt. Schlimm genug, dass er plötzlich wieder gegessen hat. Wahrscheinlich hätte er über kurz oder lang auch noch zu reden angefangen. Am besten, er lernt seine Lektion noch mal von vorn.«

»O Gott. Was sind Sie bloß für ein Scheusal! Sie alle!« Eine Welle der Übelkeit überkommt mich.

»Unser Geheimnis muss gewahrt bleiben«, schnaubt Mrs Calder. »Und wen interessiert es schon, wenn Bertie deshalb noch ein bisschen mehr leiden muss?«

Ich will mich aufsetzen, doch mein Körper verweigert seinen Dienst. »Nein!«, kreische ich. »Das können Sie nicht tun! Bitte! Hören Sie …«

»Zu spät!«, ruft Mrs Calder dazwischen. »Es ist bereits alles entschieden. Und Sie können nichts daran ändern.« Sie wendet sich Margaret zu. »Wir sollten uns beeilen. Hawk dürfte bald hier sein.«

Und damit verschwinden Mrs Calder und Margaret.

Ich drehe den Kopf zur Seite und übergebe mich auf den Waldboden.

83

Es dämmert bereits. Mir wird kälter und kälter. Alles tut mir weh, während ich auf dem eiskalten Boden liege.

Unablässig fällt der Schnee, und bald bin ich von weißen Flocken bedeckt – eine Schneefrau, schlotternd vor Kälte auf dem nackten Waldboden.

Immer wieder bemühe ich mich, mich aufzurappeln, aber meine Muskeln spielen nicht mit. Es ist wie in einem dieser Träume, wenn man weglaufen will, sich aber nicht vom Fleck bewegen kann. Doch dies ist kein Traum. Sondern die knallharte Realität.

Ich denke an Bertie, der irgendwo allein unterwegs ist – und was sie wohl mit ihm anstellen werden, wenn sie ihn finden. Ich zittere am ganzen Körper, so heftig, dass mir wieder speiübel wird.

O Gott. Bitte, lieber Gott, steh ihm bei. Mach, dass Bertie nichts Schlimmes geschieht.

Ich versuche, mich telepathisch mit Patrick in Verbindung zu setzen, ihm mit der Kraft meiner Gedanken eine Botschaft zu schicken.

Du musst Bertie finden. Er braucht deine Hilfe.

Und dann höre ich etwas – jemanden, der sich den Weg durchs Unterholz bahnt.

O Gott.

Und es ist definitiv nicht Patrick. Patrick bewegt sich leichtfüßig, nahezu lautlos in den Wäldern. Nein, das ist jemand anders. Und eindeutig ein Mann.

Ich bin vor Angst wie gelähmt. Abermals will ich mich aufrichten, sacke jedoch sofort wieder zu Boden.

Mir ist so eiskalt, dass meine Zähne klappern, aber irgendwie gelingt es mir, mich halb umzudrehen, sodass ich wenigstens sehen kann, wer da kommt. Doch im selben Moment wünsche ich, ich hätte es nicht getan.

Der Mann, der zwischen den Bäumen erscheint, ist klein und drahtig – noch jung, doch sein Gesicht lässt keinen Zweifel daran, dass er Dinge gesehen hat, über die man lieber nichts Genaueres erfahren will. Schlimme Dinge. Er trägt eine schmutzige Baseballkappe und eine dicke Daunenjacke. Im Arm hält er ein Gewehr.

Das muss Hawk Turner sein.

Das Mondlicht erhellt seine kleinen, hinterhältigen Augen, während er den Blick über den Waldboden schweifen lässt.

Und dann hat er mich entdeckt.

»Da bist du ja«, sagt er, zieht sich die schneebedeckte Baseballkappe vom Kopf und klopft sie an seinem Arm ab. Er setzt die Mütze wieder auf und geht neben mir in die Hocke. »Na so was, die haben gar nicht erzählt, wie hübsch du bist.«

Ein gemeines Lächeln verzerrt seine Züge. »Jetzt kapiere ich, warum sie dich unbedingt loswerden wollen.« Mit der Hand fegt er mir den Schnee von den Beinen und aus dem Gesicht.

Ein Schauder läuft mir über den Rücken.

»Tun Sie das nicht«, stoße ich mit erstickter Stimme hervor. »Wenn man Sie schnappt, stecken Sie bis zum Hals in der Scheiße.«

Hawk grinst. »Verrat mir doch mal, wer mich hier schnappen soll.«

»Patrick«, sage ich.

Hawk lacht und legt das Gewehr neben sich. »Der ist schon vor Stunden nach London gefahren. Ich habe seinen Landrover gesehen. Wir sind ganz unter uns. Nur du und ich.«

Seine Hände wandern zu meiner Taille.

84

Ich versuche verzweifelt, mich aus seinem Griff zu winden, doch Hawk hält mich eisern fest.

»Was tun Sie da?«, schreie ich ihn an.

»Ein bisschen Spaß muss schon sein. Du kannst es sowieso niemandem mehr erzählen, wenn du tot bist.«

»Gehen Sie runter von mir.«

»Halt still, dann tut's nicht so weh. Vielleicht gefällt es dir ja sogar.«

»Finger weg«, brülle ich ihn an, so laut ich kann.

»Sonst was?« Hawk hört nicht auf, mich zu betatschen.

»LASS SIE SOFORT LOS!«

Gott sei Dank.

Diese Stimme würde ich überall wiedererkennen.

Patrick.

Ein Schwarm Vögel flattert aus den umstehenden Bäumen auf.

Ich versuche, einen Blick auf Patrick zu erhaschen.

»Ich habe gesagt, du sollst sie loslassen!«, donnert Patricks Stimme.

Hawk stolpert über seine eigenen Füße, als er sich aufrappelt, greift nach seinem Gewehr und legt an, aber Patrick ist schneller.

Ein ohrenbetäubender Knall ertönt, und Patricks Schuss

trifft Hawk mitten in die Brust. Die Wucht des Projektils reißt den Wilderer rücklings von den Beinen.

Er stürzt auf den Waldboden. Im Licht des Mondes sehe ich, wie Rauch von seiner Brust aufsteigt.

Patricks Schritte knirschen auf dem Boden, als er zu Hawk läuft und breitbeinig vor ihm stehen bleibt.

»Sieh nicht hin, Sera«, ruft er.

»Patrick …«

»Sieh weg.«

Ein zweiter Knall – BANG! –, und dann steigen mir Rauch und ein seltsam metallischer Geruch in die Nase.

»Ist er tot?«, flüstere ich, während ich die Augen immer noch zukneife.

Ich höre, wie Patrick zu mir zurückkommt und neben mir niederkniet.

»Höchstwahrscheinlich«, sagt er.

Als ich die Augen öffne, blicke ich in Patricks Augen, die wunderschön im Mondlicht schimmern.

Sein Gewehr ruht auf seinen Knien. Auf dem silbernen Kolben sind kleine Hirsche eingraviert.

»Wie hast du mich gefunden?«, frage ich.

»Nenn es Jagdinstinkt«, erwidert Patrick, während er das Gewehr verstaut.

»Und das heißt?«

»Erst mal müssen wir dich aufwärmen«, meint er und schlüpft aus seiner grünen Jägerjacke, ehe er mir aufhilft und sie mir um die Schultern legt. Ich zittere am ganzen Körper. Dann hebt er mich auf seine Arme.

»Bertie«, stoße ich mühsam hervor, während ich spüre, wie mir Tränen in die Augen steigen. »Er ist weggelaufen. Mrs Calder und Margaret sind auf der Suche nach ihm. Wenn sie ihn finden, bringen sie ihn zu deinem Vater zurück. Dein Vater hat ihn gequält, Patrick. Damit er den Mund hält und sein Geheimnis nicht ausplaudert.«

Patrick mustert mich mit angespannter Miene. »Welches Geheimnis?«

»Dass die Mutter deiner Schwester gar nicht tot ist. Margaret Calder ist Anises Mutter. Dein Vater hat mit ihr geschlafen, als sie gerade mal dreizehn Jahre alt war, und dabei ist Anise entstanden.«

Patrick wird blass. »O Gott.« Angeekelt runzelt er die Stirn. »Das wird er bezahlen. Aber zuallererst muss ich Bertie aufspüren.«

Mit mir auf den Armen marschiert er ins Unterholz.

»Dein … dein Vater wollte Bertie mundtot machen«, stammle ich. »Er hat ihn hungern lassen – so lange, bis er begriffen hat, dass er nur etwas zu essen bekommt, wenn er schweigt.«

Patrick hält mich fest in seinen Armen. »Ich bringe ihn um. Dafür bringe ich ihn um.«

»Wir müssen Bertie finden.«

»Du ganz bestimmt nicht.« Mit weit ausholenden Schritten stapft Patrick über den unebenen Boden. »Ich bringe dich jetzt an einen sicheren Ort, und dann mache ich mich auf die Suche nach ihm.«

»Bitte, Patrick. Lass mich mitkommen. Bertie ist bestimmt zu Tode verängstigt. Er braucht mich.«

Patrick schweigt einen Moment, und nur das leise Knirschen seiner Schritte auf dem Waldboden ist zu hören.

»Nein«, sagt er schließlich. »Das ist zu gefährlich.«

»Und wenn … wenn sie ihn schon zu seinem Großvater zurückgebracht haben?« Meine Stimme ist tränenerstickt.

85

Haben sie nicht«, sagt Patrick.

»Woher weißt du das?«

»Weil ich bei meiner Rückkehr nirgendwo frische Reifenspuren gesehen habe. Und auch keine Fußspuren – keinerlei Anzeichen, dass jemand das Schloss verlassen hätte.«

»Sie haben mir gesagt, du wärst nach London gefahren.«

»So war es auch. Aber unterwegs hatte ich so ein seltsames Gefühl in der Magengrube. Ein Jäger spürt, wenn etwas nicht stimmt. Und deshalb habe ich umgedreht.«

»Aber woher wusstest du, dass du im Wald nach mir suchen musst?«

»Ich habe deine Fährte aufgenommen.«

»Aber überall lag doch Schnee.«

»Ich kenne diese Wälder wie meine Westentasche«, sagt Patrick. »Ich erkenne sofort, wenn etwas nicht stimmt. An abgerissenen Blättern, verdrehten Zweigen oder an Tieren, die aufgeschreckt worden sind.«

Ich lächle schwach. »Ich bin so froh, dass du mich gefunden hast.«

»Und ich erst.«

Während Patrick mich trägt, spüre ich meinen Körper allmählich wieder, und auch meine Muskeln fühlen sich nicht mehr so bleischwer an.

»Ich glaube, die Wirkung des Beruhigungsmittels lässt langsam nach«, sage ich.

»Ja. Spätestens in einer Stunde bist du wieder voll auf dem Damm. Hat Agnes Calder dich mit dem Zeug betäubt?«

»Ja«, antworte ich. »Und dann haben sie und Margaret

mich in den Wald verschleppt.« Mir fällt auf, dass Patrick mich um das Schloss herum zum Parkplatz trägt. »Wo willst du hin?«

»Habe ich dir doch gesagt. Ich bringe dich in Sicherheit. Du bleibst erst mal in meinem Landrover, bis ich Bertie gefunden habe.«

»Aber ich könnte dir helfen. Inzwischen kenne ich Bertie ziemlich gut. Ich weiß, wo er sich verstecken könnte.«

»Seraphina!«

»Bitte, Patrick.«

»Du bleibst so lange in meinem Wagen, bis ich wieder da bin«, befiehlt Patrick. »Kannst du einmal in deinem Leben tun, was dir gesagt wird?«

Er tritt zu dem Auto, kramt einen Schlüssel aus der Tasche und entsperrt die Verriegelung, ehe er die hintere Tür öffnet und mich vorsichtig auf den Rücksitz befördert. Dann nimmt er eine karierte Decke vom Fußboden und breitet sie über mich. Zu guter Letzt steckt er den Schlüssel ins Zündschloss und dreht die Heizung auf.

Warme Luft breitet sich im Wagen aus.

»Rühr dich nicht vom Fleck«, flüstert er. »Ich komme so schnell wie möglich zurück. Hier ist es dunkel, kein Mensch wird dich bemerken. Falls aber wider Erwarten doch jemand auftauchen sollte, drück auf die Hupe und mach die Scheinwerfer an – ich bin dann im Handumdrehen bei dir.«

Er küsst mich auf die Lippen und streicht sanft über meine Wange. »Bis gleich.« Und dann schlägt er die Tür hinter mir zu.

86

Und so warte ich. Langsam wärmt sich mein Körper auf, und auch meine Sachen fangen an zu trocknen.

Das seltsame taube Gefühl in meinen Armen und Beinen verfliegt immer schneller, und bald darauf ist mein Bewegungsapparat so gut wie wiederhergestellt.

Ich setze mich auf, hülle mich eng in die Decke ein und presse die Nase ans Fenster.

Ich kneife die Augen zu und halte Ausschau nach Patrick.

Nach ungefähr zwanzig Minuten beginne ich mir Sorgen zu machen.

Was, wenn ihm etwas zugestoßen ist?

Mrs Calder ist die Hinterlist in Menschengestalt. Möglich, dass sie ihm eine Falle gestellt hat.

Und Bertie …

Bei dem Gedanken, dass er ganz allein ist, krampft sich mein Magen zusammen.

Bitte, lieber Gott, bitte.

Eine weitere halbe Stunde später kann ich nicht länger warten. Ich bin krank vor Sorge um Patrick und Bertie.

Ich drücke meine Füße ganz fest gegen den Wagenboden, um meinen Blutkreislauf in Schwung zu bringen. Dann öffne ich die Tür und stolpere in die Dunkelheit hinaus.

Draußen fängt es zu frieren an. Ein paarmal rutsche ich im Schnee aus, trotzdem bin ich heilfroh, dass mir meine Beine wieder gehorchen, wenn auch mehr schlecht als recht.

Vorsichtig nähere ich mich dem Schloss. Die Eingangstür knarrt, als ich sie öffne.

Stille.

Ich halte inne und lausche noch ein paar Sekunden, aber nicht das kleinste Geräusch dringt an meine Ohren.

Das Herz schlägt mir bis zum Hals.

Patrick würde ausflippen, wenn er wüsste, dass ich aus dem Auto gestiegen bin. Und mir ist durchaus bewusst, wie riskant das ist. Ja, vielleicht sogar dumm von mir. Aber wenn Bertie in Gefahr schwebt, stehe ich an zweiter Stelle.

Ich gehe in Richtung Westflügel. Wo könnte Bertie sein? Wo könnte er sich versteckt halten?

Ich beschließe, zuerst am offensichtlichsten Ort nachzusehen – in Berties Zimmer.

So leise, wie es nur geht, öffne ich die Tür.

Ein lang gezogenes Quietschen ertönt, und ich fahre abrupt zusammen.

Pst.

Ich spähe durch den Türspalt, lasse den Blick durch Berties Zimmer schweifen. Sein Bett ist gemacht; alles ist fein säuberlich aufgeräumt.

Bertie ist nirgends zu sehen. Oder steckt er etwa hier irgendwo?

Mein Herz fühlt sich an, als würde ein Mühlstein daran hängen.

Ich öffne die Tür noch ein klein wenig weiter und schlüpfe ins Zimmer.

Eine große schwarze Spinne krabbelt über die Fußbodenleiste, und ich halte unwillkürlich den Atem an.

Krieg dich wieder ein, Sera. Es ist bloß eine Spinne.

Ich werfe einen Blick in das angrenzende Bad, in Berties Schrank und unter sein Bett – nichts.

Denk nach, Sera! Streng dich an!

Wo könnte Bertie sein? Wo würde er sich verstecken, wenn er auf keinen Fall gefunden werden wollte?

Vielleicht ist er ja doch in den Wald gelaufen … O Gott, ich hoffe nicht. Dort würde er garantiert erfrieren. Aber eigentlich kann ich es mir nicht vorstellen. Patrick hätte Spuren von ihm bemerkt, wenn er in den Wald geflüchtet wäre.

Also, was nun?

Während ich wieder auf den Korridor hinaustrete, fällt mir plötzlich etwas ein.

Jamies Zimmer.

Bertie war schon einmal dort, um sich das Partiturheft zu holen. Und niemand würde auf die Idee kommen, dort nachzuschauen.

Ich werfe einen Blick in Berties Kommodenschublade.

Sie ist leer.

Der Schlüssel zum Westturm fehlt.

Er muss dort oben sein.

Ich schleiche den Korridor entlang und lausche dabei die ganze Zeit über angestrengt auf verdächtige Geräusche.

Einmal kommt es mir so vor, als würde ich eine Tür knarren hören, aber das Geräusch scheint von weit her zu kommen. Trotzdem hämmert mein Herz wie wild. Wo stecken Mrs Calder und Margaret? Sind sie immer noch im Schloss? Und wo ist Patrick?

Dann stehe ich vor der Tür zum Westturm und drücke die Klinke herunter. Aber die Tür ist verriegelt.

War ja klar.

Wenn Bertie da drin ist, hat er garantiert von innen abgeschlossen.

Ich gehe in die Hocke und wende wieder meinen kleinen Trick an.

Prompt springt das Schloss auf, und ich bin drin.

87

Behutsam setze ich einen Fuß vor den anderen.

Es ist dunkel, aber ich wage es nicht, Licht anzumachen.

Dann stehe ich vor Jamies Zimmer. Vorsichtig drücke ich die Klinke herunter.

Verdammt!

Die Tür ist abgeschlossen.

Wie ist das möglich?

Leise klopfe ich an. »Bertie?«, flüstere ich, »bist du da drin?«

Keine Antwort.

Ich will gerade wieder die Treppe hinunterschleichen, als mir etwas ins Auge fällt.

Die Tür am Ende des Korridors steht offen.

Weit offen.

Und dahinter brennt schwaches Licht.

»Bertie?«, flüstere ich abermals, während ich zögernd in Richtung des Lichtscheins gehe.

Nur noch zwei Schritte, dann habe ich die Tür erreicht, und aus heiterem Himmel erinnere ich mich an den Tag, als ich hier ankam. An das Gesicht hinter dem Fenster …

Ein kalter Schauder jagt über meinen Rücken.

Es war ein Fehler, überhaupt hierherzukommen. Aber wenn Bertie tatsächlich hier sein sollte, muss ich ihn finden.

Ich nehme all meinen Mut zusammen und trete durch den dunklen Türrahmen.

Verblüfft sehe ich mich um.

Was für ein hübsches Zimmer!

Mein Blick fällt auf ein behagliches, von Vasen mit frischen Rosen flankiertes Bett.

Chinesische Ornamente zieren die Wände.

Überall stehen bildhübsche kleine Streichholzmodelle.

Und dann bleibt mir um ein Haar das Herz stehen.

In dem Bett liegt eine alte Frau. Eine *steinalte* Frau, eine verhutzelte Greisin mit Tausenden von Falten und zu einem Dutt frisiertem weißem Haar.

»Oh!«

»Hallo, meine Liebe«, sagt die alte Dame. »Ich habe mich schon gefragt, wann Sie mich finden würden.«

»Sie finden?« Ich schüttle den Kopf.

Die alte Dame gibt ein brüchiges Lachen von sich. »Ja, genau. Ich habe Sie beobachtet, vom ersten Tag an. Sie haben Pfeffer im Hintern – und ein junges, quirliges Ding ist genau das, was dieser eisige alte Kasten braucht.«

Mit großen Augen starre ich sie an. »Wer ... wer sind Sie?«, stammle ich.

Die alte Dame richtet sich im Bett auf, und ich sehe, dass sie einen geblümten Schlafrock trägt. Plötzlich fängt sie an zu husten, und ich eile zu ihr.

»Alles in Ordnung?« Ich lege ihr die Hand auf die Schulter.

Eine Unzahl von Fältchen bildet sich um ihre blauen Augen, als sie mich anlächelt. »Ich sterbe«, sagt sie nüchtern. »Da kann man nichts machen.« Sie lächelt abermals. »Aber Sie wollten ja nichts über meinen Gesundheitszustand erfahren, sondern wissen, wer ich bin.«

»Ich ... Ja«, gebe ich zu.

»Ich bin Patricks Großmutter. May Mansfield.«

»Patricks Großmutter? Aber ich dachte … Alle sagen, Sie wären tot.«

»Keine Angst, meine Liebe.« May lacht. »Ich bin kein Gespenst. Ja, offiziell bin ich tot. Sie haben allen erzählt, ich sei gestorben, aber in Wahrheit habe ich mich hier oben verborgen gehalten, damit mein Sohn Dirk das Schloss erben konnte. Er hatte sich finanziell ein wenig übernommen, der kleine Verschwender. Tja, und so haben wir meinen Tod arrangiert.«

Mir bleibt der Mund offen stehen.

»Sie haben sich all die Jahre hier oben versteckt?«, frage ich.

May nickt. »Halb so wild. Ich bin ohnehin zu bettlägerig, um draußen herumspazieren zu können. Außerdem habe ich ja meine Streichhölzer für meine Modelle. Patrick kommt mich besuchen, und Dirk auch – nun ja, manchmal jedenfalls.« Wieder spielt ein Lächeln um ihre Lippen. »Natürlich kommt Dirk nur vorbei, um mir noch mehr Geld aus dem Kreuz zu leiern. Tja, so ist er eben.«

»Sie haben Ihren eigenen Tod vorgetäuscht, damit Dirk Sie beerben konnte?«

May nickt.

»Konnten Sie ihm denn nicht einfach Geld geben?«, erkundige ich mich fassungslos.

»O nein.« May schüttelt den Kopf. »Mein verstorbener Mann hat dafür gesorgt, dass Dirk vor meinem Tod nicht an das Geld herankommt. Und es gibt noch eine Menge mehr davon. Das genau dann flüssig wird, wenn ich Dirk Zugang zu den Schließfächern gewähre. Aber der Tag ist noch nicht gekommen.« Sie runzelt die Stirn. »Sind Sie auf der Suche nach meinem Urenkel?«

»Ich … ja«, antworte ich. »Woher wissen Sie das?«

»Er läuft seinen Nannys doch immer weg. Außerdem habe ich gehört, wie jemand in Jamies Zimmer gegangen ist. Und da spielt er gern, wissen Sie?«

Ich sehe zur Tür. »Aber Jamies Zimmer war verschlossen.«

»Vielleicht hat Bertie sich eingeschlossen«, meint May. »Hier.« Sie zieht die Nachttischschublade auf und hält mir einen schmiedeeisernen Schlüssel hin. »Das ist ein Generalschlüssel. Damit kommen Sie in Jamies Zimmer.«

»Danke.«

»Ich wollte schon lange mit Ihnen sprechen«, fährt May fort. »Sie sind ein aufgewecktes Mädchen, und ich würde nur allzu gern wieder einmal über irgendetwas Interessantes reden. Dirks Unternehmergeschwafel habe ich weiß Gott genug gehört.« Sie seufzt. »All das schöne Geld, das er zum Fenster hinausgeworfen hat. Dem Himmel sei Dank, dass es Patrick gibt. Ohne ihn würde ich inzwischen auf der Straße sitzen. Dirk hätte das Schloss längst verscherbelt und das Geld verjubelt. Tja, so viel zu meinem Sohn. Er war immer schon ein echter Lebemann.«

So kann man es auch sehen, denke ich.

»Vielen Dank für den Schlüssel«, wiederhole ich.

»Keine Ursache«, erwidert May.

»Ich muss Bertie finden«, sage ich, schon halb auf dem Weg zur Tür. »Aber ich komme wieder, Ehrenwort.«

Bitte, lieber Gott, mach, dass es Bertie gut geht.

88

Ich laufe zu Jamies Zimmer. Meine Hand zittert, als ich den Schlüssel ins Schloss stecke.

Knarrend öffnet sich die Tür.

Ich höre ein Geräusch, als ob jemand durch das Zimmer schleichen würde, und halte abrupt inne.

»Bertie?«, flüstere ich.

Das Geräusch verstummt.

Im Zimmer ist es dunkel, doch der silberne Schimmer des Monds fällt durch das Fenster.

Und dann erspähe ich eine kleine Gestalt, die zitternd in der Ecke kauert.

»Bertie!«

Ich laufe zu ihm, gehe auf die Knie und schlinge die Arme um seinen bebenden Körper.

Bertie gibt keinen Ton von sich, hält mich nur ganz, ganz fest – so, als wolle er mich nie wieder loslassen.

Und auch ich drücke ihn an mich, fest entschlossen, ihn nie mehr aus den Augen zu lassen.

Eine kleine Ewigkeit verstreicht, doch Bertie hört nicht auf zu zittern. Ich drücke ihn noch fester an mich.

»Ich bin so froh, dass ich dich gefunden habe«, flüstere ich.

»Da haben Sie mir eine Menge Arbeit abgenommen«, ertönt eine schneidend kalte Stimme hinter mir.

Ich drehe mich um.

In der Tür steht Mrs Calder.

Das Mondlicht spiegelt sich auf ihrem bleichen Gesicht, bei dessen Anblick es mir kalt über den Rücken läuft.

Bertie klammert sich an meinen Arm.

»Lassen Sie uns in Frieden!«, fauche ich sie an.

Sie richtet ihren leichenweißen Zeigefinger auf mich. »Sie sollten eigentlich längst tot sein.«

»Wo ist Margaret?«, zische ich.

»Bei Gregory, dem Schwachkopf von Gärtner – sie dachte, unser kleiner Freund hätte vielleicht Zuflucht in seinem Cottage gesucht.« Sie richtet den Blick auf den zitternden Bertie in meinen Armen. »Aber wie ich sehe, ist der freche Kerl ja hier.«

»Lassen Sie die Finger von ihm!«, stoße ich hervor. »Ich warne Sie! Keinen Schritt näher!«

»Komm her, Bertie.« Mrs Calder streckt ihren knochigen Arm aus. »Komm, dann wird alles gut. Aber wenn du hier bei der Nanny bleibst, muss ich deinen Großvater darüber unterrichten, dass du wieder böse warst.«

Bertie klammert sich noch fester an mich.

Mrs Calder tritt einen Schritt auf uns zu, und ich stelle mich schützend vor Bertie.

»Dies ist meine letzte Warnung, Mrs Calder. Keinen Schritt weiter. Wenn Sie Bertie anfassen, bringe ich Sie um!«

Mrs Calder schüttelt kaum merklich den Kopf. »Komm, Bertie.« Ihre Stimme klingt seltsam fröhlich. »Zeit zu gehen.« Und dann zieht sie etwas aus der Brusttasche ihrer Bluse.

Eine Spritze.

Ich spüre, wie Bertie die Arme um mein Bein schlingt.

»Bleiben Sie, wo Sie sind!«, schreie ich.

»Also, Bertie.« Ihre Fingernägel glänzen matt im fahlen Licht, als sie mit der spitzen Injektionsnadel in der Hand auf uns zutritt.

»BLEIBEN SIE, WO SIE SIND!«, brülle ich sie an.

Mrs Calder kommt näher. Und dann stürzt sie unvermittelt vor.

Ich bekomme ihre Handgelenke zu fassen und wehre mich so heftig, wie ich nur kann, aber das Beruhigungsmittel hat mich ziemlich geschwächt, und ich muss all meine Kräfte aufbieten, um sie in Schach zu halten.

»Bertie, lauf weg!«, schreie ich, doch er klammert sich weiter an meinem Bein fest.

Ich ringe mit Mrs Calder, versuche, die Hand mit der Spritze abzuwehren, in der sich wahrscheinlich wieder ein Sedativum oder noch Schlimmeres befindet.

Mit der freien Hand taste ich verzweifelt um mich, um irgendetwas zu finden, womit ich uns verteidigen könnte. Schließlich bekomme ich einen Stapel Bücher zu fassen, aber ich bin zu schwach, um sie ihr entgegenschleudern zu können. Stattdessen fallen ihr die Wälzer auf den Fuß.

Sie springt einen Schritt zurück, und die Spritze fällt zu Boden.

Ich hechte vor, doch Mrs Calder versucht, mir zuvorzukommen. Wir rangeln miteinander, aber keiner von uns gelingt es, die Spritze zu fassen zu kriegen.

»Weg da, Bertie!«, rufe ich. »Lauf weg!«

Die Spritze kullert aus meiner Reichweite, und Mrs Calder streckt blitzschnell die Hand aus. Doch bevor sie sie fassen kann, hat Bertie die Spritze gepackt.

Und einen Sekundenbruchteil später rammt er Mrs Calder die Nadel in den Hals und drückt den Kolben hinunter.

»O Gott!« Ich schlage mir die Hand vor den Mund.

Mrs Calder verdreht die Augen und taumelt zurück.

Dann sackt sie zu Boden und bleibt reglos liegen.

Vorsichtig trete ich zu ihr, um nachzusehen, ob sie tatsächlich bewusstlos ist.

Sie atmet noch, aber ihre Augen sind geschlossen. Ich glaube nicht, dass sie so schnell wieder aufwachen wird.

Ich sehe Bertie an. »Das sollte ich eigentlich nicht sagen, aber gut gemacht.«

Zaghaft lächelt er mich an.

Ich ergreife Berties Hand. »Wir müssen hier verschwinden. Und die Tür schließen wir vorsichtshalber ab.«

Ich zerre ihn aus dem Zimmer, schlage die Tür hinter uns zu und schließe ab, ohne Berties Hand loszulassen.

Bertie erwidert meinen Händedruck.

»Danke, Sera«, sagt er.

89

Ich schlucke.

Hat er gerade …

Bertie lächelt verschmitzt.

»Bertie … hast du … hast du da gerade … Ja, du hast gesprochen!« Ich nehme ihn in die Arme, hebe ihn hoch und wirble ihn herum.

Bertie vergräbt seinen Kopf an meiner Schulter.

Ich drücke ihn noch fester an mich.

»Hatte ich dir nicht eingeschärft, im Wagen zu bleiben?«, ertönt plötzlich eine tiefe Stimme hinter mir. Als ich mich umdrehe, sehe ich Patrick durch den Korridor auf uns zukommen.

»Patrick«, stoße ich atemlos hervor. »Gott sei Dank!«

»Du hättest auf mich hören sollen«, sagt Patrick.

»Ich konnte nicht einfach nur herumsitzen und Däumchen drehen«, gebe ich zurück. »Ich musste Bertie doch helfen.«

Patrick stößt einen Seufzer aus. »Ich hätte ihn schon gefunden.«

»Aber nicht vor Mrs Calder.«

»Doch. Ich habe sie die ganze Zeit beobachtet. Was glaubst du, wie ich dich hier oben gefunden habe?«

»Sie ist da drin.« Ich deute mit dem Daumen auf die Tür. »Wir haben sie eingeschlossen. Nachdem Bertie sie mit ihrer eigenen Spritze außer Gefecht gesetzt hat.«

Patrick runzelt die Stirn, und einen Moment lang sieht er aus, als würde er wieder sauer. Doch dann dringt ein tiefes Lachen aus seiner Kehle.

»Dann kannst du ja tatsächlich auf dich allein aufpassen.«

»Manchmal. Aber ohne dich wäre ich gar nicht hier.«

Patrick bringt Bertie und mich in den Salon, wo er überprüft, ob alle Fenster verschlossen sind, ehe er zur Tür geht.

»Setzt euch hin.« Er zeigt auf das Sofa. »Ich muss kurz ein paar Anrufe erledigen.«

»Komm, Bertie.« Ich lasse mich auf das Sofa sinken. »Setz dich zu mir.«

Bertie klettert zu mir.

»Du musst dich zu Tode geängstigt haben.« Ich nehme seine Hand. »Es tut mir so leid, dass ich dich nicht früher gefunden habe.«

Bertie sieht zu dem Bild seines Großvaters hoch, das über dem Kamin hängt. Dann senkt er den Blick.

Ich spüre, wie mir Tränen in die Augen steigen. »Ich weiß, wie weh dir dein Großvater getan hat. Und ich weiß auch, warum. Es tut mir so furchtbar leid. Aber ab jetzt passen wir auf dich auf, okay? Und wir werden dafür sorgen, dass dein Großvater dir nie mehr etwas tut. Und dass deine Mutter dich öfter sehen kann.«

Bertie nickt.

90

Eine halbe Stunde später wimmelt das Schloss nur so von Polizisten und ehemaligen Armeefreunden von Patrick.

Nachdem Mrs Calder abgeführt wurde, blockieren sie die Eingänge des Schlosses und durchkämmen das Gebäude nach allen Regeln der Kunst – nur für den Fall, dass irgendwo noch jemand lauern sollte.

Ein paar Männer gehen ins Dorf hinunter, um Margaret Calder aufzuspüren, und bald darauf erfahren wir von ihrer Festnahme.

Eine Gruppe von Polizeibeamten macht sich in den Wald auf, um Hawks Leiche zu bergen und Spuren zu sichern.

Währenddessen warten Bertie und ich im Salon.

Patrick steht Wache an der Tür, marschiert auf und ab.

Schließlich gähnt Bertie herzhaft und lässt sich gegen mich sinken.

»Du siehst ziemlich müde aus«, sage ich. »Am besten bringe ich dich jetzt ins Bett, oder?«

Bertie nickt und zieht an meiner Hand.

Wir stehen auf und gehen zur Tür.

»Was soll das werden?«, fragt Patrick.

»Ich will Bertie ins Bett bringen«, antworte ich.

»Ganz bestimmt nicht allein. Ich lasse euch keine Sekunde aus meinen Augen.«

Patrick begleitet uns den Korridor entlang zu Berties Zimmer, das von einem von Patricks Armeekameraden – er trägt ein schwarzes Sweatshirt und eine Militärhose – bewacht wird.

»Kleine Vorsichtsmaßnahme«, erklärt Patrick, nickt seinem Freund zu und öffnet die Tür. »Damit Bertie sich auch ganz sicher fühlt.«

Ich schiebe Bertie über die Schwelle.

»Schlaf gut, kleiner Mann«, sagt Patrick. »Und wenn du mich brauchst, bin ich hier draußen.«

Ich helfe Bertie beim Waschen und Zähneputzen, ziehe ihm den Schlafanzug an und setze ihn aufs Bett.

Während ich ihn zudecke, zeigt er auf die Horrorbücher auf dem Nachttisch. »Die mag ich jetzt nicht«, sagt er.

Ich lächle. »Wie schön, dass du endlich wieder sprichst. Und ich habe diese Bücher sowieso noch nie gemocht. Aber wenn du mich fragst, haben sie ihren Zweck erfüllt. Also dann, wie wär's mit *Just William*?«

91

Nachdem ich Bertie seine Gutenachtgeschichte vorgelesen und ihm beim Einschlafen zugesehen habe, schleiche ich auf Zehenspitzen aus seinem Zimmer.

Auf dem Gang spricht Patrick gedämpft mit seinem Kameraden.

»Ja, die ganze Nacht … auf jeden Fall. Lass uns lieber auf Nummer sicher gehen.«

Bei meinem Anblick flackert wieder dieses eisige Feuer in seinen blaugrünen Augen auf.

»Wie geht es ihm?«

»Er schläft.«

»Wirklich?«

Ich nicke.

»Deine Gegenwart beruhigt ihn offenbar.«

»Ich glaube, er war einfach nur todmüde. Kein Wunder nach dem langen Tag.«

»Tja, er ist noch nicht zu Ende.« Patrick ergreift meine Hand. »Ein Arzt wartet auf dich.«

»Was für ein Arzt?«

»Die haben dir ziemlich heftige Substanzen verabreicht, Seraphina. Du solltest dich unbedingt durchchecken lassen.«

»Okay.«

»Endlich tust du, was ich dir sage. Dass ich diesen Tag erleben darf.«

Ich lache.

Die Wärme seiner Umarmung fühlt sich wunderschön an nach diesem endlos langen und aufreibenden Tag.

»Und danach verbringst du die Nacht bei mir«, fährt Patrick fort. »Du schläfst in meinem Zimmer. Damit ich ein Auge auf dich haben kann.«

»Patrick …«

»Keine Angst.« Er hebt die Hand. »Ich werde dich nicht anrühren, Ehrenwort. Ich will nur, dass du dich sicher fühlst, das ist alles.«

»Wie geht es jetzt weiter, Patrick? Mit Bertie? Und seinem Großvater? Kommt Dirk vor Gericht?«

»Wir arbeiten dran«, erwidert Patrick. »Wir haben ein paar Leute zum Haus meines Vaters geschickt, um dort Spuren zu sichern. Damit lasse ich ihn nicht davonkommen. Er hat seine Macht schon viel zu lange missbraucht. Aber sich an einem Kind zu vergreifen … und was er Margaret Calder angetan hat … Glaub mir, Seraphina, hätte ich davon gewusst …«

»Ich weiß.« Eng schmiege ich mich an ihn. »Du hättest das niemals zugelassen, sondern dafür gesorgt, dass dein Vater seine gerechte Strafe bekommt. Was ist mit Berties Mutter?«

»Sie ist in Sicherheit.«

»Das genügt nicht. Sie muss wieder für Bertie da sein können. Wenn dein Vater verurteilt und ins Gefängnis gesteckt wird, steht dem nichts mehr im Weg. Oder?«

»Ja. Dann hat sie nichts mehr von ihm zu befürchten.«

»Bertie braucht seine Mutter.«

»Das ist wahr«, sagt Patrick. »Ich lasse sie morgen abholen und herbringen. Gibt es sonst noch etwas, das du mir sagen möchtest?«

»Was meinst du?«

»Über den Westturm.« Ein Lächeln umspielt Patricks Lippen. »Und dass du deine Neugier wieder mal nicht zügeln konntest.«

Ich lache. »Meine Neugier? Nur weil ich nach Bertie gesucht habe?«

»Und auf wen bist du oben im Turm gestoßen?«

»Auf deine Großmutter. Von der alle behauptet haben, sie sei tot.«

»Ich konnte es dir nicht sagen. Ich musste dich schützen. Wenn mein Vater mitbekommen hätte, dass du Bescheid weißt …«

»Schon gut. Ich verstehe. So ist das wohl mit Familiengeheimnissen. Gibt es noch mehr, von denen ich erfahren sollte?«

»Hunderte.« Patrick schließt mich fest in seine Arme.

Der Arzt wartet im Salon auf mich. Die Untersuchung dauert nicht lange – nach ein paar Minuten gibt er grünes Licht.

»Sie hatten Glück, junge Dame«, erklärt er. »Die Frau wusste genau, was sie tat.«

»Ja. Das wundert mich kein bisschen.«

Kaum hat der Doktor das Zimmer verlassen, kommt Patrick herein. »Und?«

»Alles in Ordnung.«

Patrick zieht mich eng an sich. »Gott sei Dank. Komm mit mir. Zeit, dass du eine Mütze voll Schlaf bekommst.«

92

Vor der Tür zu Patricks Zimmer zögere ich einen Moment.

»Wenn du jetzt darüber diskutieren willst, ob du doch lieber woanders schlafen möchtest, hast du dir den falschen Tag ausgesucht, Seraphina.« Patrick streicht mir über die Wange. »Mit einem Nein lasse ich mich nicht abspeisen.«

»Darum geht es gar nicht. Eigentlich wollte ich bloß …«

»Was?« Patrick zieht eine Braue hoch.

Ich werde rot. »Ich … ich wollte dir nur sagen, dass ich mich bei keinem anderen Mann je so sicher gefühlt habe wie bei dir. Und dass …«

… ich dich liebe.

Doch ich bringe die Worte einfach nicht über die Lippen.

Das Herz schlägt mir bis zum Hals, als Patrick die Tür öffnet, und ich spüre, wie sich die Röte weiter über meine Sommersprossen ausbreitet.

»Du bist ja ganz rot.« Patrick führt mich zum Bett und zieht mir den Pullover über den Kopf. »Wie das?«, fragt er.

»Das weißt du ganz genau. Weil ich dir noch etwas sagen wollte. Aber ich kriege es einfach nicht hin.«

»Ich kann warten.« Patrick küsst mich zärtlich, presst seine Lippen so lange auf die meinen, bis ich einen leisen Seufzer ausstoße.

Er streift mir die Leggings ab und zieht mir die Socken aus.

»Schön, dass du noch meinen Glücksbringer trägst«, bemerkt er mit Blick auf die karierten Boxershorts und schlägt die Bettdecke zurück. »Vielleicht haben sie dir heute das Leben gerettet.«

Ich lache. »Das warst wohl eher du.«

»Schlaf gut, meine Schöne.« Er beugt sich über mich. »Und übrigens, ich liebe dich auch.«

Mit großen Augen sehe ich zu ihm auf und spüre, dass sich ein dümmliches Grinsen auf meinem Gesicht ausbreitet. »Das hast du schon einmal gesagt, aber … aber meinst du es auch so?«

»Natürlich tue ich das. Du weißt, dass ich ohne dich nicht leben kann.«

»Patrick, ich …« Ich schüttle den Kopf, versuche, die Worte herauszubringen, aber auch jetzt gelingt es mir nicht.

»Schon gut, Seraphina. Du musst es nicht sagen. Ich kann warten.«

Abermals spüre ich, wie ich erröte, und senke den Blick.

Sanft hebt Patrick mein Kinn an. »Ich weiß, dass du so empfindest wie ich.«

Ich lache. »Wieder mal die Arroganz auf zwei Beinen.«

»Nein. Aber ich kenne dich so gut, dass ich deine Gedanken lesen kann.«

Ich lasse mich aufs Kissen zurücksinken, fühle mich von einer sanften, wohligen Wärme eingehüllt.

Patrick tritt um das Bett herum, zieht sein T-Shirt und seine Unterhose aus und schlüpft zu mir unter die Decke.

O Gott – wie warm er sich anfühlt, und sein herrlicher Geruch bringt mich schier um den Verstand …

Ich schmiege mich an ihn, und er legt die Arme um mich, zieht mich sanft an seine Brust.

Mir fallen bereits die Augen zu. Kurz bevor ich einschlafe, höre ich Patrick sagen: »Ich liebe dich, Seraphina Harper.«

93

Als ich am nächsten Morgen aufwache, sehe ich geradewegs in Patricks Augen. Er liegt neben mir, den Kopf auf den Ellbogen gestützt, und betrachtet mich mit sorgenvoll gerunzelter Stirn.

Durch die hellbraunen Stoppeln sehe ich die Narbe auf seiner Wange. Das blonde Haar fällt ihm in die Stirn.

Wunderschön sieht er aus, doch in seinem Blick spiegelt sich leise Wut.

»Was ist los?«

»Ich kann es mir einfach nicht verzeihen.«

»Was?«

»Was dir gestern zugestoßen ist.«

»Wie hättest du es verhindern können? Wie hätte jemand ahnen sollen, dass Mrs Calder derart verrückt ist? Dass sie bösartig ist, war mir ja schon immer klar, aber ich hätte nie gedacht …« Bei der Erinnerung an den gestrigen Tag wird mir leicht flau im Magen. »Aber egal, es ist ja vorbei.«

»Aber all das hätte niemals passieren dürfen.« Eine Strähne fällt Patrick in die Augen, als er den Kopf schüttelt. »Ich hatte dir mein Wort gegeben. Dass ich dich beschützen würde. Aber ich habe versagt. Genau wie bei Jamie.«

»Hey.« Ich setze mich auf, lege die Hand auf Patricks Brust und spüre das heftige Klopfen seines Herzens. »Was mit Jamie passiert ist, war nicht deine Schuld. Und genauso wenig kannst du etwas für das, was mir zugestoßen ist. Du hast mich gerettet. So wie du auch versucht hast, Jamie zu retten. Du bist ein guter Mensch, Patrick.«

»Bin ich das?«

»Ja. Ja, das bist du.«

»Trotzdem glaube ich nicht, dass ich mir das je verzeihen kann.«

»Was hättest du denn tun sollen? Du hattest doch keine Ahnung von den Machenschaften deines Vaters. Du hast alles in deiner Macht Stehende getan, um uns zu schützen.«

»Und dabei versagt.«

»Das stimmt doch nicht.« Ich drücke seine Schulter. »Sieh mich an, Patrick.«

Er blickt auf, und wieder einmal raubt mir der Anblick seiner wunderschönen, gefühlvollen Augen den Atem.

»Schluss jetzt mit dem Selbstmitleid«, befehle ich.

»Wie stark du bist. Das mag … nein, liebe ich so an dir.«

Grinsend rolle ich mich auf ihn und spüre, wie er sofort hart wird.

Eine wohlige Wärme prickelt zwischen meinen Schenkeln. Ich rutsche ein Stück höher, sodass er sich genau zwischen meinen Beinen befindet. Ein raues Stöhnen dringt aus Patricks Kehle.

»Vielleicht ist jetzt nicht der richtige Zeitpunkt.« Er klingt ein wenig atemlos. »Nach all dem, was gestern passiert ist.«

»Willst du mich etwa zurückweisen, Patrick Mansfield?«

»Ich versuche es. Aber ich schaffe es nicht.«

Er streift mir die Boxershorts herunter, dann hebt er mich wieder auf seine Hüften, sodass ich rittlings auf ihm sitze, seine Härte an meinen Schenkeln spüre.

Patrick hält sich die Boxershorts an die Nase und atmet tief ein. »Von diesem Geruch werde ich nie genug bekommen.« Er wirft die Shorts auf den Boden, und dann höre ich, wie er ein Kondompäckchen aufreißt, ehe seine Hände sich wieder fest um meine Taille legen.

Kreisend bewege ich meine Hüften, bis er mir entgegenkommt, dann lasse ich mich ganz langsam auf ihn niedersinken, bis er ein kleines Stück weit in mir ist.

Vorsichtig komme ich ihm entgegen; er ist so groß, dass er nur mit Mühe in mich passt.

Patrick schließt die Augen und stößt ein tiefes Stöhnen aus.

Und unwillkürlich dringt ein Seufzer aus meiner Kehle, als er mich öffnet.

Doch mit einem Mal hält er inne. »Moment«, presst er hervor. »Bist du sicher? Ich kann warten, verstehst du? So lange du willst.«

»Nein.« Ein Prickeln durchläuft mich, und meine Atemzüge beschleunigen sich. »Ich will dich jetzt.«

Patrick stöhnt erneut auf, während ich ihm meinen Unterleib weiter und weiter entgegenpresse.

O Gott, wie gut sich das anfühlt. Er füllt mich so sehr aus, dass es fast zu viel ist, ihn in mir zu haben, trotzdem ist es einfach wunderbar.

Rhythmisch gleitet er in mich hinein und wieder hinaus.

Ich schließe die Augen, werfe den Kopf in den Nacken und stöhne: »Patrick. O Patrick!«

Dann nimmt er mich härter. Immer fordernder schnellen mir seine Hüften entgegen.

»Mach die Augen auf«, stößt er heiser hervor.

Ich gehorche und sehe, wie er mich anstarrt – eindringlich und voller Leidenschaft.

»Ich will, dass du mich ansiehst, wenn du kommst.« Tief bohrt er sich in mich hinein.

»Oh«, stöhne ich. »O Patrick. O Gott!«

Patricks Finger krallen sich in meine Pobacken. Dann beginnt er, mich mit einer Hand zu liebkosen; mit sanftem Druck lässt er den Daumen kreisen, bis ich außer mir vor Lust bin.

»O Gott, Patrick!«

Ich reite ihn immer schneller, um ihn so tief wie möglich in mir aufzunehmen, während er mir mit seinen kraftvollen Stößen entgegenkommt. Ich beuge mich zu ihm, bis sich unsere Nasenspitzen beinahe berühren. »O Patrick. Liebling, es ist so schön.«

Es ist einfach wunderbar. Er berührt Stellen in meinem Innern, die nie zuvor ein Mann berührt hat, und ich lasse die Hüften kreisen, blicke ihm tief in seine ernsten, leidenschaftlichen Augen, während er sich fester und fester in mir versenkt.

»Ich komme«, platze ich heraus, presse ihm meinen Unterleib mit aller Macht entgegen.

Patrick stößt ein kehliges Stöhnen aus und schließt einen Moment lang die Augen. Auf seinem Gesicht spiegelt sich ekstatische Erwartung.

Er greift nach meinem Kinn, zwingt mich, ihn anzusehen, und blickt mir so tief in die Augen, als könne er direkt in meine Seele sehen.

»Ich liebe dich, Patrick«, höre ich mich seufzen. »Ich liebe dich.«

Ich komme, verschmelze mit ihm, und eine Woge der Lust ergreift Besitz von meinem ganzen Körper.

»Auf diese Worte habe ich so lange gewartet.« Ein Ausdruck nackter Erregung verzerrt sein Gesicht, dann stößt er ein letztes Mal zu. »O Gott!«, stöhnt er heiser, und dann entspannen sich seine Züge, während er die Arme um mich schlingt.

»Ich liebe dich auch«, flüstert er.

Er drückt mich fest an seine Brust. So liegen wir eine Zeit lang da, vereint im Gleichmaß unserer Atemzüge.

Schließlich richtet Patrick mich sanft auf, sodass ich ihm ins Gesicht sehen kann.

»Bleib bei mir.«

»Ich hatte nicht vor, gleich wieder zu verschwinden.«

»Nein. Das meinte ich nicht. Ich meinte, für immer. Zieh zu mir.«

»O Gott. Du meinst …« Ich beiße mir auf die Unterlippe. »Du willst, dass ich … hier mit dir zusammenlebe?«

»Ja.«

»Das ist aber eine ziemlich schwerwiegende Entscheidung.«

»Ist es das?« Patrick wirft mich aufs Bett und legt sich auf mich. »Für mich jedenfalls nicht.«

»Aber das kommt so schnell.«

»Warum sollten wir warten? Ich liebe dich. Und du liebst mich. Alles Weitere ergibt sich von selbst.«

»Ich … darüber muss ich erst einmal in Ruhe nachdenken.« Ich betrachte seine schönen, markanten Züge, blicke ihm in die kühlen, klaren Augen, bei deren Anblick mir so oft die Knie weich geworden sind. »Und mit ein paar Leuten reden, die mir wichtig sind.«

Patrick lacht. »Seltsam, aber mir war klar, dass du das sagen würdest. Und rein zufällig habe ich eine SMS bekommen, kurz bevor du aufgewacht bist. Besuch hat sich für dich angemeldet.«

»Besuch?«

»Ja. So gegen Mittag müsste er hier sein.«

Ich runzle die Stirn. »Wer denn?«

»Jemand, mit dem du bestimmt das eine oder andere zu bereden hast.«

»Wer?«

»Tja, da wirst du dich wohl gedulden müssen.«

Ich seufze. »Ich nehme nicht an, dass du dich weichklopfen lässt?«

»Wie gut du mich bereits kennst.«

94

Nach dem Frühstück gehen Bertie und ich in den Wald, während Patrick in die Stadt fährt, um ein paar juristische Dinge zu klären.

Je mehr Zeit Bertie und ich miteinander verbringen, desto gesprächiger wird er. Er zeigt mir verschiedenste Vögel und Bäume und erklärt mir, wie sie heißen, erzählt mir von *Just William* und seinen Lieblingsfarben. Es ist zauberhaft, wie er seine Stimme allmählich wiederfindet.

Auf dem Gelände sind immer noch jede Menge Polizisten, und Patricks Freunde von der Armee bewachen das Schloss – lieber auf Nummer sicher gehen, wie Patrick zu sagen pflegt.

Aber Bertie scheint all das nicht zu bemerken. Ein sanfter, friedlicher Ausdruck liegt auf seinem Gesicht, als sei eine gewaltige Last von ihm abgefallen.

Wir sprechen nicht darüber, dass er womöglich gegen seinen Großvater aussagen muss. Das hat noch Zeit. Heute ist ein Tag der Freude und der Unbeschwertheit.

Als wir im großen Saal aufs Mittagessen warten, steht Anise plötzlich in der Tür.

»Sie sind bestimmt mein Besuch«, sage ich. »Ich freue mich, Sie wiederzusehen.«

Anise lächelt mich an. Heute wirkt sie nicht so verkrampft wie beim letzten Mal. Ihre Schultern sind locker und entspannt.

»Ihr Besuch?« Fragend zieht sie die Augenbrauen hoch.

»Ja. Patrick meinte, ich würde heute Besuch bekommen. Sie haben ihm heute Morgen eine SMS geschrieben, stimmt's?«

»Nein.«

»Hm.« Ich runzle die Stirn. »Seltsam.«

Bertie sieht zu Anise auf. »Hallo, Mummy«, sagt er.

»Bertie!« Sie tritt zu ihm und drückt ihn fest an sich. »Ich habe schon gehört, dass du wieder sprichst. Und du hast eine so wunderbare Stimme. Jetzt wird alles anders, Bertie, das verspreche ich dir.«

Sie geht vor ihm in die Hocke. »Es tut mir leid. Es tut mir so leid. Ich … ich wusste nicht, dass Großvater dir wehgetan hat. Er hat uns alle manipuliert. Aber damit ist jetzt für immer Schluss. Bitte, Bertie, vergib mir! Glaub mir, wir fangen ein ganz neues Leben an, das verspreche ich dir.«

Bertie nickt, während sich ein trauriger Schatten über seine Augen zu legen scheint.

»O Bertie.« Tränen stehen in Anises Augen. »Ab jetzt werden wir viel mehr Zeit miteinander verbringen. Okay? Jetzt kann mich Großvater nicht mehr daran hindern, dich zu sehen. Er kommt an einen Ort, wo er niemandem mehr wehtun kann.«

»Na gut.« Abermals nickt Bertie, und wieder umarmen sie sich.

Anise wendet sich mir zu. »Danke, Sera. Für alles. Dafür, dass Sie meinem Vater das Handwerk gelegt haben. Und dass es Ihnen gelungen ist, Bertie wieder zum Sprechen zu bringen. Ich weiß gar nicht, wie ich Ihnen danken soll.«

»Schon okay.« Ich lächle sie an. »Ich freue mich bloß, dass es Bertie wieder gut geht.«

Hm, Anise war also nicht der angekündigte Besuch. Aber wer um alles in der Welt ist es dann?

Wir sind gerade mit dem Mittagessen fertig, als sich herausstellt, wer Patrick die SMS geschickt hat.

High Heels klappern auf dem Steinboden, dann erscheint eine Gestalt im Türrahmen: Sharon, wie üblich im Stil der Achtzigerjahre, inklusive Schulterpolstern und rot lackierter Fingernägel.

»Sharon!«

»Sera, Schätzchen!«

Sie muss frisch beim Friseur gewesen sein, wie ihre Strähnen und der Raspelschnitt verraten.

Es ist ein wenig merkwürdig, sie hier in dieser Umgebung zu sehen. Irgendwie habe ich London fast komplett vergessen.

»Wie schön, dich zu sehen, Sharon.« Ich stehe auf und schließe sie in die Arme.

Sharon drückt mich fest an sich.

»Gut siehst du aus«, sagt sie und löst sich von mir. »Die gesunde Luft hier oben lässt dich ja richtig aufblühen.«

»Ja, nicht?«

»Oder gibt es vielleicht noch einen anderen Grund?« Sharon zieht eine Augenbraue hoch.

Ich sehe zu Bertie und Anise. »Ähm …«

Sharon folgt meinem Blick. »Komm, lass uns einen kleinen Spaziergang machen.«

Ich wende mich Bertie zu. »Kann ich eine kleine Runde mit Sharon drehen, und du bleibst währenddessen bei deiner Mum?«

Bertie nickt.

95

Wir verlassen das Schloss durch den Haupteingang und schlendern über den Rasen.

»Wahnsinn!«, ruft Sharon. »Hilfe, meine Abätze!« Sie balanciert auf ihren High Heels über den Rasen. »Wie hast du hier draußen bloß überlebt? Keine Sushi-Bars, keine Einkaufszentren?«

Ich zucke die Achseln. »Ich schätze, ich habe mich daran gewöhnt.«

Sharon lacht. »Wer hätte das gedacht? Unsere Großstadtpflanze findet Geschmack am Landleben. Aber wenn ich mich nicht irre, hat auch ein gewisser Supertyp namens Mansfield etwas damit zu tun, oder etwa nicht?«

»Vielleicht.« Ich spüre, wie sich ein Lächeln auf mein Gesicht schleicht.

»Los, raus mit der Sprache. Was ist passiert? Hast du mit ihm geschlafen?«

»Sharon!«

»Also ja. Und? Hält er, was er verspricht?«

Ich bleibe stehen.

»Ich glaube, ich liebe ihn.«

»Du lieber Himmel.« Sharon packt mich am Arm. »Ernsthaft?«

Ich nicke.

»Tja, ich denke, du könntest es schlechter treffen. Sehr viel schlechter. Aber hältst du das wirklich für eine gute Idee? Ich meine, schließlich ist er dein Boss.«

»Und ein Lord. Und reich. Und ungemein attraktiv.«

»Kein Grund, es mir extra noch unter die Nase zu reiben«, sagt Sharon. »Und empfindet er dasselbe für dich?«

»Er hat mich gefragt, ob ich mit ihm zusammenleben will.«

»Was?« Sharon schlägt sich die Hand vor den Mund. »Und was hast du gesagt?«

»Dass ich erst mal darüber nachdenken muss.«

Sharon lacht. »Was gibt's da groß nachzudenken?«

»Du weißt, dass ich mich um Wila kümmern muss. Ich kann nicht so einfach …«

»Oh, Wila geht es bestens«, entgegnet Sharon. »Ich habe mit deinem Bruder gesprochen, sie hat sich bestens eingelebt. Ach ja, sie hat mich gebeten, dir zwei Karten zu geben. Für ihre Aufführung, die an diesem Wochenende stattfindet.« Sharon kramt in ihrer schwarzen Lackledertasche herum. »Hier.«

Sie zieht zwei Karten heraus. »*Die Schöne und das Biest.* Mit Wila Harper« steht in goldfarben geprägten Buchstaben darauf.

»Wow! Sie hat die Hauptrolle? Das ist ja wunderbar! Davon hat sie mir gar nichts erzählt. Ich bin so stolz auf sie.«

»Siehst du?«, meint Sharon. »Wila hat alles im Griff. Sie wird erwachsen. Aber wenn du unbedingt nach London zurückwillst, hätte ich auch gleich einen neuen Job für dich. Einen richtig guten bei einer Familie in erstklassigen Verhältnissen. Tatsächlich sind sie sogar mit den Mansfields bekannt. Sie waren beeindruckt, wie exzellent du dich hier gemacht hast.«

Ich blicke zu Boden. »Gut zu wissen«, seufze ich. »Falls … falls es zwischen Patrick und mir schieflaufen sollte.«

»Und wenn alles gut läuft?«

Ehe Sharon sich auf den Heimweg macht, drückt sie mir die Karten für den Ballettabend in die Hand.

»Du kommst doch, oder? Ich hab's Wila versprochen.«

Ich lächle. »Versuch, mich daran zu hindern.«

Anise und Bertie sind immer noch im großen Saal, als ich zurückkomme.

Anise lächelt mich an. »Bertie und ich haben uns unterhalten. Wir haben überlegt, ob wir nicht zusammen ein paar Tage in den Urlaub fahren sollen. Zusammen mit Berties Großmutter.«

»Oh.«

»Wir waren noch nie zusammen weg«, erklärt Anise. »Mein Vater hat es nicht erlaubt. Aber jetzt steht uns die ganze Welt offen, richtig? Wir können tun, was immer wir wollen.«

»Und wie findest du die Idee, Bertie?«

»Gut«, antwortet er.

»Sicher?«

»Ja.«

Anise strahlt. »Wir statten nämlich auch Micky Maus einen Besuch ab.«

Ich reiße die Augen auf. »Euro Disney?«

»Ja, ich glaube, das wird ihm gefallen.«

»Ganz bestimmt. Haben Sie schon eine Idee, wann Sie fahren wollen?«

»Pläne verwirklicht man am besten sofort, oder?«

»Heute? Wollen Sie nicht lieber noch ein bisschen warten?«

»Vielleicht tut es Bertie ganz gut, eine Weile hier wegzukommen. Auch wegen der ganzen Polizisten.«

»Damit könnten Sie recht haben. Und wie lange wollen Sie wegbleiben?«

»Nur ein paar Tage. Und wenn wir zurück sind, überlegen wir uns, wie wir Bertie ein ganz normales Leben ermöglichen können. Ab jetzt werde ich jedenfalls so oft wie möglich für ihn da sein.«

»Das freut mich. Das freut mich sehr.«

»Und was haben Sie die nächsten Tage so vor?«, fragt Anise.

»Ich weiß es nicht genau«, antworte ich wahrheitsgemäß. »Das muss ich wohl selbst erst noch herausfinden.«

96

Bertie und Anise fahren in einer gemieteten Limousine zum Flughafen, und ich winke ihnen von der Eingangstür aus hinterher, als sich eine kräftige, vertraute Hand um meine Taille legt.

Ich erschaudere unter der Berührung.

»Patrick«, sage ich, ohne mich umzudrehen.

»Deine zweite Besucherin ist offenbar auch schon weg«, flüstert er mir ins Ohr.

»Ja.«

»Und?«

»Und was?«

»Konnte sie dich überzeugen, wieder nach London zurückzugehen?«

Ich lächle. »Sie wollte, dass ich hierbleibe. Bei dir. Sie meinte, ich wäre verrückt, wenn ich London auch nur eine Träne nachweinen würde.«

»Klingt nach einer ziemlich klugen Frau.«

»Möglich.« Ich ziehe die Ballettkarten heraus. »Wila hat einen Auftritt am Wochenende. Und jetzt, da Bertie mich gerade nicht braucht, könnte ich mir die Aufführung doch ansehen.«

»Bin ich auch eingeladen?«, fragt Patrick.

»Würde dich das denn interessieren?«

»Aber natürlich. Ich habe dir doch gesagt, dass ich deine Familie gern kennenlernen würde.«

»Na gut. Solange es nur meine Schwester ist.«

Ein Grübchen erscheint auf seiner Wange. »Nett, dass du mich mitschleppst.«

Ich lache. »Es geht nicht darum, dass ich dich nicht gern dabeihätte. Mich macht bloß die Vorstellung nervös, dass ihr euch zum ersten Mal begegnet. Die Meinung meiner Schwester ist mir eben wichtig.«

Patrick haucht mir einen Kuss in den Nacken. »Umso wichtiger, dass ich dabei bin.«

Patrick bucht uns eine Zugfahrt in einem Privatwaggon, und je näher wir London kommen, umso mehr wächst meine Anspannung.

Es ist ein ziemlich seltsames Gefühl, Seite an Seite mit diesem unglaublich gut aussehenden Mann zu sein. Er hat sich sein blondes Haar zurückgekämmt, und der maßgeschneiderte Anzug sitzt absolut perfekt. Er ist frisch rasiert, und die weiße Narbe auf seiner Wange scheint heute besonders auffällig zu schimmern.

Ich trage die schicksten Klamotten, die ich besitze – ein knallrotes Kleid mit silbernen Vögeln, die ich selbst aufgenäht habe, dazu meine Cowboystiefel und eine Jeansjacke, um das Ganze nicht zu offiziell wirken zu lassen.

Patrick drückt meine Hand, als der Zug ruckelnd zum Stehen kommt.

»Aufgeregt?«, fragt er.

»Wie hast du das erraten?«

»Ich spüre es.«

Ich lächle. »Vor dir kann ich wohl nichts verbergen, was?«

»Nein. Versuch es also lieber gar nicht erst.« Er drückt meine Hand noch ein wenig fester.

Im Theatersaal bin ich so nervös wie noch nie in meinem Leben. Obwohl es sich nur um eine Amateuraufführung handelt, wünsche ich mir nichts mehr, als dass meine kleine Schwester einen Erfolg feiern kann. Und dass Patrick an meiner Seite ist, macht meine Anspannung noch viel schlimmer.

Alle Blicke richten sich auf uns, als wir den Saal betreten. Ein paar Leute machen sogar Fotos von uns; offenbar haben sie Patrick erkannt und fragen sich, wer seine junge Begleitung sein mag.

Wir suchen unsere Plätze, und Patrick hält meine Hand so fest, dass ich einen Moment lang alles um mich herum vergesse – bis Wila die Bühne betritt.

Wow! Ihr Auftritt ist unglaublich. Ich bin hin und weg vor Begeisterung. Mir war schon immer bewusst, dass sie gut ist, aber erst jetzt wird mir klar, was sie in diesem Jahr dazugelernt hat. Es besteht nicht der geringste Zweifel, dass sie zum Star geboren ist.

Am Ende der Aufführung gibt es stehende Ovationen. Dann tritt ein Saaldiener zu uns und bittet mich und Patrick, ihm hinter die Bühne zu folgen.

97

Wir warten vor den Künstlergarderoben auf einem geräumigen Flur, der mit gemütlichen Sofas und Polstersesseln möbliert ist.

Schließlich kommt Wila heraus. Sie hat sich umgezogen und trägt Jeans und einen weiten Pulli, und sie strahlt über das ganze Gesicht. Mit ihren elfengleichen Zügen und dem blonden, zu einem straffen Knoten frisierten Haar sieht sie hübscher aus denn je.

Inzwischen haben es sich andere Ballerinen auf den Sofas und Sesseln bequem gemacht, dazwischen sitzt eine ältere Frau, bei der es sich offenbar um eine von Wilas Lehrerinnen handelt.

Die Mädchen flirten Patrick mit großen Augen an, kichern und stoßen sich gegenseitig mit den Ellbogen an. Die Lehrerin mustert ihn ebenfalls – vermutlich fragt sie sich, was er hier verloren hat.

Wila und ich laufen aufeinander zu und fallen einander in die Arme. »Du warst umwerfend, Wila, einfach toll. Ich bin wahnsinnig stolz auf dich. Und du hast mir so sehr gefehlt.«

Sie löst sich von mir, dann fällt ihr Blick auf Patrick.

»Oh.« Ich sehe Patrick an. »Das ist … Ich meine … Patrick, das ist meine kleine Schwester Wila. Wila, das ist Patrick Mansfield.«

Wila lächelt und macht einen kleinen Knicks, ehe sie Patrick die Hand schüttelt. »Sehr erfreut, Lord Mansfield.«

»Ähm, Patrick ist mit mir hier«, erkläre ich.

»Aber nicht als Lord, sondern als Begleiter meiner Liebsten«, erklärt er.

Wilas Augen weiten sich. »Ihr beide seid zusammen?«

Hinter Wila giggeln die anderen Mädchen verlegen und werfen sich vielsagende Blicke zu.

»Ja.« Patrick beugt sich zu ihr. »Ich fühle mich außerordentlich geehrt, den Star des Abends kennenlernen zu dürfen. Sie waren unglaublich, junge Dame.«

Wila errötet. »Vielen Dank.«

Patrick strafft die Schultern. »Darf ich die beiden Ladys zur Feier des Abends zum Dinner einladen?«

Wila stößt einen kleinen Jubelschrei aus. »O ja!«

Lächelnd sehe ich zu Patrick auf. »Das klingt großartig.«

Wila kichert unablässig, während wir den Backstagebereich verlassen.

»Seras *Liebster*«, flüstert sie ununterbrochen.

Gerade als ich in meine Jacke schlüpfen will, sticht mir etwas ins Auge.

»O Gott!« Eine Hand im Ärmel, erstarre ich.

Direkt vor uns stehen die Carmichaels.

Wie um alles in der Welt kommen die denn hierher?

Und dann fällt es mir wieder ein.

Helen Carmichaels Nichte besucht ebenfalls die Ballettschule.

Helen trägt ein langes pinkfarbenes Abendkleid und ist so schön wie eh und je.

Mr Carmichael wirkt wie ein Zwerg neben ihr. Sein Gesicht ist schweinchenrosa, und sein Anzug sitzt nicht besonders, auch wenn er offenbar eine Stange Geld gekostet hat. Seine wässrigen Äuglein schweifen durch den Eingangsbereich.

Er und Helen berühren sich nicht. Vielmehr könnte man glauben, sie wären sich nie zuvor begegnet.

Genau in dem Moment fällt Mr Carmichaels Blick auf mich.

Er blinzelt erstaunt, wendet sich Helen zu und flüstert ihr etwas ins Ohr, dann drehen sich die beiden um und gehen zur Tür.

Aber das lasse ich mir nicht bieten.

Ich lasse Patricks Hand los, marschiere hinter Mr Carmichael her und tippe ihm entschlossen auf die Schulter.

Er bleibt stehen, dreht sich um und tut so, als sei er völlig erstaunt, mich zu sehen.

»Oh, äh, Sera.« Nervös tritt er von einem Fuß auf den anderen. »Das ist aber eine Überraschung. Wir wollten gerade gehen.«

Helen Carmichael dreht sich ebenfalls um. »Sera!« Ihre Miene hellt sich schlagartig auf. »Das freut mich aber!« Sie wirft Mr Carmichael einen bösen Seitenblick zu und zischt: »Ach, *deshalb* wolltest du so schnell gehen!«

»Ich hätte so gern mit den Mädchen gesprochen«, sage ich,

»aber die neue Nanny wimmelt mich immer mit irgendwelchen Ausreden ab. Ich wollte ihnen sagen, wie sehr sie mir fehlen. Und dass ich nicht aus freien Stücken gegangen bin.«

»Ich …« Mr Carmichael öffnet den Mund und verstummt sofort wieder.

Helen presst die Lippen aufeinander. »Ich bitte dich, Gregory, nun hab dich nicht so. Die Mädchen bedeuten ihr so viel.«

»Nein. Ich glaube nicht, dass …« Mr Carmichael hebt den Blick, und dann bleibt ihm der Mund offen stehen.

Ich spüre, dass Patrick neben mir steht – hochgewachsen, breitschultrig und offenbar ziemlich schlecht gelaunt.

»Gregory Carmichael?«, knurrt Patrick.

»O Lord Mansfield.« Mr Carmichael verbeugt sich leicht. »Wie komme ich zu dieser Ehre? Es ist mir eine Freude, Sir.«

»Das kann ich meinerseits nicht behaupten«, gibt Patrick leise zurück und nimmt meine Hand.

Irritiert betrachtet Mr Carmichael unsere ineinander verschränkten Finger, und ich kann förmlich sehen, wie sich die Rädchen in seinem Kopf drehen, ehe er zu begreifen scheint – dass Patrick und ich ein Paar sind.

»Ich … So war es gar nicht«, stammelt Mr Carmichael. »Was immer sie Ihnen über mich erzählt, ist nicht wahr.«

»Seraphina hat mir überhaupt nichts über Sie erzählt«, erwidert Patrick. »Von ihrer Agentin habe ich allerdings umso mehr erfahren. Insbesondere darüber, weshalb Seraphina Ihre Familie verlassen hat.«

»Sharon Manning? Die Frau lügt doch, wenn sie nur den Mund aufmacht.«

»Wer im Glashaus sitzt, sollte nicht mit Steinen werfen«, kontert Patrick. »Seraphina möchte mit Ihren Kindern in

Kontakt bleiben. Sie liegen ihr sehr am Herzen. Und Ihre Frau hat nichts dagegen. Hören Sie also gefälligst auf, Seraphina ständig Knüppel zwischen die Beine zu werfen.«

Mr Carmichael wird leichenblass. »Ich … nein, nein, bestimmt nicht. Ich wollte niemandem im Weg stehen. Hier.« Er streckt Patrick eine Visitenkarte hin. »Seraphina kann mich jederzeit anrufen. Wann immer es ihr gefällt. Ich sorge dafür, dass sie die Mädchen sehen kann.«

»Das freut mich zu hören.« Patrick nimmt die Karte entgegen. »Und sollte mir zu Ohren kommen, dass es wieder Schwierigkeiten gibt, sprechen wir uns noch mal unter vier Augen. Einverstanden?«

»Ja, Sir.« Mr Carmichael zieht die Schultern ein. »Selbstverständlich, Sir.«

Verlegene Stille macht sich breit, während Mr Carmichael unter Patricks strengem Blick regelrecht zu schrumpfen scheint.

»Sie können jetzt gehen«, sagt Patrick.

»Äh, ja, Sir.« Mr Carmichael macht noch einen Diener, dann nimmt er seine Frau bei der Hand und zieht sie hinter sich her.

»Wie schön, dich wieder mal gesehen zu haben, Sera«, ruft mir Helen noch über ihre Schulter zu.

98

Patrick führt Wila und mich zum Dinner ins Peacock aus – ein Restaurant, das ich nur aus Klatschmagazinen kenne, aber noch nie betreten habe.

Wila ist sichtlich beeindruckt. Sie macht so große Augen,

dass es aussieht, als würden sie ihr jede Sekunde aus dem Kopf fallen.

Die wartenden Gäste vor uns werden von den Kellnern abgewimmelt, doch dann entdeckt uns der Oberkellner und führt uns, ohne zu zögern, zu einem freien Tisch.

»Sie benötigen selbstverständlich keine Reservierung, Lord Mansfield. Bei uns sind Sie immer willkommen.«

»Besten Dank«, sagt Patrick.

Wir verbringen einen wunderschönen Abend, und Wila schafft es kaum, den Blick von Patrick zu lösen.

Patrick ist wie immer absolut hinreißend. Der perfekte Gentleman. Er fragt Wila, wie es an der Ballettakademie läuft, nach ihren Freundinnen und wie es ihr auf dem Internat gefällt. Immer wieder drückt er meine Hand unter dem Tisch oder zwinkert mir zärtlich zu.

Als er schließlich aufsteht, um die Rechnung zu bezahlen und sich beim Maître zu bedanken, wendet Wila sich mir zu.

»O mein Gott, Sera! Du und Patrick Mansfield! Das ist einfach unglaublich!«

»Krieg dich wieder ein, Lala. Patrick und ich kennen uns gerade mal ein paar Tage.«

»Den Eindruck macht ihr aber nicht«, erwidert Wila. »Wie er dich die ganze Zeit ansieht. Also, seid ihr beide jetzt ein Paar oder was?«

Ich lache. »So einfach ist das nicht. Ehrlich gesagt, ich bin mir noch nicht ganz sicher, was wir sind.«

»Aber es ist doch etwas Ernstes, oder?«

Ich zögere einen Moment. »Ja«, gebe ich schließlich zu. »Sieht so aus. Er hat mich gefragt, ob ich mit ihm zusammenleben will.«

»In seinem *Schloss?*«, platzt Wila heraus.

Ich nicke.

»Wow. Das ist ja wie im Märchen. Meine große Schwester. Und Patrick Mansfield. Das ist ja der Hammer!«

»Nur die Ruhe«, wiegle ich ab. »Noch habe ich nicht Ja gesagt.«

Wilas Augen weiten sich. »Das ist doch nicht dein Ernst, oder?«

»Doch.«

»Warum nicht?«

»Weil ich erst noch über ein paar Dinge nachdenken muss.«

»Worüber denn?«

»Über dich zum Beispiel. Und mein altes Leben in London. Und über … na ja, ich muss auch ein bisschen realistisch sein, Wila. Wir kommen aus völlig verschiedenen Welten, Patrick und ich.«

»Liebst du ihn?«

»Ja«, gestehe ich. »Ich liebe ihn.«

»Hast du ihm das auch gesagt?«

»Ja.«

»Und er liebt dich auch?«

»Ja. Jedenfalls behauptet er es.«

»Bleib bei ihm«, rät Wila. »Du hast ein wunderschönes Leben vor dir. Du wirst mir fehlen, aber ich habe hier alles im Griff. Und wenn du ihn liebst, Sera, wo liegt dann das Problem?«

Ich stoße einen Seufzer aus. »Ich weiß es nicht. Aber das wirkliche Leben ist eben kein Roman. Irgendwie werde ich das Gefühl nicht los, dass etwas schieflaufen wird.«

99

Der Abschied von Wila fällt mir unendlich schwer.

Patrick und ich setzen sie an der Ballettschule ab, und von draußen hören wir, wie die anderen Mädchen sie ausgelassen begrüßen, als sie das Wohnheim betritt. Dass sie so beliebt ist, stimmt mich zumindest ein kleines bisschen froher.

Jetzt hat ihr anderes Leben sie wieder. Ihr Leben ohne mich.

»Das war nicht leicht für dich, stimmt's?«, sagt Patrick und nimmt mich fest in die Arme.

»Ja«, gebe ich zu.

»Sie wird erwachsen. Genau so war es, als Jamie zur Armee gegangen ist. Ich wusste, dass er mich nicht mehr brauchte. Aber trotzdem war ich immer sein großer Bruder, ob er nun auf meine Hilfe angewiesen war oder nicht. Und so wirst du immer ihre große Schwester sein.«

Lächelnd sehe ich ihn an. »Und, willst du nicht wissen, zu welcher Entscheidung ich gekommen bin? Ob ich mit dir zusammenleben will?«

Seine ebenmäßigen Zähne schimmern im Mondlicht. »Das weiß ich bereits.«

Ich lache. »Dann sag es mir.«

»Du hast beschlossen, bei mir zu bleiben. Du willst das Risiko eingehen.« Er streicht mir sanft durch das Haar. »Richtig?«

»Ja.« Seine Berührung lässt mich leise seufzen. »Wir haben uns gefunden, und ich wäre ja verrückt, wenn ich jetzt gehen würde. Selbst wenn es am Ende doch nicht mit uns klappt – den Versuch ist es auf jeden Fall wert.«

Patrick lacht. »Klingt ja sehr optimistisch.«

Ich sehe ihm tief in die Augen. »Ich habe nur ein bisschen Angst, das ist alles. Aber ich liebe dich. Das weißt du, oder?«

»Ja«, erwidert Patrick. »Aber ist dir auch klar, dass ich dich liebe?«

»Ja, obwohl ich es manchmal immer noch nicht ganz glauben kann. Wir kommen aus so völlig verschiedenen Welten, Patrick. Wie soll das mit uns werden?«

Im Schein des Mondlichts sehe ich, wie ein Lächeln seine Lippen umspielt. »Ich weiß es nicht. Aber es wird bestimmt Spaß machen, es herauszufinden.«

S. Quinn

hat als Journalistin und Ghostwriter gearbeitet, bevor sie sich dem Schreiben von Romanen widmete. Unter ihrem vollen Namen Susanna Quinn veröffentlicht sie Mystery-Thriller. Sie lebt mit ihrem Mann und ihrer kleinen Tochter in Brighton.
Ihre bisher größten Erfolge feierte sie mit der »Devoted«-Trilogie und der »Passion«-Trilogie.

Mehr von S. Quinn:

Devoted. Geheime Begierde. Band 1. Erotischer Roman (auch als E-Book erhältlich)
Devoted. Verbotene Leidenschaft. Band 2. Erotischer Roman (auch als E-Book erhältlich)
Devoted. Gefährliches Verlangen. Band 3. Erotischer Roman (auch als E-Book erhältlich)

Passion. Leidenschaftlich verführt. Band 2. Erotischer Roman (August 2015) (auch als E-Book erhältlich)
Passion. Leidenschaftlich verliebt. Band 3. Erotischer Roman (Oktober 2015) (auch als E-Book erhältlich)

GOLDMANN
Lesen erleben